日本国憲法の理念を語り継ぐ詩歌集

佐相　憲一
鈴木比佐雄　編

コールサック社

目次

序文に代えて

戦没者の鎮魂とは

色川　大吉（いろかわ　だいきち）
1925年、千葉県生まれ。評論集『明治精神史（上・下）』『北村透谷』。
山梨県北杜市在住。

日本国憲法第二十条は政教分離を明記している。つまり「いかなる宗教団体も、国からの特権を受け、又は政治上の権力を行使してはならない」。また、「国及びその機関は、宗教教育その他、いかなる宗教的活動もしてはならない」というのである。ところが最近の政府閣僚らの強引な靖国神社参拝はこの憲法二十条への挑戦であるようにみえる。

神社は宗教団体である。靖国神社だけは別格で、宗教団体ではないという論法は通らない。それは自衛隊は軍隊ではない、白いカラスはカラスではないという詭弁とおなじだ。戦前、靖国神社は陸海軍の所管のもとにあり別格官幣社として扱われた。明治二年六月、招魂社として東京九段に設置された時から政府軍（「官軍」）戦死者を祀る神社として扱われ（「賊軍」は祀らない）、明治十二年に靖国神社と改称された。

この神社が天皇に忠誠を尽くして斃《たお》れた者の魂を神道の宗教的儀式に従って祀ったものであるがゆえに、臨時大祭には天皇みずからが参拝するのであって、その意味でも別格であった。つまり、この神社は明治新政府の政策的意図によって作為された国家神道の中でも、きわめて政教一致色の強い宗教団体といえる。

もともと靖国神社は明治天皇制と共にうまれ、その消滅と共に消え去るべきものであった。それが敗戦後三十余年も「反憲法的存在である」と批判されながら存続してこられた原因の一つには、日本人の心理の中にそれを許容する要素があったからだと考えられる。

きびしい一神教ではなく多神教的な精神風土に生きてきた日本人には、たしかに宗教のきびしい内面的規律や原理への固執が弱く、政教分離に徹底しにくい弱点があった。とくに日本の庶民の世界観は、教義によってではなく、日常生活のなかで経験的に暗黙に継承される潜在的な世界観（自然との共生、自然への回帰、死生観、他界観をふくめて）が普通であったため、国家のイデオロギーにつけこまれる余地も多かったのである。

たとえば、日本人には死ねばホトケになり、共同体の公事のために犠牲となればカミに祭られるという観念があった。佐倉宗吾の霊堂や田中正造の霊祠がそれであり、民衆レベルのいわゆる「やすくに」であった。

もちろん、これらは私的な次元での信仰本来の魂の救済の問題なのだが、それをねじ曲げ、拡張解釈して、人殺しの悪人でも死にさえすればホトケになり、その罪が許されるのだから、過去に日本が犯した侵略の罪も時の経過と共に水に流して、戦争犯罪者たちの罪業も自然に消えるにまかせてよいというような考えに導くものがある。

A級戦犯に指名された加害者の張本人が、いつのまにか靖国神社に祀られてカミの列に加えられたり、今次大戦で虐殺・暴行の限りを尽くした兵士らも、戦死すれば「英霊」にされたりする。そうしたことを日本人の心理は受けいれ易いという盲点が権力者たちによって突かれたのである。

罪業の消滅、罪の償いは無条件ではない。そこにはきびしい懺悔や信心が要求される。ところが、それを、どんな戦争でも、戦って死ねば日本人はカミに祭られるというのでは危険な観念になり、軍国主義の精神的支柱になりかねない。戦前の靖国神社はこうした日本人の戦争死を正当化し、美化し、意義づける国家的役割を果たしていた。そして、今、期待されているのも同じものではないのか。

今年は八月一五日を「戦没者追悼の日」と定めて、国家が正式に記念式典を開催することになった。その「戦没者」は日本人に限られている。しかも日本人の「戦没」という被害面をことさらに強調して、数千万人のアジア民衆の命を奪った「侵略」という加害の面を消し去ろうと企てた。

そのことが、皮肉にも検定教科書へのアジア諸国民の総批判をまねいたのである。自民党政府の「戦没者追悼の日」のねらいは教科書改訂ではなく、むしろ靖国神社国営化の方にあったのであろうが、中国、韓国人民の激怒がその意図を狂わした。この教科書問題は日本人自身がみずからの責任として解決すべきだったのに、力不足で、外から批判され、まことに日本の歴史家としては恥ずかしい。もともと庶民は決してそのように排他的な鎮魂観を持っていたのではないのに、またしても傲慢で無恥な権力者たちによって歪められたのである。

日本の庶民は祖霊の眠るふるさとのことを「くに（故国）」といった。そこは父、母の住みたもう場、産土《うぶすな》の神の宿る所、おのれを育て包んでくれた世界（自然と共同体）であって、権力者たちのいる統治機構としての国家とは異質のものであった。

明治以前、庶民にとっての「くに」は「国家」とは無縁のものでありつづけた。庶民の兵士が戦争で命を捨てるという時、たてまえは天皇や国家のためであっても、ほんねは「くに」のためであった。父、母や祖霊のすむ「くに」のために、彼らは後ろ髪ひかれる思いをしつつ出征し、死んでいった。日本人の中の何人が迷いもなく疑いもなく、戦死したら、観念上の「国家」の作為した神社に真っすぐに行くことを望んでいたろう。靖国神社は決して庶民の心のふるさとではなかったのである。

日本の庶民の死生観では、死ねば肉親縁者のいる他界に赴くことが願いであった。それは沖縄のニライ・カナイのような海上他界であったり、本土の常民たちのように故郷の村を見おろす南斜面の山（山上他界）であったり、また先祖墓であったりする。とにかく懐かしい縁者たちのつどう世界への想念が瀕死の兵士たちの魂を救っていたのである。

しかも、庶民の常識では、三十三年忌などのとぶらいあげを終えれば、個霊は祖霊たちのなかに融合し、永遠の憩いに至る。敗戦後三十七年を経過して、彼らはいまなお都心の靖国神社に留まっているであろうか。土俗の信仰からすれば、靖国はまったくのもぬけの殻なのであり、国家による虚礼の場でしかない。そうであれば尚さら靖国は廃社されて然るべきであった。日本人にとっての価値の源泉であり、現人神であった天皇の「親拝」のない靖国神社はとうの昔に存在の意味を失っていたのである。

「くに」と「国家」、宗教と政治、民俗と国事とを結びつける「場」として機能していた靖国神社は、国民主権と基本的人権と平和主義とが確立した戦後憲法によって、その擬制をあばかれ命脈を断たれていたのである。

さらに、古来日本人は、戦争における敵の死者をも鎮魂した。非業の死を遂げた敵対者の荒魂を慰めなだめて、安らかに眠れるように供養した。そうでない限り、この地上に平和はこないと信じていた。それが日本人の伝統的な心であった。ところが靖国神社は天皇と日本国に忠誠を尽くした日本人だけを祭り、自分たちが殺した者の霊を疎外した。これでは平和への終局を結ぶことはできない。閉鎖的な国家エゴイズムである。これはこの神社の作為者たちの狭隘な思想を表現している。

これに対して庶民の古俗のもつ開放性は、日本人を普遍性や国際性をもつ人間に作り変えてゆくことを可能にする。原爆慰霊堂に被爆した外人捕虜や朝鮮人などの犠牲者を合祀する行為に、それはすでにあらわれている。また、戦時中に強制連行し大量死に至らしめた朝鮮人、中国人殉難者に対する慰霊碑を、最近、北海道置戸《おけと》町の住民がみずからの手で建てたことに私は注目する。日本人の古俗をそのまま肯定するのではなく、それをこうした開かれた精神によって克服し、その良質な伝統を再生しながら、権力者たちの邪悪な意図を打ち砕いてゆくことに私たちはつとめたい。

＊『わだつみの友へ』（岩波書店・1993）より

1章　短歌――万世の平和

生きてかへらず

（表題・選は森義真、コールサック社編集部）

こころよく
人を讃《ほ》めてみたくなりにけり
利己の心に倦《う》めるさびしさ

一隊の兵を見送りて
かなしかり
何《なに》ぞ彼等《かれら》のうれひ無《な》げなる

意地悪の大工《だいく》の子などもかなしかり
戦《いくさ》に出《い》でしが
生きてかへらず

赤紙の表紙手擦《てず》れし
国禁《こくきん》の
書《ふみ》を行李《かうり》の底にさがす日

売ることを差し止められし
本の著者に
路《みち》にて会へる秋の朝かな

以上『一握の砂』（1910）

石川　啄木（いしかわ　たくぼく）

１８８６年～１９１２年。岩手県生まれ。歌集『一握の砂』『悲しき玩具』。
東京都文京区などに暮らした。

時代閉塞《じだいへいそく》の
現状を奈何《いか》にせむ
秋に入りてことに斯《か》く思ふかな

地図の上朝鮮国に
くろぐろと墨をぬりつつ
秋風を聴く

以上「創作」１９１０年10月号「九月の夜の不幸」

人がみな
同じ方角に向《む》いて行《ゆ》く。
それを横より見てゐる心。

やや遠きものに思ひし
テロリストの悲しき心も――
近づく日のあり。

「労働者」「革命」などといふ言葉を
聞きおぼえたる
五歳の子かな。

以上『悲しき玩具』（1912）

平和の花

与謝野　晶子（よさの　あきこ）

1878〜1942年。大阪府生まれ。歌集『みだれ髪』『小扇』。東京都千代田区などに暮らした。

（表題・選はコールサック社編集部）

七つより袈裟かけならひ弓矢もて遊ばぬ人も軍に死にぬ

『舞姫』（1906）

ひんがしの国のならひに死ぬこと誉むるは悲し誉めざれば悪し

『青海波』（1912）

かなしくも戦はざれは生きがたし男は仇と我は心と

『さくら草』（1915）

あさましき戦のために思ふかな世は冬のまま四とせ続くと

前なるは先づ骨となり後なるは飢ゑて青めり戦国の民

以上『火の鳥』（1919）

地の上の平和の花の大きさよ日のめでたさに似たるものかな

戦せず正しきものにかへりたる春と思へば相もことほぐ

春の人十六億の白鳩の舞ふにたとへんまた戦せず

以上『太陽と薔薇』（1921）

秋風やいくさ初まり港なるたゞの船さへ見て悲しけれ

未発表

戦ある太平洋の西南を思ひてわれは寒き夜を泣く

「冬柏」1942年2月号

万代の平和

（表題・選はコールサック社編集部）

宮　柊二（みや　しゅうじ）
1912〜1986年、新潟県生まれ。歌集『山西省』『多く夜の歌』。短歌誌「コスモス」創刊、日本芸術院会員。東京都三鷹市に暮らした。

たたかひの最中《さなか》静もる時ありて庭鳥啼けりおそろしく寂し
ねむりをる体の上を夜の獣《けもの》穢《けが》れてとほれり通らしめつつ
あかつきの風白みくる丘蔭に命絶えゆく友を囲《かこ》みたり
弾丸《たま》がわれに集りありと知りしときひれ伏してかくる近視眼鏡を
ひきよせて寄り添ふごとく刺《さ》ししかば声も立てなくくづをれて伏す
死《し》にすればやすき生命《いのち》と友は言ふわれもしかおもふ兵は安しも

以上『山西省』（1949）

ゆらゆらに心恐れて幾たびか憲法第九条読む病む妻の側《わき》

『小紺珠』（1948）

たたかひを知りたるゆゑに待つ未来たとへば若草の香《か》のごとく来《こ》よ

『晩夏』（1951）

朦朧と夜半にをりけり万代《ばんだい》の平和といひし思潮も移る

『日本挽歌』（1953）

中国に兵なりし日の五ケ年をしみじみと思ふ戦争は悪だ

『純黄』（1986）

素足の子

（表題・選はコールサック社編集部）

馬場　あき子（ばば　あきこ）
1928年、東京都生まれ。歌集『渾沌の鬱』『記憶の森の時間』。短歌誌「かりん」創刊。日本芸術院会員。神奈川県川崎市在住。

雲の峰まさしく戦後遠けれど母惚けて空襲の日のみ記憶す

『月華の節』（1988）

戦争はここまでは来じと誰も誰も思ひて山茶花咲く垣にゐる

『暁すばる』（1995）

恩納《おんな》嶽その向う背をアメリカに撃たせつづけて日本ほほゑむ

『世紀』（2001）

されど日本はアメリカの基地日本にアメリカ基地があるのではなく

戦争のじゆんび斉《ととの》つてゐるやうにすごい速度でまはりだす独楽

「戦争放棄」の国を教へし日のわれを思ふ初老となりし君らを思ふ

象徴なれば君が代のきみにかかはりなく有事法ああ青葉濃くなる

きやら蕗を煮る香ただよひこの国に憲法が味方であつた歴史終ふ

素足の子素足かがやくホームルームに斬新なりき基本的人権は

以上『九花』（2003）

文化国家といふ夢ありきはるかなる焦土の土にありし青空

『記憶の森の時間』（2015）

冬さらんとす

（表題・選は若松丈太郎、コールサック社編集部）

鈴木　安蔵（すずき　やすぞう）

1904〜1983年。福島県南相馬市生まれ。京都学連事件で治安維持法違反第一号として検挙。戦後は「憲法研究会」を結成し「憲法草案要綱」を作成、GHQの憲法案に大きな影響を与える。おもに東京都で暮らした。

一九三〇年秋以後豊多摩の獄にて過ごす　始めて歌作に親しむ

しんしんと更けゆく夜半の牢獄にべうべうと吠ゆ　悲し犬の声

（一九三二年春）出獄

長旅の重き疲れを横へし臥床《ふしど》なれども　眠らざりけり

（一九三四年春）市ヶ谷にて

早や五度び星移りしか　今日更らに仝《おな》じ獄舎に繋がれにけり

（三月十六日市ヶ谷より小菅に移る）仝じ獄に河上（肇）博士もあり

はろばろに葛飾に来て　老ひし師の起き臥す獄に我も寝ねにけり

戒護室

「転向せねば厳重に刑を執行する」と戒護主任は答へたりにき

十一月三日

歴史の必然に沿ふて闘ふ僕たちは　獄の苦痛にも堪へねばならぬ

（一九三五年）亡母

その子ゆゑ二十一年堪へてしに　子が業見ずにみまかりし母よ

（一九四五年）

憲法よりも食糧と　虚無の笑ひを浮べつゝ語れる人を　見つゝ悲しき

東條を呪ひ木戸を罵る声満つる　あゝ、されどその背後にあるものを思へ

戦ひに死すべき我れや生きて酔ふ今宵を持てり　冬さらんとす

個人の死より

（表題・選はコールサック社編集部）

吉川　宏志（よしかわ　ひろし）
1969年、宮崎県生まれ。歌集『鳥の見しもの』『燕麦』。
短歌誌「塔」主宰。京都府京都市在住。

戦争を紙で教えていたりけり夜光の雲が山の背をゆく

教科書に載る〈南京〉を金輪際《こんりんざい》消しに来るなり赤黒き舌

以上『夜光』（2000）

WARとは違う　日本語の「戦争」が新聞の上に黒く濡れいる

NO WARとさけぶ人々過ぎゆけりそれさえアメリカを模倣して

以上『海雨』（2005）

軍を無くして何も起きないかもしれぬその想像を軍は許さず

原爆と原発は違うと言い聞かせ言い聞かせきてしかし似てゆく

原子炉の辺《へ》に亡くなりし人の名はあらず過労のゆえと書くのみ

エネルギー喪いて国の死にゆくを個人の死より怖れ来たりつ

二十キロの鉛の板を運びしとボカシのなかに泣いている人

貧しきを原子炉に働かせいるさまを貧しからねばテレビに見たり

死亡率わずかに上がるのみと言う死にて数字となりゆくいのち

以上『燕麦』（2012）

「ここも」「ここも」

奥山　恵（おくやま　めぐみ）
1963年、千葉県生まれ。歌集『「ラ」をかさねれば』。
短歌誌「かりん」。千葉県柏市在住。

命令が出るか出ないか雲厚くなりゆく午後の「君が代斉唱」

式場の「立たない」教師を生徒らはふりかえり見るわれはわれを見る

「ここも」「ここも」「一家全滅の荒地です」タクシーは沖縄の深みを曲る

死者黒く染みこんでいるガマの岩「軍民一体」となりたる果ての

風船爆弾巨大な和紙を貼るときは少女の手のひら刷毛となりたり

校庭は被爆死の父母を焼いた場所あの夏ナガサキの少年にとって

慰安婦鎮魂の碑は戦後四十年「かにた婦人の村」に発芽す

民主主義の〈民〉にようよう入りたる女らのさくら・はなびら・言葉

六ヶ所も辺野古も同じ構図にて机上に引かれし線の甘さよ

敗戦は遠けれどヒロシマの鐘を打つ茶髪の青年、異国の少女

五月三日に

望月　孝一（もちづき　こういち）
1944年、埼玉県生まれ。随筆集『山行十話』。
短歌誌「かりん」。千葉県松戸市在住。

空文化　一部有効　曲解　もみくちゃなれど五月の三日

前のめり改憲姿勢に躓《つまず》くを期待している論調はある

記念日の集いのテーマは「ありふれた日常の尊さ」だよねたぶん

満州より引き揚げ知りし新憲法に「つきもの」落ちしと山田洋次は

街頭で「今日は何の日」問うテレビ正解まれには出でしがニュース

わが母が初の選挙に行かしとき誰に入れるか夫《つま》に尋ねり

わが母の夫に合わせし一票も「婦人の権利」ぞ戦後の一歩

五月三日の集い賑わす半数女性不断の努力は手抜きが効かず

若き父に戦争《いくさ》の気ままが求めしは武漢の新兵、古参の満州

日は低く遥けく凍てつく満州を映画にて知り父より聞かず

我が国の平和憲法は世の宝

我が国の平和憲法は世の宝海外行って戦争するな
頑張るぞ戦争知っている戦中派憲法擁護で頑張るぞ俺
悔しいね若者戦地へ駆り出され飢え死に多数昭和の戦争
憎い奴戦争の恐怖知らないで憲法変えて戦争したい奴
後々《のちのち》の世まで守ろう平和主義戦争はただ悲劇生むだけ
平和ほど尊いものは世には無い平和が守る命と喜び
いつまでも守ってゆくぞ我が国と世界を守る平和憲法
忘れるな中国や比島で皇軍が犯した無数の残虐行為
憲法の平和精神踏みにじり戦争に参加したい輩《やから》よ
ンの字で歌始めるの難しいンで始まる言葉無いから
ポリスマン今に共謀罪法たてにとり国民の自由剥奪《はくだつ》だ
美しい平和条項守り抜こう悪い政府に戦争させるな
世論調査気になる各党の支持率がでも俺は支持平和野党
のこのこと芽を出してくる国家主義逆行目指す輩《やから》たちが

郡山　直（こおりやま　なおし）
1926年、鹿児島県生まれ。詩集『詩人の引力』、英訳『今昔物語』。
ポエムズ オブ ザ ワールド、短歌ジャーナル会員。神奈川県相模原市在住。

大変だ軍事同盟強化して自衛隊員を前線へ派遣は
顔出して自分売り込む技優れ支持率高いあの指導者
来年はどんな法案出てくるか悪い法案出ないで欲しい
悲しいね長く続けた平和主義悪い奴らが変える計画
戦《いくさ》ほど愚かな物は世には無い人間同士の殺し合いだぜ
外国も日本の憲法手本にし平和を守れ地球を守れ
いい歌で月愛《め》でたいが悪い政治それを呪うが先ず先決だ
行っちゃダメ軍事同盟強化して他国の戦争に参加する事
天の下一人ぐらいはいてもいい戦争はダメと怒鳴る男が
戦争で特攻作戦に使われて若くで死んだ兵士は無念
ンと俺叫ぶぞ平和の尊さを戦《いくさ》は悲劇と死を招くだけ
そら見たか国の為なら一身を捧げろという勅語の言葉
美しい国作りたいその人は戦争できる国作りたい
素晴らしい日本の憲法素晴らしい平和を願い戦争反対
累々《るいるい》と連なる死体空襲でこれが戦争！　戦争はダメ！
何故与党数の力で押し切るか悪い法案次々通過

日蝕旗

ステルス機ナイトホークの暗黒を磨けば映る鮪の刺身

核ミサイルを核ミサイルで迎撃す物狂ほしき逢瀬はありや

核融合する球体へと伸びる植物なんねんも血の塊を抱く

今日もまたぼくらの一人が自殺せり舞ふ〈善〉のビラ国連のビラ

わが子抱く母ら手に手を取り合ひてかあごめかごめ白い法律

新聞やテレビに背を向けぼくにのみ問ふ平成の原爆忌の意味

「原爆を風化させぬ」と言ふ人の靴を踏みつつうつむくぼくは

赤き大蛇暴れくるへる暁闇に人権論を交したりすな

十三月三十二日地球《テラ》曜日核シェルターの暦をめくる

五月、ニートの憤激のデスマスク被れる群が振る日蝕旗

加部　洋祐（かべ　ようすけ）

1980年、神奈川県生まれ。歌集『亞天使』。
短歌誌「舟」、別人誌「扉のない鍵」。神奈川県横浜市在住。

2章　俳句——九条の緑陰

九条の緑陰

（表題・選はコールサック社編集部）

金子　兜太（かねこ　とうた）

1919年、埼玉県生まれ。句集『日常』、随筆集『存在者　金子兜太』。
俳句誌「海程」主宰、現代俳句協会名誉会長。埼玉県熊谷市在住。

被曝の人や牛や夏野をただ歩く
竹の秋復興の首太き人ら
「相馬恋しや」入道雲に被曝の翳
水田地帯に漁船散乱の夏だ
燕帰る人は被曝のふるさと去る
今も余震の原曝の国夏がらす
被曝の牛たち水田に立ちて死を待つ
風評汚染の緑茶なら老年から喫す
被曝福島米一粒林檎一顆を労わり
セシユウムのかの阿武隈《あぶくま》河の白鳥か

雁帰る被曝の里に蚕飼ありや
樹幹みな片頬無言原曝忌
人も山河も耐えてあり柿の実や林檎や
戦争や蝙蝠食らい飢《うえ》とありき
青春の「十五年戦争」の狐火
青だもの白花秩父困民史
雪積めど放射能消えず流離かな
放射能売り歩く人夏の鳶
九条の緑陰の国台風来
サーフインの若者徴兵を知らぬ

ひぐらしの広島長崎そして福島
原爆忌被曝フクシマよ生きよ
若者に集団的自衛権てふ野分
菅原文太気骨素朴に花八ツ手
困民史につづく被曝史年明ける
炭焼の人の赭顔も被曝せり
沖縄にて五句
相思樹空に地にしみてひめゆりの声は
蒼暗の海面《うなづら》われを埋《う》むるかに
洋上に硫黄島見ゆ骨の音も
歳を重ねて戦火まざまざ桜咲く
沖縄を見殺しにするな春怒涛

牽強付会の改憲国会春落葉
集団自衛へ餓鬼のごとしよ濡れそぼつ
トラック島回想四句
パンの実を蒸し焼く幸《さち》のわれらに無し
生きてゆく虚無グラマンの目の下で
百に近き島影とあり餓死つづく
狂いもせず笑いもせずよ餓死の人よ
朝蟬よ若者逝きて何んの国ぞ
秩父困民党ありき紅葉に全滅
わが武蔵野被曝福島の海鳴り
秋刀魚南下す被爆被曝の列島へ
戦さあるな人喰い餃の宴《うたげ》あるな
以上俳句誌「海程」（2011～2016）

月に戦没碑

（表題・選はコールサック社編集部）

どしやぶりの祖国の雨に濡れてゆく
長短の兵の痩身秋風裡
負傷者のしづかなる眼に夏の河
かなしければ壕は深く深く掘る
ねて見るは逃亡ありし天の川
深夜砲声斥候に行くと飯喰ひゐる
遺品あり岩波文庫『阿部一族』
をかしいから笑ふよ風の歩兵達
夕焼へ墓標たててもう汗も出ない
われを狙ひし弾が樹幹を削る音
水あれば飲み敵あれば射ち戦死せり
射たれたりおれに見られておれの骨
わが髭の食む顔を涙して笑ふ
以上『荒天』(1949)

月に巨大な戦没碑おき寝に戻る
銭臭し平和の森に死者遊ぶ
母に爆音幼姉妹には蝌蚪の國
ゆつくりと戦争の肩をかえりみる
以上『桜島』(1975)

雨傘の赤青黒黄核の時代
體内の鐵片うごく幾月夜
以上『王国』(1978)

蟻の道憲法と共に立ちどまり
夜通し戦傷痛む
生き残ることのせつなし露の宿
以上『悪霊』(1985)

鰐トナリ原子爆弾ノ日ノ少女
『傢族』(1986)

鈴木　六林男（すずき　むりお）

1919年〜2004年、大阪府泉北郡（現岸和田市）生まれ。句集『荒天』『一九九九年九月』。俳句誌「花曜」創刊代表。大阪府に暮らした。

八月は原子爆弾を売りにゆく
日永人戦争が好き芭蕉すき
先達に『好戦句集』山笑う
天を航《ゆ》く賢い人ら原爆忌
回想・バターン・コレヒドール要塞戦
われを射ちし米兵如何に斑猫
なんとなく平和で渇きガソリン売る
花野ゆく開戦前の人と影
われに薔薇をあたえし少女核の傘
蜩に終りし戦にはあらず
以上『雨の時代』（1994）
赤紙が来ている郁子《むべ》のあたりまで
死ぬことも社会に奉仕枯野原
米国の一州として米《よね》こぼす

白地に赤い丸だけの旗敗戦日
サングラスなかに国家をひそめたる
われわれとわかれしわれにいなびかり
山眠る弱い味方にとりまかれ
われの死後戦友のなし夏の海
天の川殺《あや》めしことをすぐ忘れ
以上『一九九九年九月』（1999）
戦中以来肩から靹天の川
死因は事故戦死も事故と心太
目的をもつ爆弾の去年今年
戦争へ戦没者の霊集まれと
ふたたびを俺達は死ぬ虎落《もがり》笛《ぶえ》
憲法を変えるたくらみ歌留多でない
以上「未刊句集」（2000～2004）

一粒の飯

（表題・選はコールサック社編集部）

六林男と会ふ
会ひ別れ霙の闇の翌音追ふ
夕焼に遺書のつたなく死ににけり
戦病の夜をこほろぎの影太し
捕虜吾に牛の交るは暑くるし
吾のみの弔旗を胸に畑を打つ
生きて食ふ一粒の飯美しき
灼けて不毛のまったゞなかの野に坐る
ひでり野にたやすく友を焼く炎
水を得てふぐり洗へばなく夜蟬
濛濛と数万の蝶見つつ甦る
以上『名もなき日夜』（1951）

佐藤　鬼房（さとう　おにふさ）

1919～2002年、岩手県生まれ。句集『瀬頭』『幻夢』。俳句誌「小熊座」創刊主宰。宮城県に暮らした。

除雪婦へ死の闇死者らよみがへる
吾ありて泛ぶ薄氷声なき声
隙間雪孤絶の創を炎やしをり
怒りの詩沼は氷りて厚さ増す
戦あるかと幼な言葉の息白し
夜の梅がひつそりビキニ環礁泣く
この飢や遠くに山羊と蹴球と
子の寝顔這ふ螢火よ食へざる詩
以上『夜の崖』（1955）
送り火に屈みつくづくいくさ忌む
『何處へ』（1984）
戦こばみ続けて眼窩だけ残る
『愛痛きまで』（2001）

寒の華

（表題・選はコールサック社編集部）

雷鳴す原爆ドーム見に行けと
怒りもて食うべしゴーヤーチャンプルー
ヒロシマ・ナガサキそしてフクシマ花の闇
春天より我らが生みし放射能
始めより我らは棄民青やませ
残りしは西日の土間と放射能
原子炉の火もあえぎおり秋夕焼
被曝して吹雪きてなおも福の島
この国にあり原子炉と雛人形
草木国土悉皆成仏できず夏

以上『萬の翅』（2013）

高野　ムツオ（たかの　むつお）

1947年、宮城県生まれ。句集『萬の翅』『片翅』。俳句誌「小熊座」主宰。宮城県多賀城市在住。

仮設百燈一燈一燈寒の華
春寒雪嶺みな棄民の歯その怒り
花万朶被曝させたる我らにも
福島の地霊の血潮桃の花
集団的自衛権あり目高にも
蓬萊に盛れ汚染土の百袋は
年男汲めとばかりに汚染水
人住めぬ町に七夕雨が降る
せりなずなごぎょうはこべら放射能
戦争や葱いっせいに匂い出す

以上『片翅』（2016）

昼顔の夢

（表題・選はコールサック社編集部）

ぬばたまの黒飴さはに良寛忌

しづかなり受験待つ子等の咀嚼音

長男急逝

逝く吾子に万葉の露みなはしれ

長靴に腰埋め野分の老教師

以上『咀嚼音』（1955）

内灘米軍基地四句

射撃なき日の昼顔の夢見をり

砲音にをののき耐へし昼顔か

ねむられぬ合歓の瞼も基地化以後

炎日の蝶越えゆけり有刺柵

白川村合掌部落二句

白川村夕霧すでに湖底めく

暁紅に露の藁屋根合掌す

能村　登四郎（のむら　としろう）

1911年～2001年、東京都生まれ。句集『咀嚼音』『羽化』。
俳句誌「沖」創刊主宰。千葉県市川市に暮らした。

習志野刑務所にて講演二句

囚徒三百礼し顔あぐ咳二三

冬日遍し君らに詩あり若さもあり

以上『合掌部落』（1957）

春ひとり槍投げて槍に歩み寄る

『枯野の沖』（1970）

蘆の絮飛びひとつの民話ほろびかね

『民話』（1972）

落ちる時椿に肉の重さあり

『長嘯』（1992）

長子次子稚《わか》くて逝けり浮いて来い

『易水』（1996）

ドイツ・ベルリンの壁

荒地菊同胞裂きてそそる壁

ヒトラーの自決した壕

夏草・瓦礫充ち一覇者のほろびし地

アムステルダム・カスバ　アンネ・フランクの家

百合挿してアンネの命香らしむ

以上『欧州紀行』（1995）

若者に死を強ひし世や木下闇

『菊塵』（1989）

いのち見ゆ

（表題・選はコールサック社編集部）

みちのくの海を想へり初明り
吼え極め今鎮魂の春の海
停電におぼろ包みの街の黙
震・戦災潜りし街に夏惜しむ
夏帽の吉里吉里人を励ましぬ
語ること供養となりぬ冬オリオン
韓国に瑠璃の坏あぐ梨花の夜
放蕩もゐる家系図や枇杷啜る
空蟬の縋るかたちにいのち見ゆ
野火走る固き拳がポケットに

能村　研三（のむら　けんぞう）

1949年、千葉県生まれ。句集『催花の雷』、随筆集『飛鷹抄』。俳句誌「沖」主宰。千葉県市川市在住。

泳ぎきり人間くさくなりしかな
以上『催花の雷』（2015）
朧濃し民話ひとつを聞き伝へ
言の葉が刃となりし桜の夜
年の火を囲ふ円周ゆるびなし
以上『滑翔』（2004）
爪先に血を集めての蓬摘む
飛驒白河
雪しろの水下に見ゆるほろび村
兜虫摑みて磁気を感じをり
風死して木幣が立ちし刃物塚
以上『磁気』（1997）
死をもつて消息わかる寒の星
晩年の良寛に似て朴咲けり
以上『鷹の木』（1992）

沈黙の谺

（表題・選はコールサック社編集部）

開戦日　恐怖に氷詰めされて青春かい

大空襲　美しさとは人を光にすることでした

降ってきた焼夷弾の雨　脚生《あしは》えてからの蝌蚪《おたまじゃくし》たち

大空が焼跡　大地が炎天　日本島

立ったまま死んで少女兵でした　月見草

反戦も抵抗もしなかったから無いんだよなあ　蛇の足

人一人殺した　一本杉　月二つ

名月　自殺用手榴弾をつくる男たちの宴

飢えていない　金魚を天麩羅にして食べている

敗戦日　死骸の白い雲一つ

死者全部を殺したくなる平和主義者　花の山

宗　左近（そう　さこん）

1919～2005年、福岡県生まれ。詩集『炎える母』、中句集『夜の谺』。詩誌「海の会」、市川縄文塾主宰。千葉県市川市などに暮らした。

叙勲を受ける死刑執行人　四月馬鹿

反戦論でなくて零戦論　鱗雲

二十世紀　戦死者一億七千万　牡丹雪

助ケテエ　夜の音に射抜かれたまま　昼の星

草の露　爆弾を抱けたことあったかい

以上『宗左近詩集成』（2005）

月の谺　帰らない生者　帰る死者

抱く死児に温められて蠟梅花

日本国大植物辞典に出ない無季の花　同期の桜

夏が去る　魚雷発射装置のない潜水艦

地球だけ宇宙になくて　原爆祭

沈黙の谺　谺の沈黙　爆心地

以上『夜の谺』（1997）

佛の座

（表題・選はコールサック社編集部）

敗荷を見てをり戦後さながらに
棺に蹤き滂沱と露の無辺行く
斧始めどの人柱から始めよう
身に入みて塔婆と原子炉指呼の間
山川草木悉皆瓦礫佛の座
寝釈迦いま父母と山河を隔てたる
白芒瓦礫にまたも戻る吾れ
まつろはぬこころを杭に冬構へ
白梅をセシウムの魔が擦過せり
蕊一つひとつに涙痕曼珠沙華

齋藤　愼爾（さいとう　しんじ）
1939年、朝鮮京城府生まれ。句集『陸沈』『永遠と一日』。
出版社「深夜叢書社」主宰。東京都江戸川区在住。

落鮎に川の青淵よみがへる
われ思ふゆゑ螢袋の中にあり
世に関わり目を濁らせる秋の暮
人柱に似たる箒木は抱きとめん
日に夜に苦海を流謫白絣
鄙に住み鵙の贄となるもよし
混沌のいのちを重ね更衣
敗戦日少年にいまも蕨闌け
病める世に生絹のごとき自裁あり
明易し幽世《かくりよ》の母の夢を継ぎ

以上『陸沈』（2016）

あをぞら

永瀬　十悟（ながせ　とおご）
1953年、福島県生まれ。句集『橋朧《はしおぼろ》―ふくしま記』。
俳句同人誌「桔槹」「群青」。福島県須賀川市在住。

産土を汚すのはなに梅真白
蜃気楼原発へ行く列に礼
菜の花や核災は全てを奪ふ
除染袋すみれまでもう二メートル
しやぼん玉見えぬ恐怖を子に残すな
騒がねば振り向かぬ国ひきがへる
末黒野や一本の葦立ち上がる
しろつめくさ廃炉への道渋滞す
あをぞらや憲法みどりこどもの日
日本国憲法前文浮いてこい

憲法は虹の帆九条がマスト
戦火戦渦戦禍泉下へ鳳仙花
母の好きな八月十五日の青空
海汚し銀河曇らせ文明は
霧を出てまた霧に入る防護服
これほどの雁この国の何が好き
かたはらに線量計立つ七五三
防護服のグスコーブドリ麦を蒔く
それからの幾世氷の神殿F
鴨引くや十万年は三日月湖

辺野古崎

島中の修羅浴びて降る蟬しぐれ

軍機来る向日葵のごと叫ぶ老婆

オスプレイのどるんどるん鷹柱

島痩せて猛暑居すわるオスプレイ

シーベルト上げていななく白馬の瞳《め》

こんなにも初雪がきれい地震《ない》の村

除染　故郷の記憶消されてたまるか

小満芒種《スーマンボースー》幻視の中の敗残兵

セシウムの傷は見えず朝の月

砲塔を巡らす軍艦辺野古崎

平敷　武蕉（へしき　ぶしょう）

1945年、沖縄県生まれ。評論集『文学批評の音域と思想』、合同句集『金環食』。
俳句同人誌「天荒」、文学同人誌「南溟」。沖縄県沖縄市在住。

滅びゆく国に抗い向日葵咲く

戦争のような夕焼け乳母車

手探りで虹を殺した少年兵

眼裏に兵のバンザイ桜散る

廃炉まで待てない無告の山桜

桜咲く核も芽吹く再稼働

敗れても雷孕む積乱雲

鎮まれとは言えず摩文仁の冬木霊

貧しさがこんなにきれい散紅葉

必敗の胸のマルクスみらいの島

俳体詩・Ω寒《オメガざむ》

象徴や浜菊の咲く皇居こそ
主権在までは同じや吉書揚
人間に現人神に舞ふ螢
埋火や大御心と統帥権
四方拝して垂直に霊の道
開戦日アリゾナの死者千百余
蛆も蚊も餓島の今を生くとメモ
帝都ゆゑ逃げずに消せと大空襲
再臨！と仰ぐまなこは爆心地
墓参して聞かす憲法第九条

松浦　敬親（まつうら　けいしん）
1948年、愛媛県生まれ。評伝『俳人・原田青児』、評論集『展開する俳句』。
俳句誌「麻」、俳人協会会員。茨城県つくば市在住。

阿弖流為《アテルイ》を悪に着々花辛夷
シャクシャインの怒髪天衝き凍裂す
受難日や「人の世に熱あれ」と起《た》ち
荊冠や「人間に光あれ」と萌え
自覚して『いのちの初夜』の初あかり
オリオンの肩に血税重き歌
大逆や橋立祭の股のぞき
多喜二忌の伏せ字の闇が鼓動する
拷問に挟むと挿《はさ》む虎落笛
法すべて弱者をまもれ福寿草

本名が明《はる》で元始の初日受く

燁《はな》の火を秘めて白蓮まだ蕾

アナーキスト野《の》枝《え》か茨の鵙の贄

ハングルで秘密の家訓震災忌

阿部定《さだ》にチョンの深みや藍微塵

野辺になほ被爆者民喜の『夏の花』

踊りの輪出てミナマタを踊りだす

フクシマを亀に津波忌いぢめの記

島唄で踊り行き着く独立論

A《アルファ》から核のキノコのΩ《オメガ》寒《ざむ》

『創世記』では六日までみな草食

蛇主《ぬし》の謎や善悪を知る木の実

子羊を是とし見殺す主《しゅ》の祭

「光あれ」の前から水や大洪水

食禁で住み分け過越祭かな

唐破風に千鳥破風乗せ神の留守

原罪がじわりと『ひかりごけ』の冬

穴惑ひ即身仏の穴に入る

太陽の世代変りやΩ寒

踊りつつ輪になる零の黙示かな

地球の悲鳴

吉平　たもつ（よしひら　たもつ）
1946年、長野県生まれ。
新俳句人連盟事務局長。東京都東久留米市在住。

青年の心の空洞捨てし春
若者が春泥を越え兵になる
乖離する民のいのちや冴え返る
ざわざわと被曝桜の木霊かな
被曝者の構え朧の放射能
空襲の雛人形に泣き黒子
メーデーの空に葉脈踊り出す
憲法集会真直ぐに来る一少女
動き出す春あけぼのの改憲論
七月の忍び寄る君改憲派

憲法がやばいぞ今日も蟻走る
少年の初夏の産毛に戦争法
折り鶴と核のボタンに青嵐
原発の日本よ核のしゃぼん玉
炎昼のフクシマの墓標ただれたり
母と子がこの世を走る枯れ芝生
冬木登る少年を待つ父の肩
聞こえくる地球の悲鳴冬銀河
木枯しの北半球にテロ多発
廃炉とは太陽震わす虎落笛

平和の書

二拍子で滅びし帝都赤のまま
「東アジア解放」ほほう鰯雲
ギシと空軋ませ建国記念の日
明日のため過去は択べず春の虹
不発弾処理され憲法記念の日
敷島に九条ありて彼岸花
前文のなければ血薄き平和の書
平和とはことばの身體花八手
九条や軍歌唄わぬ父ありて
沖縄の地にこそ佇てり九条の碑

武良　竜彦（むら　たつひこ）

1948年、熊本県生まれ。
俳句誌「小熊座」。岐阜県瑞穂市在住。

武器厭う民あり琉球浜防風《はまにがな》
てだのふあが土握りしめ沖縄忌
人も記憶も乾きしままや原爆忌
解釈憲法論じて芋の煮ころがし
改憲の嵐を鴨の浮き寝かな
九条の溜息どこかで星滅ぶ
戦後また戦前と化し遠花火
人殺す明日が来そう夕螢
戦争へ蠅虎《はえとりぐも》の眼のつぶら
虎落笛《もがりぶえ》九条ヒュルリヒュルリララ

白地に月

春日　石疼（かすが　せきとう）
1954年、大阪府生まれ。
俳句誌「小熊座」。福島県福島市在住。

紀元節日ノ丸ヒサヤ大黒堂

穴無数遺し八月十五日

万歳が国滅ぼさむ虫の闇

地雷踏むそのあとさきの麗らかさ

青田風乳母車にも戦車にも

わだつみのこゑを恐れて父の夏

寒の星軍馬佇ちたるまま滅ス

征夫・勝子かなしき名なり終戦日

ふらここや聞こえぬやうに厭戦歌

一幹が世界支へる夏樹かな

日本を赤き枯木の国と思ふ

秘密保護法説く背の金屏風

国棄てよ国棄つるなと残る虫

手のひらに地球は重し寒卵

アベ政治コイズミ政治あぶら照

死者の名は五十音順花の冷

原発の是非まづ問へよ雪起し

人間に戦時と平時蛇穴に

靴音の千代に八千代に凍土行く

われわれの旗は白地に後の月

風に鳴る

耕せり諍《いさか》ひおほきこの星を
極冠の白の痩せゆく猫の恋
海市より届きし赤い紙一枚
花の雨はたちの伯父の奥津城《おくつき》に
靖国《やすくに》神社の青く燃えてゐて日永《ひなが》
沖縄の熱砂を踏んで人体透く
紙魚《しみ》食みし軍票二枚父逝けり
八月や雨に烟《けぶ》れる基地と海
ぶだう酒の赤の揺れあふ終戦日
英霊の数だけ銀河流れけり

大河原　政夫（おおかわら　まさお）

1950年、福島県生まれ。
俳句結社「桔槹」「小熊座」。福島県郡山市在住。

小鳥来てゐるらし日章旗の孤独
東洋鬼《トンヤンキ》と呼ばれし祖国いとど跳ぶ
秋天の奥より軍靴ひびきけり
風に鳴る枯蟷螂《かれとうろう》もわが叛旗
金属の鬣《たてがみ》がくる冬の傾斜
十二月八日人形の白き顔
朝刊に水の染みある白泉忌
狐火立つかつて軍のありし丘
列島や胎児のかたちして凍る
ぼろ靴や詩の魂は凍らざる

キレヂ的ケンポウ批判

美《い》し国や薄氷《うすらい》わたる行進曲

宮城は護憲のしるし麦を踏む

なによりもツクシは個である土俵際

美し国がナチスぱくって柳絮《りゅうじょ》飛ぶ

国栄え個は亡ぶべし美し五月

心太《ところてん》にょろりと空気咽喉つまる

テレビ塔トゲ無しイバラ坂墜ちる

アリどもが羽の神輿《みこし》をもてあます

祭天の古俗でよくてオジギソウ

端居《はしい》して気遠いデモに武者ぶるい

宮崎　干呂（みやざき　かんろ）
1954年、福岡県生まれ。著書『賢治風五目ご飯』『名句と遊ぶ』。
俳句誌「麻」客員同人、文芸誌「コールサック（石炭袋）」。東京都杉並区在住。

口と目が朕は国家病蚯蚓《みみず》鳴く

ゴミ屋敷特定秘密が埋火《うずみび》に

デイケアの裏でジジョジョと亀が鳴く

ゴッド死しカミの出番じゃ亀踊れ

校則が産めよ励めよ痴を見てよ

孑孑《ぼうふら》や民縛るお上の耳ゲキ似

押売りが福引つけて愛国セール

押買いが来て基本権をぼろ市に

半眼や雪の女王めくマンボウ

上《かみ》よ祈れひたぶる祈れと雷《いかずち》が

遠花火《とおはなび》銃に錠鎖《さ》し九段坂
ミクロマン一票散るや花筏《はないかだ》
冬天へいとかろき殺すも殺さぬも
春雷や一ビット差で株長者
人災やもくもく並ぶお地蔵さん
マイノリティ紅葉の刻《とき》を留《とど》めかね
まれびとに集《たか》って肥やそう日本村
この国の憲法元始コピペ多し
ウチベンケー外に人権内に国権
番人を自分で選んじゃ縄なえぬ

やらんでも心を緊縛《しば》れホトトギス
憲法を反故に盾にと大臣《おとど》ボケ
泣く子とトラ地頭にはコメント控え
これっきり綿津見《わたつみ》渡る選択肢
必殺やフェイクニュースにインショー操作
勅語をばチンする阪の学舎《まなびや》チ〜ン
めだか打つ臣民窟の博徒らで
個がフッと消えてカイカン大樹下
日の本は世々《せぜ》ひといろやポストトゥルース
ひと吹きでタミクサなびくオトギの国か

敗戦忌

（表題・選はコールサック社編集部）

無心する老婆もありて護憲の日

日常は突つ立ち並ぶ葱坊主

梅雨晴れや靴音高き女たち

中上健次に（中上健次の描く「路地」には「夏ふよう」の花が咲いてゐた。）

鋭角の街原色の娘夏芙蓉

水に渇く精霊《しやうりやう》いくつ糸蜻蛉

網走　永山則夫の故郷　二句

はまなすにささやいてみる「ひ・と・ご・ろ・し」

永山則夫の出生地は「網走市呼人番外地」だった。

夏逝くや呼人《よびと》といふ名の無人駅

冬木立注釈無用で生きてみろ

肉を炙れ原発も売れ躑躅炎《も》ゆ

寛容は偽善に似るかザクロ破顔《わら》ふ

井口　時男（いぐち　ときお）

1953年、新潟県生まれ。評論集『柳田国男と近代文学』『少年殺人者考』、句集『天來の獨樂』。神奈川県川崎市在住。

まだ云はずもう云へぬこと落葉踏む

「国家斉唱」蜆は蜆を生み継げよ

敗戦忌夭《わか》き死はみな汗臭く

敗戦忌我に墓掘る土もなし

夏逝くや音なくひらく遠花火

掌に受けてセミの仰のけの死の軽さ

月明や人類すこし疲れたり

骨はつひに土に還らず群すすき

福島県南相馬市小高地区

「原子の火」こぼれてセイタカアワダチサウ

福島県相馬郡飯舘村

セシウムをめくれば闇の逆《さか》紅葉

以上『天來の獨樂』（2015）

3章　詩――くずれぬへいわをかえせ

雨ニモマケズ

雨ニモマケズ
風ニモマケズ
雪ニモ夏ノ暑サニモマケヌ
丈夫ナカラダヲモチ
慾《よく》ハナク
決シテ瞋《いか》ラズ
イツモシヅカニワラッテヰル
一日ニ玄米四合ト
味噌ト少シノ野菜ヲタベ
アラユルコトヲ
ジブンヲカンジョウニ入レズニ
ヨクミキキシワカリ
ソシテワスレズ
野原ノ松ノ林ノ蔭《かげ》ノ
小サナ萱《かや》ブキノ小屋ニヰテ
東ニ病気ノコドモアレバ
行ッテ看病シテヤリ
西ニツカレタ母アレバ
行ッテソノ稲ノ束ヲ負ヒ
南ニ死ニサウナ人アレバ
行ッテコハガラナクテモイヽトイヒ
北ニケンクワヤソショウガアレバ
ツマラナイカラヤメロトイヒ
ヒドリ*ノトキハナミダヲナガシ
サムサノナツハオロオロアルキ
ミンナニデクノボートヨバレ
ホメラレモセズ
クニモサレズ
サウイフモノニ
ワタシハナリタイ

宮沢　賢治（みやざわ　けんじ）
1896年〜1933年、岩手県生まれ。『銀河鉄道の夜』『風の又三郎』。
岩手県花巻市に暮らした。

＊「ヒドリ」は一般的に「ヒデリ」（日照り）の誤記と言われてきた。しかし原文は「ヒドリ」と記されていて、東北の方言で「小作人などが日雇いで金銭をもらうこと」などの意味がある。賢治が貧しい小作農民の悲しみを「ヒドリ」に込めて表現したのではないかという説を賢治の教え子の一人は提起している。（編者註）

一本足の廃兵

街角に一本足の廃兵が立つと
街は虹のように美しくなる
殊更に
女は一層美しくなる

失われた廃兵の足は
街の重さと同じなのだから
失われないもう一本の足は
ふるびた坑道のように
動かないものだから

街角に一本足の廃兵が立つと
人々は星のように淋しくなる
殊更に
女は一層淋しくなる

村上　昭夫（むらかみ　あきお）
1927〜1968年、岩手県生まれ。詩集『動物哀歌』。岩手県盛岡市に暮らした。

亀

亀の甲羅を割った人と日を覚えている
固い石の上にうちつけたのだが
その時から一瞬
世界の不幸が始まった気がする

割られた亀の甲羅は
まだ若くてみずみずしかった
宇宙が改まらない限り
亀は何時でも亀のままな気がした

亀は何時でも静かな水の底でいるものだから
亀の流す涙は
亀自身にも見えない気がした

亀は宇宙の改まる日を
じっと待っているのだ

峠　三吉（とうげ　さんきち）

1917～1953年、大阪府生まれ。『原爆詩集』。
詩誌「われらの詩」代表者。広島で被爆。六歳から広島市に暮らした。

『原爆詩集』の序

ちちをかえせ　ははをかえせ
としよりをかえせ
こどもをかえせ

わたしをかえせ　わたしにつながる
にんげんをかえせ

にんげんの　にんげんのよのあるかぎり
くずれぬへいわを
へいわをかえせ

仮繃帯所にて

あなたたち
泣いても涙のでどころのない
わめいても言葉になる唇のない
もがこうにもつかむ手指の皮膚のない
あなたたち

血とあぶら汗と淋巴液とにまみれた四肢をばたつかせ
糸のように塞いだ眼をしろく光らせ
あおぶくれた腹にわずかに下着のゴム紐だけをとどめ
恥しいところさえはじることをできなくさせられた
　あなたたちが
ああみんなさきほどまでは愛らしい
女学生だったことを
たれがほんとうと思えよう

焼け爛れたヒロシマの
うす暗くゆらめく焔のなかから
あなたでなくなったあなたたちが
つぎつぎととび出し這い出し
この草地にたどりついて
ちりちりのラカン頭を苦悶の埃に埋める

何故こんな目に遭わねばならぬのか
なぜこんなめにあわねばならぬのか
何の為に
なんのために
そしてあなたたちは
すでに自分がどんなすがたで
にんげんから遠いものにされはてて

しまっているかを知らない
ただ思っている
あなたたちはおもっている
今朝がたまでの父を母を弟を妹を
（いま逢ったってたれがあなたとしりえよう）
そして眠り起きごはんをたべた家のことを
（一瞬に垣根の花はちぎれいまは灰の跡さえわからない）
おもっているおもっている
つぎつぎと動かなくなる同類のあいだにはさまって
おもっている
かつて娘だった
にんげんのむすめだった日を

微笑

あのとき　あなたは　微笑した
あの朝以来　敵も味方も　空襲も火も
かかわりを失い
あれほど欲した　砂糖も米も
もう用がなく
人々の　ひしめく群の　戦争の囲みの中から爆じけ出さ
　れた　あなた

終戦のしらせを
のこされた唯一の薬のように　かけつけて囁いた
わたしにむかい
あなたは　確かに　微笑した

呻くこともやめた　蛆まみれの体の
睫毛もない　瞼のすきに
人間のわたしを　遠く置き
いとしむように湛えた
ほほえみの　かげ

むせぶようにたちこめた膿のにおいのなかで
憎むこと　怒ることをも奪われはてた　あなたの
にんげんにおくった　最後の微笑

そのしずかな微笑は
わたしの内部に切なく装塡され
三年　五年　圧力を増し
再びおし返してきた戦争への力と
抵抗を失ってゆく人々にむかい
いま　爆発しそうだ

あなたのくれた
その微笑をまで憎悪しそうな　烈しさで
おお　いま
爆発しそうだ！

忌《い》まわしき思い出の日に

福田　須磨子（ふくだ　すまこ）

1922〜1974年、長崎県生まれ。詩と随想『ひとりごと』。詩集『原子野』。生活記録『生きる』発行。長崎で被爆。長崎・大阪に暮らした。

その日　昭和二十年八月九日午前十一時二分！
ギギギギン　長く尾をひいた金属性の音
ハッと友と見合った瞬間
窓ガラスに強烈な白閃！
ものすごい雑多な物体の落下音
やがて――
不気味な静寂のおとずれ――
友と励まし合って這い出た姿
ああ　髪はそそけ　恐怖に天に立ち
服はさけ　ぼろをまとうに似て
顔は泥にまみれて地図を描く

見上ぐれば太陽は真夏の昼を
黒煙に　ただ真赤によどみ
広い校庭はまるで幽鬼でも出そうな
サワサワと夕暮を思わすその寂寞《せきばく》よ

〝全員退避〟
無我夢中で山に登って行く
何処《どこ》へ行くのか私は知らぬ
褌《ふんどし》一つの生徒たち　見も知らぬ人達

火をふいている家　つぶれてる家
切断された電線　うめく声・声・声
友の手をしっかと握って死の行列に続く

浦上の水源地あたりという大きな壕
ここまで辿りついた時　何ともなかった人達の
皮ふの色が刻々に変って行くのだ
のっぺらぼうみたいに見分けもつかぬ
うめき続ける人達の放つ異臭
水……水……　とうごめく姿は
あやしくゆれるローソクの光に
生きながらの地獄絵

もはや知覚を失った心に
死んで行く人達は一個の物体
異常なショックが均衡を破り
恐怖すらわいては来ない
あれが浦上の天主堂
あれが山里小学校
コンクリ建の窓々を
焔は長く赤い舌を出して

まるで悪魔のように荒れ狂うばかり

夜だというのに　もう夜が来たというのに
遠くで燃える火影は
壕の中の人達を陰鬱《いんうつ》に照らし出す
落城の思いにも似て
現在も未来も失った魂は
次々と死んで行った人達と一緒に
行方も知らず　うろうろとさ迷う

原爆のうた

夏になると、いつもきまって
突然変異をおこしたように硬化した
両手の皮膚から血が噴き出し
傷はきまって化膿して
あちこちから
膿がジュク、ジュクとにじみ出る

夏になると、いつもきまって
微熱が続き、私はやせていく
そして突然高い熱におそわれる
死にかかった魚のように
部屋の中のよどんだ熱い空気を
パクパクと荒い息で吸い続ける

こうして
原爆の日が近づくにつれ
何もかも一切のものが
私にとっては無縁、無価値になり
自分の生命さえ
どうなろうとかまわないような
ニヒルな思いが
私の胸を噛みくだく

しかし、八月九日　いつもきまって
原爆の日になると
私の消えかかろうとする精魂に
あたらしい力がよみがえってくる
原爆でむごたらしく死んだ
父母や姉や友だちが
私を生かすために
生命の灯をつぎたしてくれるのか
不思議なエネルギーが
私のやせこけた体に充満する

私はよろめく足をふんばって
高らかに原爆反対のうたをうたう

慟哭

1

逝《い》ったひとはかえってこれないから
逝ったひとは叫ぶことが出来ないから
逝ったひとはなげくすべがないから

生きのこったひとはどうすればいい
生きのこったひとはなにがわかればいい

生きのこったひとはかなしみをちぎってあるく
生きのこったひとは思い出を凍らせてあるく
生きのこったひとは固定した面《マスク》を抱いてあるく

3

（原爆より三日目、吾が家の焼けあとに呆然と立ちました）

めぐりめぐってたずねあてたら
まだ灰があつうて
やかんをひろうてもどりました
でこぼこのやかんになっておりました
〝やかんよ
　きかしてくれ
　親しいひとの消息を〟
やかんが
かわゆうて
むしょうに　むしょうに
さすっておりました

7

よんでいる
だれかがよんでいる
むこうのほうでよんでいる
くずれながら
よせてきながら
母《ママン》――
どこかでよんでいる
母《ママン》――
沖のほうでよんでいる

10

　失ったものに
まちにあったかい灯がとぼるようになった

大平　数子（おおひら　かずこ）

1923～1986年、広島県生まれ。『慟哭』創作ノート十冊（原爆資料館に寄贈）。広島市の児童館に勤務。広島で被爆。広島県広島市に暮らした。

ふか　ふか　ふかしたてのパンが
ちんれつだなにかざられるようになった
中学の帽子が似合うだろう
今宵かじるこのパンを
たべさしてやりたい
はら一ぱいたべさしてやりたい
女《おんな》夜叉《やしゃ》になって
おまえたちを殺したものを
憎んで、憎んで、憎み殺してやりたいが
今日
母さんは空になって
おまえのために鳩をとばそう
まめつぶになって消えていくまで
とばしつゞけよう

11

しょうじよう
やすしよう
しょうじよう
やすしよう
しょうじよおう
やすしよおう
しょうじいよおう
やすしいよおう

しょうじい
しょうじい
しょうじいい

しょうじ＝昇二　次男
やすし　＝泰　長男

15

子どもたちよ
あなたは知っているでしょう
正義ということを
正義とは
つるぎをぬくことでないことを
正義とは
〝あい〟だということを
正義とは
母さんをかなしまさないことだということを
みんな
母さんの子だから
子どもたちよ
あなたは知っているでしょう

太陽を射たもの

浜田　知章（はまだ　ちしょう）

1920〜2008年、石川県生まれ。『浜田知章全詩集』、詩集『海のスフィンクス』。詩誌「山河」「列島」。神奈川県藤沢市に暮らした。

一九四五年夏の或未明、ニユ・メキシコの荒蕪地帯にあるヨルナドデル・ムエルトの丘に人の未だかつて見たことのない或閃光がしばしひらめきわたつた。当時その地にあつた我々は、我々の前に新世界が横たわつていることを知つたのである。

＊J・R・オッペンハイマー（元ロス・アラモス原爆研究所長、原子爆弾の完成者）「原子力時代」

ロス・アラモス沙漠は見ないが
そこで何が行なわれたか知つている。
オークリッジに
原子工場があるかと思えば
南部の方に
黒人奴隷の大群落がまだあることも
同志のうたや
コールドウエールに教えられた。
だが
原子力委員会会長だったデヴィド・E・リリエンタール
　氏を知つているか
原子爆弾の完成者J・R・オッペンハイマー博士を知つ
　ているか

私らは
彼らの思想にぢかにふれたことがないのだ
それは
彼らの原子力に関する声明や、弁解や、管理問題や、科
　学的ヒューマニズムでない。
私らの知りたいのは
私らに永久の疑惑を残しているあのことだ。
あのこととは
彼らがヒロシマ、ナガサキで冒した
原子爆弾による人間殺戮のことだ。
彼らの
すぐれた頭脳にきらめく岩塩の結晶のような
原子力についての深い造詣が、発見が
人類史に輝く一頁を飾るにたるか。
博士J・R・オッペンハイマー
あなたの格調の高い文章は
「原子力時代」の到来を、科学者の数千年に亘る努力と
　特権を
メカニックに表現する。
その極点に

その過程《プロセス》に
人間感情の一ミクオロンの介入もゆるされないのだ。
博士J・R・オッペンハイマー
私ら日本人は
全人類の前に人間の名に於て
あなたに質し抗議する。
戦争の主導権を握るために
原子爆弾の使用を大統領に進言したのであるか
ロス・アラモスからヒロシマに貫く
不毛の直線は
あなたのペンの先にすでに予定された
投下があつたのか。
一九四五年八月六日午前八時十五分
一瞬、数十万の人間を糜爛状に殺戮したのは
光輝ある「原子力時代」の
実験のためか。
なぜに東洋の小さな島を
灰と砂に焼き尽すまでに
原子爆弾をいくつもいくつも用意せねばならなかつたの
　か。
たびたびヒユーマンに捏造された弁明が
新聞を飾り立てたが、
われらはファッシスト絶滅のため投下したのだと、
そのファッシストとは

ヒロシマで焼き殺された
ナガサキで生涯の傷痕を背負つたひとびとを指すのか、
私らは言葉を返す。
原子爆弾投下に加担した科学者、政治家、軍人そして飛
　行士たち
生きる権利を奪い取つた
恐るべきファッシスト、
死の商人ども—
炭団《タドン》のような幼児の頭蓋に
何が映像されているのかを想い描けるか
ベロツとむけた皮膚の下に蛆の湧いた小女の股部を見る
　ことが出来るか
ウラニウム核分裂以上の
はげしい民族の憤りを知つているか。
その憤りが
永久の「平和」に連続されるエネルギーであることが信
　じられるか
お前たちは太陽を射た。
射た矢は返つてくるだろう
やがて白日の下に自滅していくのだ
その日が必ずくる。

被爆

鳴海　英吉（なるみ　えいきち）

1923〜2000年、東京都生まれ。詩集『ナホトカ集結地にて』『鳴海英吉全詩集』。詩誌「列島」「鮫」。千葉県酒々井町に暮らした。

中国残留孤児
この　ふざけた呼び名を　おれは言わない
敗戦のとき　中国から一番さきに　逃亡した
関東軍の　高級将校とその家族が
抜刀して　一般人を突きとばして　乗車した
おれは　着剣し警備していた
暴徒化しそうな　避難民の群れを　射つのか
一番統制のある　軍人家族から　乗車させた
ならば　この記録はなんだ
（大本営命令・満州全土は……これを放棄するも可なり・八月十日）
言い訳はいい　言い訳はいいから
棄てたと言えばいい

少し白髪の混じる人々を　抱いてみろ
中国の黄土の匂い
なぎ倒し殺した血　硝煙の匂いがする
首から一元・二元と　書かれた木札をさげ
難民収容所の前に　並んでいた子供達
おデキがある　痩せている

選別されて　買われた子供達
ソ連兵の銃口に　押しまくられ
つき飛ばされながら　おれは子供達を見る
泣きながら老兵が　乾パンを投げる
拾う元気もなく　立っていた子供達の
今　白い髪をすいてあげてくれ
ざらっ　掌に黄砂が落ちてこないか
子供を　売ったとは言えないから
名乗れないとか　金がかかるとか
日本語が出来ない　恥曝しになる
時代がわるい　わたしは関係ない
子供を捨てる　避難民も捨てる
女たちの捨てる戦後の始まり
女の捨てた幻影の母

お母さん……ママン……

この朝鮮の人々の碑に　花々
日本人の慰霊碑より　少なくないか
水はたっぷりあるか　乾いていないか

突然　ある日　畑のなかから　連行され
喚けば銃尻で　殴り倒される
ふるさとは　沈黙の線上に流れ
別れの挨拶もない　山・川・家族……
そのまま　日本に連行され　広島に

おれたちは　これしか　膝を折れないのか
大地を　手で掘り
顔を埋めなければ　ならない事がある
軍部の責任だと言う
なにも　知らなかったと、口ごもる
ならば　知っていたらどうした
誰に　何を問うたのか
列を組まず　叫ばない　唄うな
花々を投げるな　千羽鶴はいらない
力をこめて　打ち据えられること

お母さん　オモニイ……

日本人とおなじに　らんいの皮膚は垂れ
凄まじい火にあぶられ　死
朝鮮の人々は　二度被爆した
中国に捨てられた子供の死
青黒い　玄海灘　がちゃがちゃ　擦れる骨

白い骨と声が　擦れ合う

黙りきれ　沈黙し　声を出さない
それに　耐えきれなくなったら
列ではない　組むのではない　歌でもない
ならば　おれはどうする
合掌した掌を開く　腕を伸ばしてみる
決意とは　そう言うものだ
おれは　問う

ヒロシマ神話

失われた時の頂きにかけのぼつて
何を見ようというのか
一瞬に透明な気体になつて消えた数百人の人間が空中を
歩いている

(死はぼくたちに来なかつた)
(一気に死を飛び越えて魂になつた)
(われわれにもういちど人間のほんとうの死を与えよ)

そのなかのひとりの影が石段に焼きつけられている

(わたしは何のために石に縛られているのか)
(影をひき放されたわたしの肉体はどこへ消えたのか)
(わたしは何を待たねばならぬのか)

それは火で刻印された二十世紀の神話だ
いつになつたら誰が来てその影を石から解き放つのだ

嵯峨　信之（さが　のぶゆき）
1902~1997年、宮崎県生まれ。詩集『愛と詩の数え唄』『小詩無辺』。「詩学」編集発行人。千葉県柏市に暮らした。

丸の内

『戦争に非ず事変と称す』と
ラヂオは放送する
人間に非ず人と称すか
あゝ、丸の内は
建物に非ずして資本と称すか、
こゝに生活するもの
すべて社員なり
上級を除けば
すべて下級社員なり。

小熊　秀雄（おぐま　ひでお）
1901〜1940年、北海道生まれ。『小熊秀雄詩集』『流民詩集（心の城）』。詩誌「詩精神」、プロレタリア詩人会。旧・樺太（サハリン）、北海道旭川、東京などに暮らした。

声

虫の声がきこえてくる
秋もすぎ
今は早や冬のさなかだのに
まだ死にきれぬのか
虫の声がきこえてくる

生きているものも
死んでいるものも
攻めているものも
攻められているものも
みんな凍っている

ああ、その遠い戦場からのように
またも虫の声がきこえてくる
あまりに疲れ果てて
そのための耳鳴りだろうか
いや、あの子が
どこからか呼んでいるのかも知れぬ

弾丸《たま》に斃れたあの子は
もはや生きかえらぬのに
声だけ生きて
呼んでいるのだろうか

なんと叫んで
あの子は倒れただろうか
声を限りに叫びつつも
弾丸の音にかき消されて
そのまま息絶えたのだろうか
それとも
ひと言も叫ぶひまもなく
倒れたのだろうか

万歳を唱えつつ死ぬものもあるという
おっかさんと呼びつつ死ぬものもあるという
あの子は
なんと
なんと叫んで死んだだろうか

壺井　繁治（つぼい　しげじ）
1897〜1975年、香川県生まれ。詩集『壺井繁治全詩集』、自伝『激流の魚』。詩人会議運営委員長を務めた。東京都に暮らした。

眼

君の大きな眼には
しょっ中涙が出ている。
どうかすると眼やにさえたまっている。
君はときどき、驚いたように
大きな眼をさらにまるくし、
それから明るく笑うが
その泣いている眼は気になる。

それは君の右の眼。
その眼は物が見えない。
見えない眼はむかし、
警察に連れて行かれたときのなごり。
日本帝国主義が二十三の小娘に
軽くあたえた打撃を、
君は今も背負う。

汚れた組合の事務所。
壁にあるのはあかい大きな旗。
その前に十何年ぶりかの君がいて、
それはもう、すこし猫背のおばさんだが、
むかしばなしをし、
眼のことも知らぬげによく笑う。

君の眼には長いまつげがかたまって、
涙がその間からこぼれ、
だんだん目のふちを赤くする。
まるであどけない子供のようだ。
ぼくは当時を思ってふいと暗くなるが、
君の眼はただ笑いつつ涙をこぼす。
菅原　克己（すがわら　かつみ）
1911年〜1988年、宮城県生まれ。詩集『手』『遠くと近くで』。宮城県亘理郡などに暮らした。

引き裂かれたもの

黒田　三郎（くろだ　さぶろう）
1919～1980年、広島県生まれ。詩集『ひとりの女に』『小さなユリと』。詩誌「荒地」に創刊から参加、詩人会議運営委員長を務めた。東京都に暮らした。

その書きかけの手紙のひとことが
僕のこころを無惨に引き裂く
一週間たったら誕生日を迎える
たったひとりの幼いむすめに
胸を病む母の書いたひとことが

「ほしいものはきまりましたか
なんでもいってくるといいのよ」と
ひとりの貧しい母は書き
その書きかけの手紙を残して
死んだ

「二千の結核患者、炎熱の都議会に坐り込み
一人死亡」と
新聞は告げる
一人死亡！

一人死亡とは
それは

どういうことだったのか
識者は言う「療養中の体で闘争は疑問」と
識者は言う「政治患者をつくる政治」と
識者は言う「やはり政治の貧困から」と

そのひとつひとつの言葉に
僕のなかの識者がうなずく
うなずきながら
ただうなずく自分に激しい屈辱を
僕は感じる

一人死亡とは
それは
一人という
数のことなのかと

一人死亡とは

決して失われてはならないものが
そこでみすみす失われてしまったことを

僕は決して許すことができない
死んだひとの永遠に届かない声
永遠に引き裂かれたもの！

無惨にかつぎ上げられた担架の上で
何のために
そのひとりの貧しい母は
死んだのか
「なんでも言ってくるといいのよ」と
その言葉がまだ幼いむすめの耳に入らぬ中に

激戦の後に

まだ仄《ほの》熱い僕の銃の照星に
一滴の夜露がむすび。

僕はみた、
その露に映し出された
宵の明星。

みつめる僕の瞳にも
露は映り、露のうえの明星が
匂やかに鏤められたのだ。

ああ、戦場の数しれぬ露にやどる明星の光を
そのまゝそっと映しとり、
二度と消すまい。

くさむらというくさむらのかげの瞳たち。
生きている瞳も、死者のひとみも。
敵も、味方も。

河邨　文一郎（かわむら　ぶんいちろう）
1917〜2004年、北海道生まれ。詩集『河邨文一郎詩集』『物質の真昼』。
日本現代詩人会物故名誉会員。北海道札幌市に暮らした。

弔詞

職場新聞に掲載された一〇五名の戦没者名簿に寄せて

ここに書かれたひとつの名前から、ひとりの人が立ちあ
　がる。

ああ　あなたでしたね。
あなたも死んだのでしたね。

活字にすれば四つか五つ。その向こうにあるひとつのい
　のち。悲惨にとぢられたひとりの人生。
たとえば海老原寿美子さん。長身で陽気な若い女性。
一九四五年三月十日の大空襲《くうしゅう》に、母親と抱き合って、
　ドブの中で死んでいた、私の仲間。

あなたはいま、
どのような眠りを、
眠っているだろうか。
そして私はどのように、さめているというのか?

死者の記憶が遠ざかるとき、
同じ速度で、死は私たちに近づく。
戦争が終って二十年。もうここに並んだ死者たちのこと
　を、覚えている人も職場に少ない。

死者は静かに立ちあがる。
さみしい笑顔で
この紙面から立ち去ろうとしている。忘却の方へ発《た》とう
　としている。

私は呼びかける。
西脇さん、
水町さん、
みんな、ここへ戻って下さい。
どのようにして戦争にまきこまれ、
どのようにして
死なねばならなかったか。
語って
下さい。

戦争の記憶が遠ざかるとき、
戦争がまた
私たちに近づく。

石垣　りん（いしがき　りん）

1920～2004年、東京都生まれ。詩集『私の前にある鍋とお釜と燃える火と』『石垣りん文庫』。東京都に暮らした。

墓碑銘Ⅰ

ひとりの女とひとりの男が
この世の迷路でめぐり会った

かれらは愛しあい互いを知りあい
かれらは身もこころも溶けあい

幸せがこの地上にあるのを知り
幸せのための共同の闘いを知り

かれらはメーデーの隊列のなかで
いっしょに五月の太陽を浴び

みんなの未来への道をみいだし
かれらも太陽を信じて疑わなかった

ひとりの女とひとりの男　ここに眠る
果しない愛にいまもなお抱きあって

大島　博光（おおしま　はっこう）
1910〜2006年、長野県生まれ。詩集『冬の歌』『大島博光全詩集』。翻訳書『アラゴン詩集』『ネルーダ詩集』。東京都三鷹市に暮らした。

大学

―一九四七・八年―

あるものは野戦の地から
わたしたちは帰還した

学問へ
教場へ
ノートへ

あるものは被爆の地から
わたしたちは帰還した

研究所へ
統計図表へ
フラスコへ

あるものは疎開の地から
わたしたちは帰還した

下宿へ
友の書棚へ
握手へ

と

木島　始（きじま　はじめ）
1928〜2004年、京都府生まれ。『木島始詩集 復刻版』『新々 木島始詩集』。
詩誌「列島」。東京都練馬区などに暮らした。

死から
生へ
銃把から
ペン軸へ
冬から
春へ

長かった凍結地《ツンドラ》から
芽生《めばえ》ふく風へ

軍靴の駈足から
無理強いられた挙手の礼から
そのまったくの無我夢中から

尊敬の微笑みへ
知識のよろこばしい収得へ
そしてふたりの愛のむつまじさへ

と……

わたしたちは帰還した。

（一九五二）

わたしが一番きれいだったとき

茨木　のり子（いばらぎ　のりこ）
1926〜2006年、大阪府生まれ。詩集『自分の感受性くらい』『倚りかからず』。東京都などに暮らした。

わたしが一番きれいだったとき
街々はがらがら崩れていって
とんでもないところから
青空なんかが見えたりした

わたしが一番きれいだったとき
まわりの人達が沢山死んだ
工場で　海で　名もない島で
わたしはおしゃれのきっかけを落してしまった

わたしが一番きれいだったとき
だれもやさしい贈物を捧げてはくれなかった
男たちは挙手の礼しか知らなくて
きれいな眼差だけを残し皆発っていった

わたしが一番きれいだったとき
わたしの頭はからっぽで
わたしの心はかたくなで
手足ばかりが栗色に光った

わたしが一番きれいだったとき
わたしの国は戦争で負けた
そんな馬鹿なことってあるものか
ブラウスの腕をまくり卑屈な町をのし歩いた

わたしが一番きれいだったとき
ラジオからはジャズが溢れた
禁煙を破ったときのようにくらくらしながら
わたしは異国の甘い音楽をむさぼった

わたしが一番きれいだったとき
わたしはとてもふしあわせ
わたしはとてもとんちんかん
わたしはめっぽうさびしかった

だから決めた　できれば長生きすることに
年とってから凄く美しい絵を描いた
フランスのルオー爺さんのように
　　　　　　　　ね

4章　詩――戦中・わすれえぬこと

わすれえぬこと ―おとうさん―

北村　愛子（きたむら　あいこ）
1936年、東京都生まれ。詩集『見知らぬ少女』『神様高齢者をあまりいじめないで下さいまし』。詩誌「いのちの籠」「1／2」。埼玉県川越市在住。

つらかったでしょう
じょうかんのビンタもこわかったでしょう
わらにんぎょうにじゅうけんをつきさす
くんれんもこわかったでしょう
ほんとうににんげんをつきさすことになった
おとうさん　ふるえてふるえてふるえあがった
おとうさん　じぶんもころされそうになった
おとうさん　たべものもきるものも
りゃくだつしなければならなかった
おとうさん　やせほそってけっかくきんにとりつかれた
おとうさん　よろけながらやっと
ほんどにかえりついた　おとうさん

だのに　おとうさんはくるしそうに
ごほんごほんとせきをします
せんめんきいっぱいのちをはきました
おとうさんはびょういんににゅういんしました
はいにはさんずん*のくうどうがあいていて
そこからくうきがひゅうひゅうともれるのです
あなのあいたはいをきりとるしゅじゅつをするというのです

そばによるとけっかくきんがうつるのでめんかいしゃぜつです
しゅじゅつまえのおとうさんにあえませんでした
おとうさんはしゅじゅつして
かならずげんきになってかえるよ
とおかあさんにいったのに
しゅじゅつしつからでてきた　おとうさんのかおには
しろいハンカチがかけられていました
せんそうさえなかったら
こんなことにはならなかったのに
とおかあさんはなきがらにすがってなきました

おとうさんはなぜしんだんだろう
わたしはくちびるをかみしめていました
ちょうじょのわたしがこれからは
おかあさんをささえていかなければならない
しっかりしなければならない
わたしはこどもながらにおもいました
くちびるをかみしめて　なきたいのをがまんしました
しょうがっこう四ねんせいの三がっきのことです

＊さんずん（三寸）＝約九・一センチメートル

馬ぁ出せぃ

「馬あ出せぃ　馬だ　鉄馬だ　この厩《うまや》なら五頭出
せぃ！」＊
主は駿馬十頭ひきいて　裏木戸よりそっと消える
〈ご勘弁くだせぃ　兵隊《へいてい》さん　馬ぁ人より大事です
けぇ〉

「ほんなら　じゃがいも　南京　南京豆　出せぃ」
〈兵隊さん　そりゃあ酷です　穀類芋類　命の糧です〉
「じゃ　豚ぁ出せぃ　豚だ　ブタ　親豚九匹出せぃ」

〈コムギ粉　砂糖　小豆なら　さし上げますけぇ
トウモロコシの粉　高梁《こうりゃん》の粉も　さし上げますけぇ
豚ぁご勘弁くだせぃ　豚ぁ真珠より　貴重ですけぇ〉

「おゝ　砂糖三十貫徴発でけた　在る所にゃ在るもん
じゃ　コムギ粉ねって　善哉《ぜんざい》こせーたら　そりゃうま
かった――　〈ヤイ　乳房出せぃ〉とは言わん　乳牛《ちちうし》三
頭特牛《こってい》五頭出せぃ」

〈牛ゃぁ　田畑ぁ鋤かにゃいけんし　乳もくれますけぇ
代わりに　甘藍　干瓢　大根《でーこん》も　さし上げますけぇ
牛ゃぁ　ご勘弁くだせぃ　牛ゃぁ　あっしの魂です
けぇ〉

「つべこべ放《こ》くな　この頓馬　あひると鶏　百羽出せぃ
アヒルの卵と鶏卵五百個じゃ　出さんとみなゴロシ
じゃ　いつか天罰受けようが　今は神馬だ　神馬五頭
出せぃ！」
〈ご勘弁くだせぃ　兵隊さん　おらが馬ぁ　龍神です
けぇ〉

＊英仏、十八、九世紀のこの詩型ヴィラネル *villanelle* は、各連3行、終連4行の、19行二韻詩。各連末は、第1行と第3行が交互にくりかえされる

岡　隆夫（おか　たかお）
１９３８年、岡山県生まれ。『岡隆夫全詩集』詩集『馬ぁ出せぃ』。日本現代詩人会、日本詩人クラブ会員。岡山県浅口市在住。

葬送の貨物列車

北畑　光男（きたばたけ　みつお）
１９４６年、岩手県生まれ。詩集『北の蜻蛉』、評論集『村上昭夫の宇宙哀歌』。詩誌「歴程」「撃竹」。埼玉県児玉郡在住。

夜なかに
葬送の貨物列車がとおっていきます
その列車のところだけがいっそうくらく
読経とも嗚咽ともきこえる
こえをあげています

たくさんの悲しみや無念をつんだ
ながい貨物列車です
灯明のあかりをふたつ
いちばんうしろの貨車にともしています

「アイゴー　アイゴー」
のどを
胸を
背を竹槍がつらぬきます
偏見や不安がいのちを突き刺します
アイゴーのこえは血にうまっています

七十九年前*の傷口を
貨物列車がとおっていきます

神経の草たちは線路わきでふるえています
石ころのなかの結晶は黄鉄鉱の鈴をふり
星たちも祈りの鈴をならしています

ゆめのなかでは
戦闘機が空中戦をやっています
（これは今もあるこの星のできごとです）
星や石ころ　神経の草たちは
いまだにつづくいのちへの迫害をかなしんでいます

夜なかに
葬送の貨物列車がとおっていきます

＊大正十二年の関東大震災のあと、流言でおきだ朝鮮人大虐殺。私の住む埼玉県上里町では四十二人が犠牲になったという。町では、毎年九月一日、慰霊祭を行っている。

花岡鉱山慰霊
――鉱泥蒼き水底に

青山　晴江（あおやま　はるえ）
1952年、東京都生まれ。詩集『ろうそくの方程式』『父と娘の詩画集　ひとときの風景』。詩誌「つむぐ」「いのちの籠」。東京都葛飾区在住。

ぷくぷく　水底から泡が上る
どれはどの死者の無念が沈められたのか
流し込まれた鉱滓《こうさい》の分厚いヘドロのその底に
中国人収容所「中山寮」、日々の埋葬地「鉢巻山」
蜂起して死体となって投げ込まれた「大穴」
どれもこのダム湖の底に隠されて

靴のないはだしの足が
ひたひた　よろよろ
鹿島組の工事現場へ追われ　異国の土を踏む
道端に捨てられたリンゴの芯に手を伸ばし
ひどく殴られその場で息絶えた仲間
自分の今日一日の命を危ぶまない者はなかった

　遺族の孫の女性が泣きながら伝えた
　祖父は、病から回復に向かったのに、仲間と
　生きたまま焼かれて殺された　働けないからと…
　故郷の村に帰れた人が教えてくれたのです

六月三十日の蜂起　収容所を脱出した八百人
なんとか獅子ケ森まで逃げてきた三百人を
憲兵隊・警察・自警団・鹿島組二万人が包囲
捕まり　二人ずつ後ろ手に縛られ
共楽館広場の砂利の上　炎天下に水も与えられず
石を投げられ　こん棒で殴られ　次々に倒れて…

ふるさとの風は
海を渡り　死者たちに届いたろうか
あと四十五日　日本の敗戦の日を見ることなく
連行され死なねばならなかった人々の頬に

一九四二年花岡鉱山抗道前の写真
銅鉱石の増産を叫んでいるのは商工大臣岸信介
いま再び　その孫が総理大臣となって叫んでいる
「平和のための戦争を！」

ぷくぷく　蒼き水底から泡が上る
死者たちの無念と怒りの泡が

たやすく書かれた詩*
——時を結ぶ返し歌の

そぼ降る雨の路地
街灯が銀の箔《はく》を散らす夜の向こうに
あなたのかなしい目がそそがれる

暗い裏通り
仮住まいの庭の一隅に
深々と青い息を吐きながら立つ若い欅《けやき》

大地も凍るというあなたの故里から
こんなにも大切なものばかりを
小さなカバンに詰め
他人の名前で
旧《ふる》い都へ

ほんとうは
あの北の地へ置いてくれればよかったのか
あなたの言葉
あなたの薄い微笑み
そして
あなたがあなたであるがゆえの詩

上野　都（うえの　みやこ）
1947年、東京都生まれ。詩集『地を巡るもの』、翻訳詩集　尹東柱『空と風と星と詩』。日本現代詩人会会員。大阪府枚方市在住。

窓を開ければ
いつも　風は故里へ吹き
白い雲は　あなたの言葉を乗せて西へ
それでも
あなたは他人の国で
水絶えぬ古都の川面《かわも》を愛し
ほとばしる若い日々に憂いを忘れ
幾度かはその頬を染めたろうか
それゆえ
あの刃を飲ませた凄まじい狂気に耐え
まっすぐに天を仰ぎ生き抜いたあなたが
恥ずかしいとつぶやいた詩を
わたしの言葉で
わたしの国で
しっかりとあなたに届けねばならない

春には雲雀《ひばり》の歌を降らせる天のもとへ
あなたが還ってしまったあと
若い欅は六十回もの春を迎え

無骨な黒い大樹になったが
その背丈を越えて　なお
たやすく書かれた詩のかなしみは
この人の世に張り付いたまま
悄然《しょうぜん》とうなだれながら
それでも
わたしの言葉で
わたしの国で
かならず　あなたに届けよう
最初のあなた
最後のあなた
そのどちらの手をも放さずにいて。

二〇一〇年六月

＊尹東柱《ユンドンジュ》の代表詩「たやすく書かれた詩」の返し歌としてこの詩は書かれた。
尹東柱（一九一七年十二月三十日－一九四五年二月十六日）は、間島（現・中国吉林省延辺朝鮮族自治州）出身の朝鮮人詩人。朝鮮の植民地支配の宗主国日本へ留学、京都、同志社大学時代に治安維持法違反の嫌疑で逮捕され、福岡で獄死した。

北田中の山本さん

高良　留美子（こうら　るみこ）
1932年、東京生まれ。詩集『その声はいまも』『続・高良留美子詩集』。千年紀文学の会、新・フェミニズム批評の会会員。東京都目黒区在住。

ある日、山本さんは馬に荷車を引かせてゆるやかな坂を降り、父の医院にやってきた。積んできた野菜を排泄物と交換するためだ。それ以来、山本さんは時期を見計らってはくるようになった。

山本家は石神井駅の北にある萱葺きの農家で、入り口には広い土間があった。家の脇の小屋には枯れ草が大人の背丈より高く積み上げられ、よく腐った下のほうをレーキで引っかくと、丸々と肥ったクリーム色の甲虫の幼虫が何匹も転がり出てくるのだった。

食糧が不足してくると、わたしたちは電車に乗って山本さんの畑に行き、農作業を手伝った。そして帰りにじゃがいもなどをもらい、リュックサックに入れてかついで帰った。霜柱の立つ冬の畑で、よく麦踏みをしたものだ。小父さんが歩いていく地下足袋の踵の跡に、ごぼうの種子を二粒か三粒ずつ蒔いたこともあった。

山本さん一家は戦争末期に空中戦の被害を受け、防空壕にいたおばあさんと四歳になるその孫娘が圧死した。わたしは学童疎開先で母の手紙によってそのことを知ったのだ。

半世紀ほど経った去年の秋、同じ石神井に住んでいた旧友にその話をすると、彼女は言下にいった。「それは北田中の山本さんでしょう」

山本さんの防空壕に爆弾を落としたのは米軍機ではなく、成増《なります》飛行場から飛び立った日本軍の特攻機だったという。ガソリン不足のため特攻機は松の根からしぼった松根油《しょうこんゆ》を使っていたが、馬力が出ないため爆弾を沖縄沖まで運ぶことができない。止むを得ず途中で落としていったというのだ。

「どうせ落とすなら田んぼに落とせばよかったのに」と友人はいった。だがあのあたりに田んぼはない。飛行士は畑に落としたつもりだったのだろうが……。

そのころ父の医院の前を流れる妙正寺川の州には、ときおりアヒルなどが流れついた。上流の石神井あたりが空襲されたためだと噂されていた。家禽たちは爆弾でこわれた小屋からさまよい出たのだろう。

勤労奉仕で松の根を掘った話はよく聞いたが、松根油が特攻機に使われていたとは知らなかった。成増飛行場で陸軍特攻機の訓練が行なわれていたことも、発進した五十名近い若者が南の海に散ったことも。

わずかな爆弾と共に自爆していった特攻隊の青年たち、捨てた爆弾で殺された農家のおばあさんと女の子……戦争の惨禍はめぐりめぐって果てしがない。

老兵たち

会いにきた女性と、わたしは地下室で話している。

「あなたに挨拶したとき、そばに背の高い男の人が立っていたでしょう。あの人もその一人です。老人です。戦争に行った人たちです。みな人を殺しています。それも戦闘ではなく、「上官の命令は陛下の命令である！」と恫喝されて、捕虜を刺殺したのです。肝試《きもだめ》しと称して。その感触とぬめりが腕に残っているのです。幽鬼のようにみえるでしょう。救われないのです。道を探しているのです。祈りか？　語ることか？　国の責任を問うべきなのか？　あなたたちの集会に出席しようとして、かれらは隣のビルディングの屋上に集まっているのです」

地下室は息苦しく、わたしたちは地上に出た。女たちの数は増えていた。わたしは女たちの集会とかれらとの接点をみつけようとしていた。

千鳥ヶ淵の鯉
――二〇〇九年三月

菊田　守（きくた　まもる）
1935年、東京都生まれ。詩集『かなかな』『雀』。
詩誌「花」、日本現代詩人会会員。東京都中野区在住。

三月下旬
東京九段下にある千鳥ヶ淵へ出かけた
まだ桜は三分咲き
千鳥ヶ淵のどんよりしたみどりの水の中
大きな真鯉が何匹もゆったりと泳いでいる
千鳥ヶ淵の桜並木を　花見客が一列になって歩いている
――立ち止まらないで前へ進んで下さい
警備の警官がメガホン片手に叫んでいる
ちらほら咲いている桜の花を
見上げている人、人、人
三十分八〇〇円の貸ボートが
千鳥ヶ淵に七艘浮かんでいる
ボートに乗った若いカップル
サラリーマンの夫婦もいる
――なんと平和な刻なのだろう
一列になって整然と歩く人々
その中を歩いている私
――死へと続く長い行列への思い

列がまばらになってきた
右手に戦没者無名戦士の墓がある
中に入って　献花台に黄色の菊の花を一輪供えて
静かに合掌し頭を深々と下げる
―昭和十九年六月十二日、中部太平洋上にて
　航空母艦翔鶴が撃沈され、戦死した
　故海軍整備兵曹菊田孝吉叔父の霊に。
石碑には
中部太平洋での戦没者二百七十万人の遺骨は
海中に没したままであるという
終戦後六十四年経過したいま　海中の中の
二百七十万人という人々の遺骨を想う
ここ無名戦士のお墓は　都会の騒音とは背中合わせ
静寂な空間を保っている
午後四時閉門という　門を出ると　また
私は花見客の列に紛れこんでしまった
歩いていると　千鳥ヶ淵に棲息して水の中で
のうのうと生き永らえている真鯉の群れが
私の脳裏によみがえってきた
なぜかその生臭い臭いが私の鼻をついてくる
花見客の列から離れて
私は人のいない道の外れに出た所で
嘔吐をもよおし　何度も何度も吐いた

七十年経って

軍人百八十六万
一般人六十六万
実数《ほんと》だばその倍も死んでぇ
戦争ぁ終った

あれから七十年経った

俺《おら》の長兄《あんちゃ》も
赤紙ぁ来《き》たきゃぁ
文句《ごもめぐ》もしねでぇ出がげで
ミンダナオ島の
密林《やまおぐ》で死んでぇ
この村の若者等《わぎやものど》ぁ
シベリヤの凍土《つち》で
満州のコーリャン畑で
ニューギニアの壕《あなこ》で
レイテの海で
二百三十一人も死んでしゃぁ
そんた事《ごど》ぉあったてがぁテ

スマホの女の子《おなごわらしこ》
んだども
あった。

福司　満（ふくし　まん）
1935年、秋田県生まれ。詩集『泣ぐなぁ夕陽コぁ』『友《やづ》ぁ何処《ど》サ行《え》った』。詩誌「密造者」、秋田県現代詩人協会会員。秋田県山本郡在住。

さんさんと心残りせよ

大村　孝子（おおむら　たかこ）
1925年、岩手県生まれ。詩集『大村孝子詩選集一二四篇』『ゆきあいの空』。岩手県詩人クラブ、日本現代詩人会会員。岩手県花巻市在住。

「死者の錆びた骨を探すな
　死者たちを愛すな、生ある者を愛せ」と
詩人木原孝一は戦争をうたう
その痛恨を胸におさめてなお
私は死者をうたわずにはおられない
雲の行方が見通せぬ光の迷路
その隙間からA子は昔のお下髪《さげがみ》に
女学校の制服のまま、薄い目で私を見ている
A子、心残りはなかったか

昭和十七年、A子は女学校卒業まもなく
突然私に別れを告げにきた
近くハルピンに行くの、何をしに？
束の間　微笑が消えて
今は言えない　あとで手紙書くから…
胸の奥につめたい波紋がひろがり
その日から口をつぐんださびしい獣が
肋《あばら》のあたりをさまようようになった

数か月たってA子から手紙がきた
（今は言えない）A子の住所は
「満州国、関東軍ハルピン特務機関」
父は、特務機関とは日本陸軍の
最高機密機関だぞ、と険しい顔になった
A子の手紙は便箋二枚に端正な文字で
――タイピストになりました――
けれどタイピストの近況には一行も触れず
最後に――赤い夕日を見ていると
胸が張り裂けそうです――　と結んでいた
いま何かが失われ、何かが始まっている
何かが還る血をすすっている
A子は遠い日の赤い夕日にすがって
（胸が張り裂けそうです　わかって下さい）

A子はおそらく獣油《じゅうゆ》のにおう秘密の部屋で
秘密の信号を打ち続けているに違いない
つらなる数字の罠をタイプ打つ指は
気付いていたに違いない
赤い夕日が沈む前にと
私はA子にせっせと手紙を書いた

返事はこなかった
町ではアッツ島玉砕の歌がはやっていた

ある日、職員室にもどってみると
机の上に手紙の束
なんと、A子に宛てた私の手紙ではないか
手垢もつかず一通も封切られぬまま
手紙は紐《ひも》でくくられ戻されてきたのだ
薄紫色のハガキが添えられ
「A子様は昭和十九年九月、病死」
差出人は女文字のハルピン特務機関
無い空の赤い夕日にA子が落ちていく…

友達の手紙さえ届かぬところで
A子は一体何をしていたのか
光が届いてはいけないところから打たれた
A子のタイプライターとは何だったのか
信号が闇にもつれて混迷を深める頃
私らは勝った勝ったと
どちらに向けて旗を振っていたのか
雲の迷路に見え隠れするA子よ
敵と味方の亡骸《なきがら》沈めて万歳万歳と
私らはみんな稚《おさな》い軍国女学生だった
春の日の校庭にまるく座り

A子はあの難解な「啄木鳥」*を暗唱していた
授業つぶして必勝祈願や勤労奉仕
並んで走った足音が耳に軽いのに
A子はひっそり墓標の雲になった
それで己れに還ったことになるのか
生き残って行きつ戻りつ
私は見覚えのある薄紫色の花を手向《たむ》ける
花は暗号のように細かくふるえ
それは二十歳で生死の境界を失った
A子のあふれる言葉なのだと思う

さんさんと心残りせよ
死者も、また生ある者も

＊「啄木鳥」——石川啄木詩集『あこがれ』より

早春

山口　賢（やまぐち　けん）
1932年、山口県生まれ。詩集『日々新しく』『山口賢詩集』。
詩人会議、佐賀県詩人会議会員。佐賀県唐津市在住。

二月二十日は
小林多喜二が虐殺されて八十四年
誰があの地獄の再現を望もうか

朝鮮併合、中国、東南アジア侵略
太平洋戦争で二一〇〇万人殺戮の時代
大本営の大ウソの「転進」「玉砕」で
戦死、餓死の日本兵隊たち
人類初の原子爆弾被爆
国民三一〇万人以上の犠牲

三月は私の誕生月
桜の枝の無数の顆粒《かりゅう》たちよ
さざ波のような寒暖にもめげず
硬くなり和かになり
節分、立春を
のりこえてきたものよ

誰があの地獄の再現を望もうか

主権者・国民の怒りのうねりに
―南スーダンの「戦闘」を「衝突」といい
「憲法九条違反になるから…」と
居直る者たちに
平和と幸せの未来は描けない

八十路の峠を辿り
肩痛のリハビリ通院で二年になる

今朝も桜並木のバス停の下で
膨らんでいく枝の顆粒たちと
「殺し殺される」世に
二度とさせてはならないと
心でしみじみ語り合っている

印される日

陣痛は二日前に始まった
きっと予定日より早く生まれる
安堵《あんど》してからも痛みと時間は練り合わされ
軽いあぶくのような産声を聞いたのは
予定日ぴったりの朝だった

疲れ果てた母親と
何億年をやり直し小さな頭蓋《ずがい》をずらしながら
用心深くおりて来たあかんぼうに
伯父は言った
　開戦記念日に生まれた男の子だ
　勇ましい子になるぞ

その日が近づくと学校で必ず討論をするという
アメリカでの生活を考えていた　二十五年前
誕生日とともに突きつけられるパールハーバーに
どんな覚悟をするべきか　答えは出なかった
十二月八日
この日を今どの世代まで知っているだろう

田中　裕子（たなか　ひろこ）
1961年、福岡県生まれ。詩集『夢の先』『カナリア屋』。
詩誌「タルタ」「いのちの籠」。神奈川県鎌倉市在住。

喜びだけでなく
身勝手な間違いや理不尽な悲しみの始まりも
印されることがある
戦争　原爆投下　震災　テロ
生み出された日は回復の祈りを込めて
後の者が受け継がなくてはならない

あの伯父の言葉は
二度と愚かな戦争はしないと
後の世を信じたからこそだったろう
しかし今「平和主義は無くさないと」*の声が聞こえる

すべてのあかんぼうの未来に
もう生み出してはならない日がある

＊「創生『日本』」（会長安倍首相）の研修会で自民党閣僚経験者が「国民主権、基本的人権、平和主義は無くさないと……」と発言。（毎日新聞　2016.7.12）

松根掘り

皆木　信昭（みなぎ　のぶあき）
1928年、岡山県生まれ。詩集『心眼』『むらに吹く風』。
詩誌「火片」、日本現代詩人会会員。岡山県勝田郡在住。

召集令状は
元気な若い男にだけくると思うとったのに
女房や子どもがある者にもきて
蔵の奥にしもうておった刀や槍にきて
納屋の隅にころんでいる古鉄にきて
台所の水屋の棚のアルミの弁当箱にもきて
米や麦やさつまいもにきて
先祖の代からだいじにしてきた松の木にきて
もうくるものは何もないと思うとったら
何十年も前に伐《き》った松の根にまできた

松根油を戦車や飛行機の燃料にするので
松の根を掘って出すようにという
油脂《ゆし》をいっぱい含んでいる松の根は
樹齢が何十年も何百年もたった木で
いくら外側が腐っていても
四方八方に根を張っていて
どこまでも赤土の中にもぐりこんで
ちょっとやそっとで掘り上がらない
山に雪が降らぬ間に掘り出さないと
年寄りや女子どもまで動員して
くる日もくる日も松の根を掘りつづける
さんざん苦労してやっと掘り上げても
山から引きずり出すのがまたひと苦労
引っぱったり転がしたり梃子《てこ》で浮かせたり
大勢かかって一日に一つか二つの根株を
道端まで運んで日が暮れる

戦争に行った人たちが
みんな元気で戻ってくるためだったら
どがいなことでもせにゃあいけんけど
松根油を燃やいてほんとうに戦車が行くのか
飛行機が飛んだりするんだろうか
ばあさんの後ろを従《つ》いて戻りながら
ごんごはなんぼう考えても分からない

深夜消そうとする

稲木　信夫（いなき　のぶお）
1936年、福井県生まれ。評論集『詩人中野鈴子の生涯』、詩集『溶けていく闇』。
日本現代詩人会、水脈の会会員。福井県福井市在住。

終戦まぎわに空襲があって
これが戦争
町のおおかたが焼け落ち
早朝　厚い煙の漂うなか
樹木も土蔵も炎が立つばかり

七十年が過ぎて
深夜の目覚めで時を数える
老いた心で厚い炎を数えて
木も土蔵も夢の中で崩れようとする
あの夜　空を流れた火炎
私は消せないのに
今夜も眠れぬ寝床で消そうとする

生きた町を失った我ら
生き続けた命や体は
語れはしないものの
なお迫ってくるのが炎
そこで見開いた目が甦る
あの夜のままに顔　胸　腹　手足の形で

町の背後からなおも飛来する
爆撃機B29の編隊だ
町の七十年が過ぎて
甦ることのないものの夢
なおも甦る深夜に消そうとする

鹿島防空監視隊本部の経験　（二）

田中　作子（たなか　さくこ）
1927年、茨城県生まれ。詩集『吉野夕景』『田中作子著作集』。
文芸誌「コールサック（石炭袋）」、日本現代詩人会会員。東京都江戸川区在住。

私達は日本には敵機を迎え撃つ飛行機が無いことを感じていた。東京大空襲があってから国内の主要都市への空襲があり監視隊本部は毎日絶え間ない敵艦載機の機銃掃射の報告になった。日本にはすでに敵機を迎え撃つ飛行機が無いことを感じていた。グラマンやカーチスが低空で飛来してきたが抵抗する方法も無いのではないか、日本の防空は零であった、なす術が無いのがくやしい。しかし戦争である、いつ何があるかわからない緊張の日が続いた。

沖縄を占領し本土に迫る敵、昭和二十年三月十日の首都大空襲は首都を灰燼にし、多くの犠牲者が出た。村へ引上て来る人、親戚を頼って来る人で村の人口は急増した。一番の苦労は食糧の供給である。村長をしていた父は県庁へ食糧の配給を申請しに出掛ける日が多くなった、米の検査をする米検さんを連れて早朝一番のバスに乗り水戸までの往復をする一日掛の仕事であった。母も早起きをしてお辨当《べんとう》を作るなど多くの用事があった。

その頃小学校へも陸軍の兵隊が駐留するようになった。わが家の門の長屋へも別の部隊の兵隊が三人自炊して宿営していた。別の任務があったらしくしっかりした人達であった。風呂へ入りに来る兵隊も居たが大方の人たちは川で水浴をしていた。わが家では用事が多かったので手伝いの人を置いていた。思えば家族ぐるみの体制であった。終戦の間際、村へ飛行機の燃料となる松根油を作るために松の根を掘る海軍兵が五・六人宿泊していた。松の根からは少しの油しか取れないと嘆いていた。我が家で食事をしていたのを覚えている。一週間程の滞在であった。

夏になると敵艦載機の飛来、機銃掃射は毎日のようになった。鹿島灘からの侵入であり敵空母からの飛来であった。敵は既に余裕があるように見え、おどかしかと思う程低空で来る。大きな被害もなく死者は聞いたことが無い。瓦屋根を打ち抜かれたという人はいた。

監視隊のことであるが、夜は暗く燈火管制のもとであるから敵機の襲来は無い。私達の小隊だけのことかも知れないが監視哨の兵隊と電話遊びをした。私達は自分の名前は使わず、それぞれが自分の番号を持っていて、送信受信の最後には番号で応えていた。軍隊も番号を使っていたので、先方が番号を言う前に「三番さんですか」「五番さんですか」と相手を当ててしまう、こちらもそのように当てられるわずかの時間のわずかの遊び、若さかも知れないし、空虚を満たす発想だったかも知れない。

昭和二十年八月十五日、私は家に居た。天皇陛下の玉音放送があると言うのでわが家に寄宿していた兵隊さんもラジオを聴きに来た。お広間のラジオの前に家族も集まった。兵隊さんは軍刀を膝前に置き正装をしていた。

ラジオには何か雑音があった。お言葉の意味をよく聴こうとしたが終了したあとは誰もが言葉を失っていた。ポツダム宣言を受諾した。敗《ま》けたのだと思った。

空は青く晴れ、敵機の空襲はない。燈火管制もなくなった。

終戦と言われたけれど全面降伏であった。虚脱感と言うのだろうか。駐留していた軍隊もいつ解散したのか記憶がない。出征して内地にいた人達は次々と帰還して来た。アメリカの占領地にいた人、捕虜となった人々も帰還することが出来たが、ソ連の参戦により北へ連行された人々の消息は不明であった。南方やその他の地で戦死された方々の犠牲を思うとやりきれない思いだった。

妹や弟の国民学校は小学校となり、教科書はそのまま都合の悪いところは墨汁で塗りつぶさなければならなくなり、その黒い教科書で勉強をしていた。教室は軍隊の置きみやげの蚤虱《のみしらみ》を貰い、かゆみに悩まされていたが米軍からのＤＤＴを頭から振りかけられた。アメリカの進んだ文化と戦争のむなしさを思い知らされた気がした。

又私への手紙の駐留軍の検閲の印があり、封筒の下辺が切られテープで綴じてあった。一年間ぐらいは続いたかと思う。

内閣は幣原内閣から吉田内閣となり、詳しいことはわからないが、財閥解体、農地改革、多額預金の封鎖、戦争犯罪人が巣鴨収容所へ収監されるなど連合軍の指令によって行なわれた。男女平等による始めての総選挙も行なわれ、二十才になったばかりの私は選挙権を持つことが出来た。その時女性の議員が三十九人当選した。

気になっていたことがある。

霞ヶ浦海軍航空隊はどうなっているかという心配である。機銃掃射を受けたと言う人、爆撃を受けたと言う人、その跡はどうなっているのだろうか。人に聞いてもさまざまな憶測ばかりで戦後六十年の時の経過に記憶まで曖昧になっている。私自身もそうした中に生きている。土浦の妹に電話をした。終戦時妹は四才だったから記憶はないはずだが義弟が「あそこは阿見町だから阿見町役場に聞いてごらんなさい」と電話番号を調べて呉れた。

早速阿見町役場に問い合わせると若い女性の声で「私にはわかりませんので平和記念館へつなぎますので聞いて下さい」と言われた。

記念館の豊崎さんと仰言《おっしゃ》る方が電話に出られ丁寧に教えて下さった。

「霞ヶ浦海軍航空隊とその中に併設された予科練の兵舎

は昭和二十年六月十日爆撃を受け破壊されました。その日は丁度日曜日でしたので家族との面会日でした。爆撃のはげしさは予科練生や御家族にも多くの犠牲者が出ました。今はそこに平和記念館を建て毎年六月十日には慰霊祭を致します」と言われた。

胸に迫る話であった。まだ十七、八才の若者の死を思うとかなしい。

若い血潮の予科練の
　七つボタンは桜に錨

国の為、家族の為にと国に殉じた若者達の死。戦争の恐ろしさ惨めさ、目をつむり涙と共に黙祷をした。

はるか奥底から聞こえる

細野　豊（ほその　ゆたか）
1936年、神奈川県生まれ。詩集『女乗り自転車と黒い診察鞄』。共訳書『ロルカと二七年世代の詩人たち』。「日本未来派」「饗宴」。神奈川県横浜市在住。

サイレンが鳴っていた
キーコキーカ、キーカキーコ
ひとにつき添い救急車の中でそれを聞いたのは
初めての経験だった

時が経ち　公衆電話からそのひとと話したとき
はるか向こうそのひとの受話器から
キーコキーカ、キーカキーコ
あのときと同じサイレンが聞こえてきた

―ああ　また鳴っている―
男の受話器のはるか彼方で
そのひとの声が震えた

そのとき以来　いつだってサイレンは
はるか奥底から聞こえてくる
咽《むせ》ぶように　脅かすように

これは夢だと
自分に納得させようとしながら　男は
ふたたび微睡《まどろ》みの中へ落ちてゆく

ウイー、ホイー、ウイー、ホイー
深いところで鳴っている
敵機襲来を告げるサイレン

―ああ　また鳴っている―
それは戦後間もなくうら若くして逝った
別のひとの声だ

むかしこうそう

（戦争で最愛の夫を亡くされた
故椎葉サイさんの一周忌に供える）

椎葉　キミ子（しいば　きみこ）
1938年、宮崎県生まれ。詩集『メダカの夢』。
文芸誌「コールサック（石炭袋）」、宮崎県詩の会会員。宮崎県日向市在住。

――むかしこうそう
松木のとっさえにな、大びちかん小びち
かんが住んどって、その化け物は夜な夜
なここら辺の里に下りて来て、泣く子は
おらんか？と探したそうな、だからむや
みに泣くなよ

おじいさんは綿入れから手を出して額にかざしながら
あごの張ったひげ面で
囲炉裏の火に映える孫の顔をたしかめた
ひとりひとり

子ども達は目を皿にしておじいさんににじり寄った
いちばん小さい男の子は姉の腕の中で
母親の姿を追っかけている
おりから風が背戸をたたいて過ぎた

子どもたちは毎晩ねる前に昔話をきいた
話はいつも「むかしこうそう」で始まるのだった
八の字に燃《く》べた火の伽《とぎ》はゆるりと火をおこし
自在鉤《じざいかぎ》にかかった鉄びんが湯気を立てている

父親は
戦争にとられて家にはいなかった
母親は思いのたけを胸ひとつに押し込んだように毎日
野良《のら》仕事に出た
村の人たちはサイさんはいつ寝るのだろうと噂しあった
ものだ

あしたは何の話をしようかの、徳妙《とくみょう》さんの馬こかしは
とっくにしたな
……そうだヤカンころがしはどうだ？
子どもたちはいっせいにコックリをした
きょうの話はこれでおしまいカッチン。

椎葉久吉さんはフィリッピンで戦死した
妻のサイさんは三十一歳から辛苦を嘗めながら
家を守っておじいさんを看取り
二男三女の子供たちを立派に育て上げた

そして、明治・大正・昭和・平成と生きぬき
みどりの風がそよぎはじめた五月六日
子孫に見守られながら九十六年の生涯をとじた
ふる里からは石南花《しゃくなげ》のたよりが届いていた

——むかしこうそう
戦争は憎悪すべき行為
人間の愚かさの発露
穏やかな暮らしへの逆行
もういい加減に目を見開き全知を傾けて
進化しようではないか！

《Y市の橋》へのオマージュ

黒く描かれた人物は　白い橋に佇み
何を見ているのか

薄青い空　青黒い川の流れ
灰色の大きな工場　真っ黒な鉄骨
小さく描かれた黒い人影が
記憶の中に置かれた

「松本竣介展　生誕一〇〇年」
またとない訪れに
長い陸橋を渡り　美術館に足を運んだ
何枚かの《Y市の橋》が並び
記憶の中に置かれた絵は　戦時中
一九四三年の油彩画《Y市の橋》であった

雲ひとつない午後　その場所を訪ねて
横浜駅近く　新田間川に架かる月見橋に立った
何本もなんぼんも　線路が走り　轟音が耳に届く
十三歳のとき聴覚を失った竣介の耳に
微かにでも　電車の軋る音が　聞こえたか

方喰　あい子（かたばみ　あいこ）
1946年、茨城県生まれ。詩集『鹿島灘』『誰かに手渡したくて』。
詩誌「地下水」「ERA」。神奈川県横須賀市在住。

海に向かって　川沿いの小道を歩き
近くの金港橋に立つ　振り返ると
絵の構図と重なる

兵役につけなかった画家は
東京に踏みとどまり　一九四六年
横浜大空襲の焼け跡を描き
《Y市の橋》を世に残した

絵の中に　松本竣介の命が宿っていたから
私はその絵に捉えられた　と気づく
静かに佇む　黒い人物に
震える命が
燻ぶりながら燃えあがる

待つ

山本　衛（やまもと　えい）
1933年、高知県生まれ。詩集『讃河』『黒潮の民』。
詩誌「ONL」、日本現代詩人会会員。高知県四万十市在住。

六十年余の不在にも
あなたはまだ二十三歳のまま笑っている

庭先の柿の老樹は
今年も若々しい枝葉を空に拡げているというのに

この樹がまっ裸だった日の
空が真っ赤に焼け始める時刻
若者は秋　茜《ぬのへりとんぼ》みたいな練習機で
ふるさとの田野に別れを告げにやって来た
村中総出で手を振る上空に
二度　三度
あざやかな旋回をさせて
南の空へ飛び去っていった

――やがて
国は
敗れ去る――

あの酷熱の夏
ぼくらは生まれて久々に
精いっぱい茂らせた葉陰の下で
涼を求めたが
若者だけは
ついぞ戻らなかった

黒潮の流れに逆らって海原を越え
地球の一番深い海溝に息を止めた
それが事実であるとすれば
今は
マグマと交差するプレートのうえに
白い骨を晒していることだろう

海底は毎年数ミリずつ北上し
一万年後　わが土佐沖に辿りつくときく
おれはこの岬の端《はな》で
きみと会える日をいつまでも
待っている

海を越えてきた手紙

玉川　侑香（たまがわ　ゆか）
１９４７年、兵庫県生まれ。詩集『戦争を食らう』『かなしみ祭り』。
詩誌「プラタナス」「文芸日女道」。兵庫県神戸市在住。

トゥアン　日本から手紙です
ガレキの中で立ち尽くしているおれに
興発の事務員が
シミだらけになった茶色い封筒を手渡した

波を被ったか　汗がしみ込んだか
長旅が思われる

差出人を見た瞬間
不覚にもおれは　はらはらと涙した
妻からだ

この大空襲の最中
太平洋をまたぎ
よくぞここまで辿りついたことよ

「アンボン市楽園通り　南洋興発内　深見三郎様」

だが　妻よ
もう　その建物も「楽園通り」もないのだよ
みんな　破壊されてしまった
でも　おれは生きている

須磨子よ
確かに　手紙受けとったぞ！
おれは生きとうで！

おれは中身も読まずに胸のポケットにねじ込んだ
たよりがきた
それだけで　よかった

アンボン行き郵便の暗号
セ二四セ四〇セ〇〇

検閲の印もなく

内地の混乱が　うかがえた

つなぐ

橋爪　さち子（はしづめ　さちこ）
1944年、京都府生まれ。詩集『時はたつ時はたたない』『薔薇星雲』。「青い花」、日本現代詩人会会員。大阪府池田市在住。

格子戸を開けると
母が玄関の上がり口に腰をおろしていた
「もう来る頃やろ思てな」

彼女は手もとの小箱から
古びた作文の束を取り出した
原稿三十七枚に及ぶ女学校時の修学旅行記だ

当時　東京に学んでいた兄とひさびさ
過ごした自由行動の一日は
綿密な会話とともに七枚を使っている

　兄さんは待ったぞ　お前の来るのをそうら
待った　宮城《きゅうじょう》へお参りしよう　最敬礼だ
美しいというより尊いね　僕は甲種合格だ
お前は十八で僕は二十歳　申年《さるどし》と犬だけど
偶《たま》に会うと喧嘩した頃が懐かしいねハハハ
初めの頃は家からの手紙や小包に泣いたね
今でも新聞を開いて京都府とあると　とて
も懐かしいよ　暇な時は無茶に探すもんだ
銀座から浅草に来たね　お前　卵どん好き
だったな　ここで食べよ　お前のお土産は
この人形にしよう　もう八時だ　タクシー
で帰ろ　兄さんと二人きり夜の東京を疾走
するてえ夢のようだね　早く寝ろよ有難う

彼はその後まもなく出征し痩せさらばえて
二十五歳でフィリピンに戦死した

硝子格子の向こうを
車やヒト影が幻のように行き来する
母は日々こんなふうに玄関口に腰をかけ
いく時間かを過ごすのだろう

生涯を傾けて案内した日のつづきのように
兄が
ひょいと顔をのぞかせる瞬間を
明日の朝へと繋ぐために

声が聞こえる

あなた　と呼べば
応えてくれるだろうか
土の中から
石の下から
海に流されて
風にさらされながら
覚めない眠りについている　あなた
もはや穏やかに腐爛《ふらん》が進んでいる　あなた

わたしが　あなた　と呼びかけると
非情な時代の弾丸や爆風のあわいから
かすかに聞こえてくる声がある

あなたは　背中に赤子を
左手には買い物をすませた魚とオレンジ
右手には男の子を連れていた
あなたは　村人や一族が集う祝祭日に
結婚式を挙げていた
あなたは　長らく病床にいる
母親にスープを飲ませていた
それは瞬殺だった
散乱する遺体
少年の目は驚きに見開かれ
花嫁の唇には微笑みさえ残されていた

ああ　かすかに聞こえてくる声がある
耳を澄ませば誰でも聞こえる
銀河の流れのように続く魂とその声
うめき声ではない
啜《すす》り泣きではない
恨み声ではない
それはヒトに生まれた哀しみを歌う声

灯りを　灯りを……
希望を　希望を　希望を……
築山　多門（つきやま　たもん）
1945年、岡山県生まれ。詩集『流星群』『はぐれ螢』。
詩誌「漪」「いのちの籠」。神奈川県横浜市在住。

鬼にもならず神にもならず

矢野　俊彦（やの　としひこ）
1943年、東京都生まれ。詩集『北の都で』『本郷坂の街』。
詩誌「国鉄詩人」。神奈川県厚木市在住。

へたな詩を書いても
嘲笑されず
濁声で調子はずれに歌っても
罵声を浴びることもなく
仲間と集まり快気炎を挙げても
咎《とが》められることもなく
リズムをはずして踊っていても
軽佻浮薄《けいちょうふはく》と嘲られることもなく
卑怯未練《ひきょうみれん》に生きても
軟弱　腐った魂と
蔑まれず
人に銃を向けることもなく
鬼にもならず
神にもならず
人間でいられる
そんな時代を
何百万人の生命を犠牲にして
やっと手にしたのだ

南の冥《くら》い海溝の底に沈む白骨
熱帯雨林に洗われる白骨
シベリアの永久凍土で凍りついた白骨
空襲で炎上した無辜《むこ》の民の白骨
骨すら残らなかった爆心地の魂
そんな犠牲のうえに
やっと手にした
人間の暮し

被害者の思いは語られるけれど
万歳　万歳と歓声を揚げた時
東洋鬼とも呼ばれていたのだ

ふたたび鬼になれというのか
神になれというのか
この軽佻浮薄
卑怯未練な
人間に

「戦前」

昨日、地雷を踏んだ子がいる。
今日、引かれる引き金がある。
明日、破裂するよう仕掛けられた爆弾がある

シベリアに
抑留されていた父は七十七歳で死んだ。
従軍看護婦の
はしくれだった母は六十九歳で死んだ。

日本の、あの戦争を体験した人が次々逝く。
しかし今も、世界のあちこちで戦争は続き
世界のあちこちで今も
新しい死者の山の上、そのまわりに
新しい戦争体験者が積み置かれる。

昨日、地雷を踏んだ子がいる。
今日、自衛隊を国防軍にせよと
憲法解釈を変え戦争できる国にせよと
強弁する一国のリーダーがいる。
かつて「美しい日本」を主張した人だ。

いつでも、どこででも戦争できる国では
毎日が「戦前」になる。
毎日が「戦前」の国の
どこが美しいのか。

明日、戦争をはじめるのは　どこの国だ。

宮沢　一（みやざわ　はじめ）
1960年、岩手県生まれ。詩集『ペットショップにて』『百万年』。
詩誌「青芽」、詩人会議会員。北海道札幌市在住。

空を眺めて

星　清彦（ほし　きよひこ）
1956年、山形県生まれ。詩集『幸せに一番近い場所』『駅の風景』。詩誌「覇気」、日本詩人クラブ会員。千葉県八千代市在住。

蒼い空を観ていると
そう言えば随分と昔に見た
母の古い家族写真を思い出した
その写真も背の部分がとてもよい天気だった
伯父も伯母も皆な嘘のように若い
けれども一人だけ
全く知らない男性がいた
「これは誰。」
「それは母さんのお兄さん。あなたの伯父さんよ。」
という答えが返ってきたが
「でも知らないよ、この人。」
「戦争で死んじやったのよ、フィリピンで。後三ヶ月生
　きていれば戦争は終わったんだけれどね。」
それはそれはとても残念そうに
溜息のように言うのだった
戦争が終わって二十五年ほど経っても
まだ諦め切れない母の悔恨
家族の悔恨
そして戦争の話になると必ずや
この言葉で話は終わりになるのだった

「もう戦争はたくさん。戦争だけは嫌だわ。」
それは体験者の腹の底からの
紛れもない真実の言葉であったのだろう
いや母だけではない
近所の小父さんや小母さんも
担任の先生も
魚屋の小父さんも八百屋の小母さんも
戦争の話になると体験者は決まって
切実に皆そう答えたのを覚えている

今七十歳の人々でも戦争体験者ではない
戦争は写真や絵や文字の世界のものになっている
若い人たちはたくさんの飛行機が飛んで来て
数々の惨劇が起きたなどということは
きっと想いもよらないだろう
その空を骨すら帰ることの無かった伯父は
フィリピンの山奥でまだ眺めているのだろうか
あの家族写真のような綺麗な空を
それともまだ硝煙の匂いの残る中を
彷徨いながら観ているのだろうか

方角

佐々木　朝子（ささき　あさこ）
1936年、中国東北部（旧満州）生まれ。詩集『砂の声』『地の記憶』。日本現代詩人会、日本詩人クラブ会員。愛知県豊明市在住。

山が見えんと方角が取れんが…不便じゃなぁ
四国の小さな城下町に生まれ
町の中央のこんもりとした城山と南に聳《そび》える山並みを見
　ながら
八十年を生きて来た姑は
家々やビルに埋め尽くされた街に越して来てそう云って
　嘆いた

大陸の平原に生まれた私は
何を目印に「方角を取って」きたのだったろう

終戦の直前　侵攻してきたソ連兵に追われ
まだ八歳だった級友は妹さんの手を引き
生命の方角へと逃れた町の郊外で　撃たれて死んだ
内モンゴルのその地を戦後五十年を経て訪ねたことがあ
　る
木一本無い草原の只中を行く車の運転手に
「そこを曲がって」と
明確に指示する現地の人に驚いたものだが

あの地には今も　羊の群れを飼いパオに生きる人々もい
　て
微かな水の匂い　太陽の位置　草の色…何に頼って
方角を取り　移動しているのか

級友の生きられなかった歳月を私は生き
いつものように門を出て見慣れた街角を曲がる
電柱や家並み　街路樹やガラス張りのコンビニ店——
ひとつひとつに目を止めるともなく目印にして
貧しい自分の「領土」を横切って来たが

あの頃の姑に近い歳になって今
混沌としてくる世界に行くべき方角も取れず
子や孫を連れ　僅かな荷物を下げ
身を寄せる木陰もないあの広漠たる草原に居る思いで
暮れてゆく日の中に佇んでいる

ハーモニカ

星野　博（ほしの　ひろし）
1963年、福島県生まれ。詩集『線の彼方』。
文芸誌「コールサック（石炭袋）」。東京都立川市在住。

母と並んで歩く立川駅北口大通り
まもなく目当てのデパートに着く
ジュースのごちそうを期待する六才の僕
入口の横に床にべったり座る
日に焼けたおじさんの姿
ハーモニカを左右に揺らし吹いている
よく見ると片方の足の膝から下が無かった
「あの人はね　戦争に行って足を無くしちゃったんだ
よ」
耳元に母のささやき声
横目でじーっとおじさんを見続けた
となりに小さな箱が置いてあって
中にはわずかな小銭と二、三枚の紙幣
目を閉じたまま奏でる　悲しい悲しいメロディ
売り場へ入っても　なかなか耳から離れない
胸を突き刺すようなハーモニカ

同じ建物をくぐり抜けて
目当ての売り場へ向かう五十才を超えた僕
ハーモニカのおじさんがいたあたりは
今は家電量販店の入口
スマートフォンの新作がずらりと並ぶ
聞こえてくるのは店員の大きな呼び声
賑やかな明るい音楽
一日中たくさんの人が出入りする
かつてここで
戦争で傷ついた男が座り込んでいたなんて
誰も想像できないだろう
あのおじさんはあれからどこへ行ったのか
あの切ない旋律はどこへ消えてしまったのか
ここに来るたびにどうしても
耳の奥に蘇ってしまう
悲しい悲しいハーモニカ

立ちつくす戦後

—闇を透かし見るフクロウよ　夜はまだ長いか

萩尾　滋（はぎお　しげる）
1947年、福岡県生まれ。詩集『戦世の終る日まで』。京都府向日市在住。

戦争の嵐に　生を死の影とする無の美学に閉じこもる
抽象化するアカデミズムに　大衆化への手をさしのべ
挙国一致に束ねる非合理の総力戦体制の　湧き上がる
滅私奉公の心情に酔わず　真理への勇気の唯物論研究会
時代を貫く眼を　危険なる思想に黒く塗りつぶす法の手
「唯物論　おけさほどには広まらず」戸《と》坂《さか》　潤《じゅん》
　昭和二十年八月九日　長野刑務所にて獄死
敗戦を見通しながらも　歩き出すためのあと数日の命を
許されなかった　ダニに深くえぐり込まれた腎器
闇の中になお紅い理性の薔薇を　手折り炎に燃やし
蛍のともしびにやさしさを反す一粒一粒の記憶の灰を
問答無用に吹き散らす　ファッショの魔風の奔り
治安維持法に　超えることのできなかった檻の中の今日
露に撓《たわ》む茅の葉先に　キリキリと悔しさを噛むコオロギ

六日・九日の二つの新型爆弾の脅威には　めげずとも
白虹日を貫く　玉座を覆《くつがえ》す民衆の革命の幻想にはおびえ
　左翼及ビ内鮮関係者ニ対スル　速ヤカナル非常措置ノ
　具体的準備ヲ完了シ置クコト（特高情報八月十一日）
沖縄を身の代《みのしろ》にして　連合国には膝を屈して

万世一系の国体を護持し　聖戦を聖断に置き替えて
眩しさに裸を隠す大元帥陛下の軍服を脱ぎ
敗戦という言葉を隠す　抑揚を取り去った玉音の響き
　堪エガタキヲ堪エ　忍ビガタキヲ忍ビ
　神州ノ不滅ヲ信ジル汝臣民　ソレヨク朕《チン》ガ意ヲ体セヨ
大君の詔《みことのり》に　戦えと仰せられれば戦い　尽忠報国に
玉砕と殉国の本土決戦の酔いの中に明日の神風を待ち
止めよと仰せられれば止める　忠良なる臣民はいても
民衆を導く　自由の女神は現れず
未だ　自らを歩み出すことのできない
　断層の中に　立ちつくす戦後

影の無い光の透ける神聖さに　万歳の死を捧げさせた
現人神は　統帥権《とうすいけん》を隠し　戦争は大臣の輔弼《ほひつ》の責に帰し
額づく国民には　一億総玉砕に替えて総懺悔《ざんげ》を迫る
自らを人間とは宣しないまま　人心紊乱《びんらん》への箝口令《かんこうれい》
未だ解禁のない暗く覆われたままの灯火管制と信書検閲
うごめき続ける思想警察
　国体ノ変更・不敬罪ヲ構成スル如キ運動ハ

厳重ニ取リ締マル（閣議決定八月二十八日）

八月十五日を越えても　なお生き残る権力の
濁りを抱いたまま流れを拒む　澱《よど》んだままの時間の中に
根をからませたままの治安維持法
頭を上げた改造・中央公論の反時局的論壇の封殺に
筆禍事件を跳火《はねび》に　爆《は》ぜる超非常時に焦る県警特高課の
無から罪を造る虚構の共産党再建謀議の罠
昭和十七年に始まる　横浜事件
進歩的言論に自らの主張を守る編集者達への脅迫と拷問
絡め取られ軍靴に踏みにじられ言葉を奪われた　葦たち
―オメー達　小林多喜二ハナンデ死ンダカ知ッテルカ
予審開始　すでに昭和二十年八月二十八日
錦の御旗に裏切られながら　聖徳太子にならう旧習の
法冠を被った　紫の唐草模様の法服に身を包んだ判事
枯れた菊のご紋を背に　進駐軍の銃の影に怯えながら
天皇の名において邪魔者となった被告を追い出すための
外からは見えない　暗幕の中に閉ざされた即日の判決
主文　被告人ヲ懲役二年ニ処ス　昭和二十年九月十五日
量刑を超え責め殺された者　すでに四人
罪無き者への不条理の罰への怒りを　執行猶予を片手に
上告への口をふさぐ　判決さえも残さず記録は全て焼却
被告となるべき権力の犯罪は　司法の手でもみ消される
弾劾の夏の光を失ったヒグラシの声が白く

法廷にひび割れる　カナカナカナ…　カナカナカナ…

昭和二十年三月二十八日　三木清　検挙
付和雷同の国民精神総動員の隙間をこじ開けようと
理性《ロゴス》と情念《パトス》を混沌《カオス》に秩序《コスモス》を歴史の中に結合する構想力で
神話の中に一抹の合理性を模索する知識人としての苦悩
旧知の治安維持法違反被疑者への一夜の宿の優しさに
被さる思想犯の罠
光を遮る雲に秘された　人知れぬままの逮捕・拘留
父としての人としての名前を消された　番号だけの捕囚
空襲にも開けられる事のなかった　掛けられたままの錠
終戦の刻は過ぎても　獄を破る太鼓の合図は轟《とどろ》かず
凍った時間の中に響く看守の靴音だけの　揺るがない檻
ダニの刺し込むかゆみにまどろみの夢さえ喰い破られた
終夜消されることの無い　剥《む》きだしの電球の
血の滲んだ塗り重ねられた　黄色い闇に覆われた孤絶
九月二十六日　豊多摩拘置所に転がる未決のままの死
花を摘み合った記憶の中だけの母とピアノを弾く娘の
一人残される寂しさを抱きしめて震える大八車の柩

身を灼く太陽に駆けのぼるヒバリよ　朝はまだ遠いか
　応えて言ふ
　　朝《あした》は来たる
　　　されどいまはなほ　夜なり

改札口

酒井　一吉（さかい　かずよし）
1947年、石川県生まれ。詩集『皮を剝ぐ』『鬼の舞』。
詩誌「私鉄文学」、文芸誌「コールサック（石炭袋）」。石川県羽咋郡在住。

往の切符でホームに入り
復の切符で帰りくる
日常とはそんなものだと
迷いもなく疑いもなく
改札口を行き来する日々のおだやかさ

赤い紙片の通告文は片道切符だった
通いなれた改札口に
帰れなかった死者
殺された死者の呻きが往来している
屍つみあげた国家権力
検証も反省もなく動いてきたこの国の
転轍機《てんてつき》信号は赤く点滅し始め
自動券売機に束ねられてゆく片道切符

予告なく予兆もなく
突然の地の大揺れ
暮らしの全てを破壊
暮らしの全てをのみ込んだ大津波
まくれあがった線路

傾いた駅舎
瓦礫に埋まった改札口に佇んだとき
用意していた鎮魂の言葉は消滅した

死者の呻き
死者の慟哭
死者の無念
生者には届いてこない声
それでも生者よ
五感鋭くして
死者の声を探って記録してゆけ

たった一つの願い

照りつける太陽
暑い暑い真夏の正午
冷房も何もない
納屋を改良した一室
ラジオの前に正座する父
拳を握った手に
一雫二雫の涙
忘れられないあの日
進軍ラッパ聞くたびに
まぶたに浮かぶ父と母
そんな想いで
三百万人ともいわれる英霊たち
異国の地に
海の中に
散って
迎えた八月十五日の正午
終戦と云う言葉で
終わりを告げた
忘れられない一日
七十余年たった今も
心に残る
多くの犠牲者にいただいた
戦争のない平和への道しるべ
命と引き換えに残してくれた
たった一つの願い
私は守りたい
祈りとともに守りたい
たに　ともこ
1933年、山形県生まれ。埼玉県所沢市在住。

二人の女学生が語る
――土崎《つちざき》　日本最後の空襲

十六歳、高等女学校の三年生でした　十四日の夜は家に
居りまして一発　照明弾が落ちた時は私と両親は押入れ
に入りました　父が避難だ　ということで支度してたら
二発目　うろたえて愛宕神社に避難したんです　こごさ
伏せでろって　布団かぶって伏せてました
飛行機が飛んできて爆撃　雨のようなものが降って来て
それは　日石製油所の油だったんですね　分団長がここ
はあぶねえって　寺内の山の方に逃げだの　私たちの新
城町は浜の方に防空壕掘ってたんだけど　浜の日石方面
がやられだがら　あわてて山の方に逃げて　それで私た
ちは助かったようなものです
夜が明けて担架に載せて人を運びました　負傷者を置げ
ばまた戻って次の人運びながら人が爆風で飛ばされてい
くの見だ　不発弾が破裂するの　飛行機もいなぐなって
がら土の中に刺さってだのがボンボンって　岩間さんの
レイ子ちゃんなど　助かったけど爆風で飛ばされ　かあ
ちゃん　っていう声　まだ耳に残っています　女学校の
校庭に負傷者を運んだけど　あど置ぐどごないもんだが
ら　今度はいまの組合病院の方さ運べって言われ　日石
に居だ兵隊さんがたも運ばれて来ました　頭から脳ミソ
出てて　あのー水　水って言うの　欠けた茶碗で飲ませ
ましたが　あと亡くなったど思います　習ってだ三角巾
の救急処置などやる暇が無いもんだった　とにかく運べ
運べって　逃げでた時は　ああ死ぬんでないがと恐ろし
かったけど救護活動になったら恐怖心など無ぐなって
爆風で飛ばされていくのを見でも恐ろしいとも何とも思
わない……　救護班っていうげど死んだ人を運ぶのが多
かったですね　担架で運ぶのは　重がったなあ　重くて
なあ　ほんと　まずシャベルで　手なんか足なんか出た
りしてるのはみんな夢中になって掘り返して担架に入れ
て運んだ　そういう作業が終わって　家に帰ったら　玉
音放送あるがらってラジオの前にみんな畏まって座って
ああ負げだんだなって父親が言ったがら　ああ負げだな
と思ってまず泣いだな　ただ泣いだ　勝つど思ってだが
ら　一生懸命　学校ばかりでなく町内でも爆弾落ちれば
それに水かける訓練で　赤い布袋に砂を入れたものを
ポーンと投げて　そこに夢中になって　みんなバケツリ
レーで水かげでやったもんだがらね　それさ　竹やりで
昔の炭俵ぶら下げて突いたもんだねぇ　女学校の教科に
はナギナタがあったが　竹やりで突げっていうわけであ
まり抵抗なくやりましたけんど
いま思えばな　ムダなことしたもんだなあ

佐々木　久春（ささき　ひさはる）
1934年、宮城県生まれ。詩集『土になり水になり』、絵本『はまなすはみた―語りつぐ土崎空襲』。詩誌「北五星―Kassiopeia」、秋田県現代詩人協会会員。秋田県秋田市在住。

5章　詩——広島・長崎の荼毘

荼毘《だび》

焼け爛《ただ》れ
赤黒く膨張し
皮膚がめくれ
眼球や腸が飛び出し
一瞬にして
にんげんの姿を失った遺体を
山積みにして石油をかけて焼く
涙すら失った生存者たちが焼く

火の中から我が子を取り戻そうと
狂う母親
羽交締めにして抱き戻す男性
辛いでしょうが我慢してください
わたしの妻もあの火の中にいるのです
紅蓮《ぐれん》の炎の中に魂たちの叫びがあり
見守る生存者たちの全身の血が凍る
中天に昇り
燻《いぶ》し銀となってさ迷う魂たちを
満天の星たちが
泣きながら天へと導く
身も心もぼろぼろの生存者たちも
あしたは荼毘の火の中かも知れないのだ

橋爪　文（はしづめ　ぶん）
1931年、広島県生まれ。14歳のとき、広島原爆の爆心地一・六㎞で被爆。詩集『地に還るもの　天に昇るもの』、エッセイ集『ヒロシマからの出発』。日本ペンクラブ、日本詩人クラブ会員。東京都町田市在住。

あんぱん

豊田　和司（とよた　かずし）
1959年、広島県生まれ。詩集『あんぱん』。詩誌「火皿」「折々の」。広島県呉市在住。

げんばくがおちたつぎのひ
あてもなくまちをあるきつづけた
きがつくといつのまにか
しらないおんなのこがついてくる

あっちへいけ！
おいはらっても
おいはらっても
おんなのこはついてくる

ていぼうにこしをおろして
ひとつだけもっていたあんぱんをたべた
おんなのこもとなりにすわって
あしをぶらぶらさせていた

くすのきのねもとで
よるは　のじゅくした
おんなのこもすこしはなれて
ごろりとよこになった

よくあさめがさめると
おんなのこはつめたくなっていて
なにごともなかったかのように
ぼくはまたあるきはじめた…

いまでもときどきおんなのこは
ゆめのなかであしをぶらぶらさせていて
あんぱんをわけてやるのは
いまこのときだとおもって…

いつも
なきながら
めがさめる

夏の日に

不思議な記憶が
思いもよらない回路を通って
あざやかによみがえることがある

その日——暑い夏の日だったが
わたしはひとり部屋のまん中に座って
小さな仕事をしていた
息子は自分の作った譜面を見てもらいに
自転車で音楽の先生のところへ行っていたし
妻と娘は　何か二人だけの買物があるらしく
車で街に出ていた

庭の植込みには
ノカンゾウとサルスベリの紅が咲きついでいた
わたしは仕事を一休みして
ペットボトルの清涼飲料水を
すこし顎《あご》を上げ　口をつけ　ぐうんとひとくち飲んだの
だ

そのとき
どうしたことか一すじの光が走り

林　嗣夫（はやし　つぐお）
1936年、高知県生まれ。詩集『そのようにして』、詩論集『日常の裂けめより』。詩誌「兆」、日本詩人クラブ会員。高知県高知市在住。

痛いような　悲しいような　一つの記憶がよみがえった
これとまったく同じかっこうで
べたんと座って　顎を上げ
目だけ光らせて
水筒の水を飲んだことがある
ちょうど六十年前のこと

わたしのまわりは
いちめん焼け落ちた瓦礫の街だった
「負傷者は次から次と集まってきた。どこからともなく
幽霊のようにすり寄ってくる。男も女も大人も子ども
も、ほとんどが半裸体。髪をふり乱し、顔や手足は黒
く汚れて傷口から赤い肉片がのぞいている。……」
倒れていく負傷者の中で
わたしは目だけ光らせて
だれかに手渡された水筒に口をつけ
ただ水を飲んでいた　確かに飲んでいた
からっぽになったこころのまま

いま　部屋のまん中にべたんと座って

目を光らせて清涼飲料水を飲んでいる
開け放った窓から
薄い粘膜をはぎ取るような風が通りすぎた
あの時のうす汚れた水筒は
六十年の歳月を経て
透明なペットボトルにかわっている
雨水をためたような水は
炭水化物　ナトリウム　カリウム　カルシウム　マグネ
　シウムなどの
スポーツドリンクに
そしてわたしも　あの時から
自分では気付かずに
何回　死んだことだろう

窓の外にはノカンゾウ　サルスベリの紅
街へ出かけていった息子らは
無事　帰ってくるだろうか

＊「　」内、石橋智栄子・大久保キミヨ看護婦談。『写真集　原爆をみつめる』（岩波書店）より。

ジュピター

越路　美代子（こしじ　みよこ）
１９４４年、香港生まれ。詩集『ブドウ色の時』『草上のコンサート』。日本詩人クラブ会員。東京都小平市在住。

谷に　折っては
山に　折り
まっしろな千代紙のかたちから
うぶ声あげる　一羽のツル

てのひらのうえ
うまれたばかりのはねをひろげる
その　おもみ
（一グラムに　とどくかしら？）

――千羽鶴よ
　万羽の鶴よ
　ヒロシマに　あつまってくる
　何千何万もの　鶴たちよ

光りを　うけとって
翔んでいけ
大気の果てにまでひろがる
透明な空　へ

冴えざえとした
かがやき　載せる
全身
おお　〈平和〉の　ジュピター

みなの衆　明日《あした》うまれる子とともに
いまこそ　はばたいてゆこう
この時代　この世界
生きのびるため

ヒロシマから
―二〇一六年―

草薙　定（くさなぎ　さだむ）
1957年、栃木県生まれ。詩集『幼形成熟』『西の城門』。詩誌「橋」、日本詩人クラブ会員。栃木県栃木市在住。

その人は言わなかった
　「私たち」としか
語らなかった
　ヒロシマで　ヒロシマだけのことを

用心深く避けられた「私」は
　「私たち」に希釈《きしゃく》され
繰り返し表出された「私たち」は
　人類の支配と征服の歴史の中に没入せられ
殺戮《さつりく》のきのこ雲は
　収容所とガス室の惨劇に包含せられ
十万人の死は
　六千万人の死で濯《すす》がれ

広島平和祈念資料館での十分間の内省は
　長い演説の十七分間で訝《いぶか》しまれ

配慮を散りばめた演説の一文一文は
　如何なるものからも駁撃《ばくげき》されないよう推敲され

現代詩のように組上げた全体は
　平易を装った晦渋《かいじゅう》のレトリックで私をひた隠しにし

聴衆は
　琴線にふれる文脈だけを聞き取って
　歴史に刻むべき出来事として喝采《かっさい》を送った

喧騒《けんそう》に流され続ける日々の隙間《すきま》
息を静め
遠くに耳を欹《そばだ》てると
七十一年目の舞台裏には
すぐそこまで
閃光と炎の気配が忍び寄っている

灼熱の選挙

核兵器のない日本
そのために
どうぞよろしく

メガホンの声も
思いは伝えられていない
答える手もほとんどない
階段を下りた　バス停
バスを待つ人も
降りた人も
気が付かない
汗を拭けば　もどかしい
昼下がりの町

一筋のこぼれ陽が
地面に大きな輪をつくった
その輪に今を放り込む
こぼれ陽は黒く
人間を自滅に誘《いざな》う
蓄えた凶器

山野　なつみ（やまの　なつみ）
1943年、長野県生まれ。詩集『時間のレシピ』『上海おばさん日記』。
詩誌「まひる」「いのちの籠」。神奈川県相模原市在住。

17000発の核兵器
灼熱の黄金の爆発は
生物のブラックホール
すべてを飲み
赤く枯れた星として
それでも地球は宇宙を往く

悠然と宇宙を流れ
生物のいなくなった青い地球
平和の声もなく
咲く花の香りもなく
羽ばたく鳥の羽音も
心地よい風を送る木々も
海底に詠《うた》う魚もなく
ただゆっくりと流れる
戦いのない　平和な星

夕暮れ
慌《あわただ》しくバスは発車
灼熱への選挙を乗せて

記憶の旅

僕と僕の町

突然　溶鉱炉の赤い口が目に浮かんだ。
五十五年前、中学校のすぐ手前にあった製鋼所だ。
溶鉱炉は真っ赤に燃える赤い舌を流し出していた。
炎に溶かされた町からオーバーラップしたのか、
製鋼所の炉の姿が突然甦ったのだ。
構内に掲げられていた事故撲滅《ぼくめつ》宣言も現れてきた。
位置も工場の姿も明確に映るのだけれど
そこはとうに交通公園になっている。
記憶をたぐろうとしたが記録は見つからなかった。

記者と広島

二〇〇四年秋、
遅すぎたかもしれませんと記者は溜息を漏らした。
今も続く原爆追悼会が東京にあると知ったという。
そうして取材で関係者をあたった後の言葉だった。
関係者のほとんどはすでに生存していなかった。
被爆六十年に向かう年だった。
広島生まれの記者は東京に拠点を移していたが、
今年、広島に原点回帰すると伝えてきた。

近野　十志夫（こんの　としお）
1946年、東京都生まれ。詩集『戦争体験なし』『人物史詩　櫻隊』。
詩誌「1／2」、詩人会議会員。東京都江東区在住。

声なき声を聞くことしかできないからと……。
今も原爆供養塔の下に眠る八一六人の遺骨。
帰る所のない遺骨にも氏名と住所が残されている。
それだけを頼りに、声なき声を聞き歴史を紡いだ。[*1]

作家とナチス

〝記憶の芸術〟と賞されたパトリック・モディアノ[*2]
その『1941年。パリの尋ね人』を読んだとき、
僕もいっしょにナチス占領下のパリを歩いていた。
モディアノの記憶の旅に引き込まれたのだった。
それは記者の言葉につながった。
「広島で起きた事々を伝えたのは証言記録であり、
文学作品にほかならない[*3]」

＊1　『原爆供養塔』堀川惠子
＊2　二〇一四年ノーベル文学賞受賞
＊3　『文学界』二〇一五年九月号（堀川惠子）

海底の捨石

鈴木　文子（すずき　ふみこ）
1942年、千葉県生まれ。詩集『電車道』『鳳仙花』。
日本現代詩人会、詩人会議会員。千葉県我孫子市在住。

十五年戦争末期
広島県宇品港では
秘密攻撃船の開発を命じられていた

名称　連絡船㋹
ベニヤ板製モーターボート
船長五・六m　幅一・八m　最大速力二四ノット
二五〇キロ爆雷一個装備
航行三時間半　補給燃料なし

任務
アメリカの停泊船に体当たり
攻撃隊の主力は
十六歳から二五歳の幹部候補生
少佐　大尉　中尉　小隊長見習士官
若者たちは昼夜の猛訓練を受け

昭和十九年十月
三〇コ隊編成で
フィリッピン　沖縄　台湾
最後の激戦地へ出発

命令　必ず夜間の不意打ちを！

攻撃隊は不慣れな海で
無防備な特攻艇を操り
生還するすことのない任務に励み
敵艦六〇隻を撃沈した
隠密部隊一六三六人の若人は
終戦を知らず
現在《いま》も海底で命令を待ち続けている

※アメリカは書き留めている
　連絡船㋹　全て沈められても
日本の若者は泳いで手榴弾攻撃してきたと

ポキン

崔　龍源（さい　りゅうげん）
1952年、長崎県生まれ。詩集『遊行』『人間の種族』。家族誌「サラン橋」、詩誌「禾」。東京都青梅市在住。

ナガサキに原爆が落ちた日
母は　働いていた佐世保の海軍工廠《こうしょう》の事務机で
折り鶴を折っていたという―折り鶴の羽が
ポキンと　紙なのに　ポキンと音を立てて折れたとよ
それから二日後　右半分焼け爛《ただ》れた顔で　海軍工廠で
いっしょに働いていた加代さんが
出張先の長崎から帰って来たと言う
―自分のことよりも　家のことが心配やったとよね
―母さん　それから加代さんはどうしたの
ぼくが問うと　じっと虚空をみつめたまま
母は口をつぐんだ　目にはうっすらと涙がたまっていた
柱時計の鐘が鳴った
―それから折り鶴は折らんとよ
ポキン　ポキンと聞こえるとよ
―加代さんは亡くなったの
ぼくは母さんに　もう一度聞いたけれど
母さんは時計を見て―もうそろそろ
夕御飯の支度ばせんばね　そう言うと
しずかに立っていった　やがて
蛇口から流れる水の音が　ポキン　ポキンと
ぼくには聞こえた　加代さんは
そんな傷を負って　どんな人生を
送ったのだろう　戦争の日々のことを　語らない母
戦争を経験したほとんどの人がそうだという
口を開けば　恨みや怒りやかなしみや
むなしさや「混沌」が　母を
母でなくしてしまうのだろう
母と加代さんと　いっしょに働いて
いまもいっしょにそれぞれ生きている
それだけで　充分
いや決して充分とはいえないけれど
それ以上はきっと　母にとって
死ぬほどつらいにちがいない
ああ　ひぐらしが鳴いている
ポキン　ポキンと聞こえるのは
母さん　あなたの背中に
崇高な羽を見たから
折られてもなお　生えるつばさを

夜明け

谷崎　眞澄（たにざき　ますみ）
1934年、北海道生まれ。詩集『斧を投げ出したラスコーリニコフ』『谷崎眞澄詩選集一五〇篇』。詩誌「極光」、小樽詩話会会員。北海道札幌市在住。

カーテンを開けると
右に高く建つ
マンションは
壁として連なっているだけで
エレベーターの昇降する部分だけが薄明るい

東の空も薄明るい
ただ　どこもかしこも
マンションだらけで
陽が高く昇らないかぎり
外は駐車場の街灯だけが明るい

まもなく五時だが
空は薄青く
マンションとマンションの間から
東の果ては薄赤い

やがて新聞配達の姿が現れるだろう
彼らは二人なので
どちらかが　わたしのポストに
ニュースを投げ込む

だから　きょうあるかもしれぬ
原発を抱えながら　原発の輸出
精密兵器の装備の展開　購入　輸出のプラン

リラ冷えの季節の空
見慣れない奇怪なかたちをした無人偵察機
夜間飛行のアメリカの新鋭戦闘機
地には　タイヤを装着した戦車　移動式の長距離砲群
武装兵を運ぶ装甲車の列
地鳴りと咆哮《ほうこう》の演習地
列島をめぐって
またしても絶対的国防圏の創設か

兵士たちの血液型の検査は済んでいる
それにしても　話が違うのではないか

6章　詩――戦死せる教え児よ

戦死せる教え児よ

逝《ゆ》いて還らぬ教え児よ
私の手は血まみれだ！
君を縊《くび》ったその綱の
端《はし》を私も持っていた
しかも人の子の師の名において
嗚呼！
「お互いにだまされていた」の言訳が
なんでできよう
慚愧《ざんき》　悔恨　懺悔《ざんげ》を重ねても
それがなんの償いになろう
逝った君はもう還らない
今ぞ私は汚濁の手をすすぎ
涙をはらって君の墓標に誓う
「繰り返さぬぞ絶対に！」

竹本　源治（たけもと　げんじ）
１９１９〜１９８０年、高知県吾川郡生まれ。
元池川中学校教諭。高知県に暮らした。

母たち

若い母たちが
駅前に立つ
昔　祖母、曽祖母たちが
日の丸の小旗を手に
立ったところ
「こころ置きなく　祖国《くに》のため
名誉の戦死　頼むぞと
泪も見せず　励まして
我が子を送る　朝の駅」*

ベビーカーを傍に
母たちは立つ
手には大きなプラカード
「だれの子どももころさせない」
軍国の母にはならない、と
国を超え
いのちの母として
立っている

*島田磬《きん》也《や》詞・古賀政男曲「軍国の母」

瀬野　とし（せの　とし）
1943年、中国東北部生まれ。詩集『なみだみち』『菜の花畑』。日本現代詩人会、詩人会議会員。大阪府堺市在住。

竹本源治先生へ

石川　逸子（いしかわ　いつこ）
1933年、東京都生まれ。詩集『千鳥ヶ淵へ行きましたか』『たった一度の物語』。詩誌「兆」。東京都葛飾区在住。

竹本先生
先生が痛恨の思いで　詩を書かれてから
六十年余の歳月がながれました

「汚濁の手をすすぎ」涙を払って
「繰り返さぬぞ　絶対に」
教え子の墓標に誓われた　先生

かつて　皇国史観に染め上げられていた　先生
「天皇陛下のおんために　勇ましく征け！」
教え子たちをためらいなく　送り出した　先生

そのまま　帰ってこなかった　教え子たち
隣国の大地で　いわれなく　ひとびとを殺め
東洋鬼と憎悪され　やがて骨となった　教え子たち

竹本先生
敗戦後（聖戦）の正体を知ったとき
先生は　どれほどおのれを責めたことか

その悔いのなか　生まれた詩は
津津浦々　いえ　ドイツでも
同じ思いの　ひとびとの胸に
天に向かう　ヒマワリの花のように
しっかと　ひびいていきました

逝いて還らぬ教え子よ
私の手は血まみれだ！
君を縊ったその綱の
端を私も持っていた
しかも人の子の師の名において
嗚呼！
「お互いにだまされていた」
の言い訳が　なんでできよう＊

先生　先生の詩を貶《おとし》める　やからが
今　跋扈《ばっこ》し　若者の血が
米軍産共同体のために　ながされようとしています
首相は　国会で「日教組！」と歯をむき出し

ヤジを飛ばし
「教え子を戦場へ送るな」
などという偏向教師がいたら
詳しく　事例　在り処など　記入してほしい

政権与党が　ネットで
密告を依頼する有様です
その政党が　大勝利してしまう時代です

豊かな自然と暮らしを守ろうとする
やんばる高江のひとびとの願いを無視して
米軍のため　自衛隊が
空から機材を空輸する時代です

竹本先生　先生はひょっとして
はるかな雲の上で
切歯扼腕《せっしやくわん》しておられるのではありませんか
どうしたんだ　どうしたんだ　と
地上のわたしたちに
懸命に呼びかけておられるのではありませんか

「だまされるなよ　だまされて鬼となり
　あげく　骨となるなよ…」
湿った風土のなか
必死なかすれ声が　聞こえてきます

先生の詩を
空の端から端まで　ひろげ
列島の隅々に　飛ばす夢を　見ました

闇が　列島を覆いつくす日より
夢が　現になる日が　どうか　先に来ますように
祈っているのは　古びた路傍の　地蔵尊でしょうか

＊竹本源治・詩「戦死せる教え子よ」（一九五二、一）部分。
一九五二年・高知県教職員組合編集「るねさんす」に
発表。当時・高知県池川中学校勤務。
—「詩人の輪通信」46号所収—2016.7.13

のさる

野猿ではありません
故郷・熊本のことばです

のさる　は動詞
名詞は　のさり
天からの授《さず》かりものの意

おしょもんしとれば（よいこでいれば）
よかもんの（よいものが）
のさるよ（授かるよ）
昔昔　母は私に言ったものです

天災　人災　幸運　不運
人が生きていく世界で
起こりうるすべての現象は
天から授かりものと
海、大地、魚も、米も、
みな授かりものと

無学な母は誰に教わったのでしょう

高田　真（たかだ　まこと）
1952年、熊本県生まれ。詩集『連絡通路』『長い引用のある悲歌《エレジー》』。詩誌「冊」、詩人会議会員。埼玉県所沢市在住。

おのれに降りかかる禍福を見つめ
災禍に絶望せず福徳に慢心せず感謝を忘れずと
先の戦争もそうやって乗り越えてきたのです
父を戦地へ召集され　たったひとりで
祖母と六人の子どもを守り育て生き抜き
戦後に父が復員し九番目の私を産みました

今日死ぬとするならば
何ばしとかんば　いかんじゃろうか
自分がつらかことは他の者にしちゃいけんよ
というのが口癖でした

恨みは恨みしか呼ばんけんが
世界中の戦争も原発もやめてほしか
生きていたら百七歳の母は言うことでしょう
その愛したことばが雲の隙間から零《こぼ》れてきます

一枚の

さくらが散った頃
母は　百年を背負ってやってきた
終《つい》の棲家《すみか》の私の家へ
室戸台風
岡山空襲
黒檀の間箪笥《けんだんす》が小さくなって

ひき出しの中から
わたしが見つけた十五年戦争
フジナカの兵隊さんの写真
セピア色の戦闘帽を被《かぶ》った美形
憲兵の腕章をつけている
年は何歳だったのだろう

わたしが十歳のとき
学校の宿題で出した慰問《いもん》文
ひき出しがあかないほど
南支から手紙が届いた
毎日、毎晩手紙を書いた
南支の彩色した木の葉やしおりも届いた
どこで書いたのか　きれいな字
「ただいま」

中桐　美和子（なかぎり　みわこ）

1931年、岡山県生まれ。『中桐美和子詩集』、エッセイ集『そして、愛』。詩誌「火片」、日本現代詩人会会員。岡山県倉敷市在住。

「フジナカの兵隊さんからよ」
いつも　待って　待って

地図を出して南支を調べた
どでっかい南支
その南支から　年のくれ
わたしの家へやって来た
フジナカの兵隊さん

あれがお別れだった

昭和16年12月8日から
祈りつづけ
ひもじい年月がすぎて
敗戦後七十年
今も忘れないフジナカの兵隊さん

南支の土となったか　北国の風になったか
わたしの中では　生き続けている
世界中　戦争は
まだ　終わっていない

壊れる瞬間がある

年の終わりに　神社や寺に
お参りに行く善男善女の姿が
今年もテレビで映し出された
神社の前で手を合わせる人々の姿は
祈りそのものだった　その静かな姿は
まるで人間が神に
或いは神が人間になったかのようだった
除夜の鐘が響き続けた

観音像の前に立って
祈りをささげている人たちの顔は
恵みと平安で満ちていた
観音との合一が
永遠に続くかのようだった
その間中　僧侶たちの低い
読経のさざ波が響き渡っていた

しかしこのような静謐《せいひつ》が突然
壊れる瞬間がある　善男善女の
仏や神になった顔が突然
悪鬼《あっき》の形相に変わる瞬間がある
国家が大きな声で
「隣の国が攻めてくる！」と叫ぶ時だ

この国がパールハーバーを攻撃した時も
憎悪と歓呼の叫びが一斉に
寺や神社から舞い上がった
「アメリカとイギリスは鬼畜生だ！
　この国にたてつく者はみんな
地獄に落としてしまえ！　あいつらは
けだものだ！　人間でない！」　そして
小学生だった私も一緒に顔を歪めて叫んでいた
矢口　以文（やぐち　よりふみ）
1932年、宮城県生まれ。詩集『詩ではないかもしれないが、どうしても言っておきたいこと』。詩誌「Aurora」。北海道札幌市在住。

平和教育

大塚　史朗（おおつか　しろう）
1935年、群馬県生まれ。詩集『千人針の腹巻き』『昔ばなし考うた』。詩人会議、群馬詩人会議会員。群馬県北群馬郡在住。

老いてきたら　ますますこだわってきた事がある
おえらい人たちといわれている人々の言動だ
その方々が集って検討しているという
学校教育とかも　その一つ

少年時　先生も教えた　大人たちもいつも歌っていた
〈勝って来るぞと勇ましく
　手柄たてずに死なりょうか〉
そして最後に
〈東洋平和のためならば
　何で命が惜しかりょか〉
いわゆる軍歌というもの
もちろん国を上げての教育方針

近所の若者たちが　次々と遺骨になって帰ってきた
日本国中　津津浦浦の家々が焼失した
国中の人々が飢に苦しむ
そして敗戦　終戦といわれた

まもなく〝平和国家〟というものが誕生

教科書にスミをぬらせ
敵国ことば　ＡＢＣを習わせる
平和とは〈戦争などなく　おさまっていること〉
先生も教えるし　今でも辞書にそう書いてある

七十年近く　そう思ってきたから
手柄たてずに死なりょうか　とか
平和のためなら命なんか惜しくない
などという　ことばや思いは
とっくに死語だと思っていたが
昨今の新聞など開くと
またぞろ　戦争を行おうとする国家方針に
学校の教科書まで　介入してきたという

三歳

柳生　じゅん子（やぎゅう　じゅんこ）
1942年、東京都生まれ。詩集『ざくろと葡萄』『藍色の馬』。
詩誌「タルタ」、日本文藝家協会会員。東京都文京区在住。

——三歳になったの！
子どもは指を三つ立てて見せる
——そうだね　お誕生日おめでとう！

ハッピーバースディの歌に満面の笑み
ママの手作りケーキをカットする前から
クリームをなめて　たしなめられている
お手伝いしたいと　お皿を配《はこ》びカップを並べ
みんなをハラハラさせている
パパは　どんなこともただかわいいと
カメラに収めている

わたしにも三歳の時の写真がある
食卓の上に座って　枝豆をつまんでいる
母や祖母の声がするなか
おもしろがって父が撮ったものだ

広島　長崎に原子爆弾が落とされた
（父の姉が広島で被爆した）
ソ連が参戦し　いち早く
関東軍　銀行　公職の幹部の家族達は
特権と手段を使って引き揚げていく
満洲開拓団の人達の逃避行が始まる
南満州鉄道の社宅にいた我が家でも
トラックで南下を準備中
敗戦となって留まることになる
わたしの三歳の誕生日から
二十日間の内に起きた事々だ

それから　それから
語り尽くせないこと　語れないこと

歌ったり踊ったりして
みんなを喜ばせていた子どもは
張り切りすぎて疲れたのかな
目をショボショボし始める
お猿のぬいぐるみを抱いてくる
——アイアイちゃん眠くなったって
背中をトントンとしてやっている

お絵かき

あれ！
わたし達が出現している

小さなふたつの丸は　目
横一文字は　口と命名し
全体を大きな円で囲んでいる
そこから細い横線で左右に伸びているのは　手
二本の縦線は　足らしい
ふたり並んで　驚いてこちらを見ている

ギコギコとクレヨンで
多彩な色を塗り重ねていた世界が
いつのまにかモノとなって区切られている
三歳半の子どもが
わたし達の有り様を見取っているのだ

激しいサイレンと空襲の下を
必死で家へと逃げ帰った少年と
敗戦後の中国で　棄てられた民となり
栄養失調と湿疹で
髪の毛が薄くなっていた幼女へ

戦争を放棄し
その理念を掲げ続けた時代に生まれた
朝の明るい窓辺で
歌をうたいながら
クレヨンを握る喜びを持つ子どもから

渡された贈りものだ

うれしいなあ　ありがとう　というと
ウン　ウンと得意そうな返事をしている
子どもの子ども　さらにその子どもたちも
一緒に　キャッキャと笑って応えている

渡り廊下で桜田先生は

森　三紗（もり　みさ）
1943年、岩手県生まれ。詩集『カシオペアの雫』、評論集『宮沢賢治と荘已池の絆』。詩誌「堅香子《かたかご》」、日本現代詩人会会員。岩手県盛岡市在住。

渡り廊下で桜田先生は生徒会の執行部の集まりをすると
伝令を発した
河南中学校は私の母校
北上川の河岸段丘に手狭になった不来方《こずかた》城跡のすぐ下の
不来方中学校から引っ越し新設された
（次兄も次姉も妹も楽しそうに通った学校）
とても熱心に先生は民主主義のお手本のように
話し合うことを大切にした
生徒総会の前に　各クラスに議案書を配った
一年二組も二年三組でも話し合った
何を話し合ったのか議題の記憶は過去のかなたに

渡り廊下は友達と喧嘩して仲直りを
しようと決心したところ
愛宕山から風が吹いてきて近所のリンゴ畑から
リンゴの甘い花のにおいを運んで来た
渡るのは生徒、先生、参観にきた保護者の親たち
渡り鳥のように3年間で巣立ち　戻ってきはしない
こどもたちを　渡り廊下を往き来して
大事に　大事に　育てていただいた

新聞コンクールを開こう　話し合って決めた
目的と締め切りの日時も決めて
クラスごとに新聞作り
桜田先生が相談にのって
クラス代表の新聞委員が手作りの
クラス新聞を持ち寄ってコンクールで競った
職員室前の廊下に一年一組から三年五組まで
賑やかに貼り出され　渡り廊下通り　よく読んだ
そこに民主主義の花が咲いていた

先輩が桜田先生の社会の時間に
日本国憲法前文を習ったと嬉しそうにいった
「日本国民は恒久の平和を念願し崇高な理想を深く
自覚する　平和のうちに生存する権利を有する」と何度
でも　いつでも　前文すべてを復唱できると誇らしげに
言った　そう　桜田先生　私達　教え子たちは
平和憲法の申し子　守り手なのですね

大きなあやまち

川奈　静（かわな　しずか）
1936年、千葉県生まれ。詩集『花のごはん』『いのちの重み』。
日本児童文芸家協会、日本詩人クラブ会員。千葉県南房総市在住。

五年生のとき、若い男の先生が初めて受け持ちになった。

私たちが、新聞紙を広げて、タクワンをかじりながら弁当を食べだすと、先生は本を読んでくれた。

「おーい、水島、日本へ帰ろう」

いくら呼んでも、その青年僧は、聞こえない
ように行ってしまうのです。

私たちは、毎日、弁当の時間になると、先生の声に耳を傾けた。先生はこの本に感激したのか、時には声をつまらせ、顔をあからめて読み続けた。

戦争が終わってやっと二年、食べものもない。着る物もない。もちろん本などない。そんななかで、先生は、遠いビルマの戦争の本を読んだ。敵味方が、心が通じ合った「埴生の宿」を歌ったところを、心をこめて読んでくれた。戦争でも、案外のどかなときもあるのだと思ったりした。

その後成長して、わかった。戦争は、人情などからまない、生やさしいものではない。日本軍を狙う連合軍は、徹底的に攻撃し、壊滅させたと。原住民も巻き添えになって犠牲者は数知れない。

あの本は、美化された特殊なエピソードだったのか。先生は、「ビルマの竪琴」に、一縷《いちる》の救いを見たのだろう。戦争の地獄絵から逃れようとして。

それからだいぶたって、「ヒロシマ」を知り、心が引き裂かれるように悲しんだ。

昭和一九年、二〇年の富浦町の戦没者の、なんと多いことよ。富浦の若者だけではない。日本中の若者が、太平洋一円で戦死している。時の政府は、未来のある若者を殺した、大きなあやまちを犯した。

ひらがなの陽

この国に　はじめて近代憲法ができた時
それは　漢字とカタカナでできていた
交錯する偏と旁　斬りつけるようなカタカナ
法文は鬱蒼と天にそそり立った
周囲に深い濠がめぐらされ
「不磨ノ大典」は近寄りがたい神の杜のようだった

漢字の枝とカタカナの枝
鋭い枝々に伸ばされ　町民も百姓も「臣民」となった
女は下草に足を取られ　地に捨て置かれた
暗く湿った杜
光の届かない根方で
杜は忠良ならざる臣民を喰い　女を踏んだ
濠に跳ね橋を下ろし　臣民を足音高く野に放しもした
殺　掠　姦
彼らの行く空々で一画　一撥ねが閃いた

陰惨酸鼻な杜が　白い炎ととも
あとかたもなく焼失した夏
急ごしらえでつくられた憲法は
漢字とひらがなでできていた
木と木の間に広がる野

原　かずみ（はら　かずみ）
1955年、石川県生まれ。詩集『光曝』『オブリガート』。
詩誌「まひる」。東京都あきる野市在住。

臣民も女も　等しく主権者となり
ぽっかりと覗いた青空を眺めた
「尊厳ある」ひとりの人間として

「国権の発動たる戦争と、武力による威嚇又は武力の行
使は、国際紛争を解決する手段としては、永久にこれ
を放棄する」
「国民はすべての基本的人権の享有を妨げられない」

急ごしらえであっても　翻訳文であっても
この憲法には
迫害　戦争　差別
有史以来乾くことのなかった鹽《しお》の川を干す
陽が秘められていた
まろやかなひらがなの光　木々は風と戯れて　うたった
野も木々も再び萌え
花々は　七十年咲きつがれてきた

ひらがな交じりの憲法のもとで生れたわたしは
野の光で足を洗い　木もれ陽で髪を梳いてきた
その陽を奪うことは
光の野を枯らし　わたしを永遠に葬ること

八歳の質問

本堂　裕美子（ほんどう　ゆみこ）
1952年、北海道生まれ。
詩誌「舟」、岩手児童文学の会会員。岩手県宮古市在住。

「人はどうしているの？」
きみに問われて母は答える
「人は一人では生きていけないから
　　　　助け合うためにいるの」
「でも、戦争をして殺し合っているよ」
母は、答えることができない

人はなぜ存在するのか

聖書を
東西の神話を
哲学書を
きみがひも解く日を待つことにしよう

きみたちの祖母である私の答えは明快だ
私はきみたちに会うためにここにいる
私の半分は
きみたちのために生きている

きみは
私達に愛されるために生まれてきた
子供はみな
愛され
幸せに育つべき存在なのだから

私は
きみの未来を思い描く
きみのために何ができるのかを考える
「人はなぜいるの？」
そう問うた
八歳のきみに
自由と平和を手渡す事ができるようにと
深く
祈る

卒業式
——二〇〇〇年三月七日——

三井　庄二（みつい　しょうじ）
1944年、山形県生まれ。評論集『戦後映画論』『人間主義の文学教育』。詩誌「いのちの籠」。千葉県八千代市在住。

1

体育館の壇上に三本の旗が並ぶ
校旗、国旗、都旗が中央から右へ
式場に　初めて立てられた日の丸
卒業証書授与、式辞祝辞のあとに
例年は　最後に全員で校歌斉唱
——われら自由の乾坤《けんこん》に
　まことの道をふみわけん
——時世《ときよ》の色はうつろへど
　ここ北園の学舎《まなびや》に
　柊《ひいらぎ》の葉はみどりなり
　柊の葉はみどりなり

今年は　式次第で国歌斉唱がつづき
三年生の署名や保護者有志の声明
職員会議の再三の抗議を無視した
「ご起立を」の教頭の声に
ワッペンを胸に並ぶ教員は起立しない
卒業生三一四名の九割程は起立しない
来賓と保護者の多数が起立して
大きいラジカセからCDの
「君が代」が音量いっぱいに流されて
校長、教頭、事務長の管理職三羽烏の
音楽科の教頭が一番大きな声で
誰のために歌っているのか
卒業生のためでないことは確かで

2

古今和歌集に採られた賀歌の
——わが君は千世《ちよ》に八千世《やちよ》に
題しらず詠み人しらずの
——さゞれ石の巌《いわお》となりて
和漢朗詠集の祝にも採られた
——苔のむすまで
「わが君」は天皇と限らないのに
万葉集「君之齒母」にならって
万葉仮名をキミガヨモと読んで
君は天皇だが、「齒」は寿命の意で
御代の意ではないのに
いつか「天皇の治世」となって
明治時代の絶対天皇制のもと

儀式用小学唱歌も事実上国歌に
大日本帝国憲法、軍人勅諭、教育勅語
御真影によって強いられた直立不動
今また　戦後の民主憲法のもと
「民の世」を「君の世」にと
タとキのたった一字がオオバケして
象徴天皇を国民とみなした
国旗国歌法、学習指導要領の規制
教育長と教育委員会の通達や警告
校長責任を走狗番犬にした起立斉唱

3

神武天皇即位とかの建国記念日も
八世紀初めごろ　律令国家の
創作神話によるイワシの頭で
わが国号も　旧唐書《くとうじょ》によれば
どこの使者かの問いに　遣唐使が
日本国の使者と答えたのが初めで
倭国が日本国に変わったのも
呼び方も不確かで　ホかポなのか
日葡辞書《にっぽじしょ》にはジッポンも　外国の
ジパング、ヤーパン、ジャポン
ハポン、ジャパンとZやJなどの
茫漠とした歴史の　遙かの彼方から
曖昧模糊とした事実をよいことに
シンボルのみが浮かれ出して
為政者の神器の一つになって
日本国民の合意とかに祀られて
周辺有事の防衛ラインぎりぎりに
一旦緩急《かんきゅう》あらば駈け出さないか
通常兵器の輸出一位は米国
広大な基地と思いやり予算を得て
きな臭い儲け話を狙い待っている

4

学問と教育の自由が束縛されて
思想と信条の自由が抑圧されて
結局は　海行かば山行かばの
若者と国民を犠牲にした死の大行進
葬られたはずの過去
墓場から亡霊となって蘇らないか
新入生と桜を待つ季節に
真冬へ逆戻りして春は来そうもない
されど　紅白の梅を一輪ずつ咲かせなければ
生徒、保護者、教員の自由と知性によって
しっかりと香らせなければ
それぞれの抵抗と連帯によって

＊「反戦のこえ」（二〇〇〇年五月）初出掲載

7章　詩——未来の約束

未来の約束

浅山　泰美（あさやま　ひろみ）
1954年、京都府生まれ。エッセイ集『京都　銀月アパートの桜』、詩集『ミセスエリザベスグリーンの庭に』。詩誌「孔雀船」、日本現代詩人会会員。
京都府京都市在住。

昭和四十年代
巷に流れたフォークソング
「戦争を知らない子供たち」*も
すでに古希を迎えた
今
わたしたちは選びつづけなければならない
この国の子供たちが　いつまでも
「戦争を知らない子供たち」のまま
おとなになってゆくことができますように　と。

そのことだけは
戦争を知らず
子供からおとなになれた
わたしたちが果たさなければならない
ただひとつの約束
未来への貴い約束

その約束が
この国だけではなく
隣国でも
海の彼方の国でも
遥か南の国でも
地の果ての国でも　あたりまえに
果されてゆくことを願う
ただ　それだけ。

ただ　それだけのために
どれだけの命が苦しみ
大地に赤い血が流されたのだろう
それでも　わたしたちに明日があるなら
明日
この世に生まれくる命があるなら
わたしたちは守らねばならない
未来への地図のようなそれを。
命あるかぎり
この世のあるかぎり

*フォークシンガーの杉田二郎が歌ってヒットした曲

憲法に憧《あこが》る

ひおき　としこ
1947年、群馬県生まれ。詩抄『やさしくうたえない』。「日本現代詩歌文学館」会員。東京都三鷹市在住。

2017年　寒満月　母の忌
仰ぎみる宙に　銀河はかすみ　一筋の水脈《みお》の光あわく
母はようやく銀河にたどりつけたようだ

1947年　戦争の痛みを　新しい生命にかえ
産褥室《さんじょくしつ》は雪あかりでまぶしかった…と母のほこり
この年　新憲法は歩み始めた
〈恒久平和　生命の尊厳〉高らかにうたい上げた
憲法精神　大地に根づかせた　潤う大雪だった

そして70年　かの大陸の新大統領は
〈憲法を　保ち　保護し　守る〉*と遵守の誓い
聖書におかれた手　しかし　その指先は
平和ではなく　国益　権力欲　核の上をさまよい
この魔性に　跪《ひざまず》く　日本の為政者
大切な安保と原発問題　犠牲になった幾多の生命への
ヒトたる　想像力や愛　抒情の言葉は失せ
恫喝のような声　人々の心には届かない
権力の阿《おもね》くままに憲法解釈し　いさみ足の改憲
気がつけば　戦いの兆しも

哀しみの　生命の　たゆとう銀河よ
　悠久の歴史には　いくつもの鋭いクレバスが
　みどりなす大地には　惨禍
　うみに　埋もれた文明の残骸
　銀河からの鳥瞰図《ちょうかんず》は　不毛な戦いの傷あと

それでも　平和への人々の熱い想いは
生命を守るたゆみない営みは
くり返され　巡りくる季節は　たいらかにうつろう
今　この閉塞された　この時代に
〈平和と生命〉を脅かすものには〈抵抗〉する
憲法に憧る
憲法は一人ひとりが守るという意志
共感する意志を　持ちつづけたい

ときに銀河に想いをはせながら
生命の証しの
抗《あらが》いの文字を刻みつづける

＊ *preserve, protect and defend the Constitution*

墓碑銘

桜井　道子（さくらい　みちこ）
1944年、旧朝鮮咸鏡北道生まれ。東京都日野市在住。

一九四四年、植民地朝鮮で生まれました
両親は彼の地で教員でした
現地召集を覚悟して、父は母と私を郷里に帰しました
父はそのまま戦場から戻りませんでした

帰らないもの、損なわれたもの
生命・経済・当たり前の暮らし・町・田畑・家・家族・
友人知人・記憶・尊厳・文化…
何も残しはしなかった
破壊し尽くし、剥き出しの傷痕だけ
戦争さえなければ、不安と絶望の暗闇

残された者の苦悩、死ぬより辛い現実
押し潰されて粉々に砕け散った心を抱きかかえて
二度と再び戦争があってはならない
犠牲者の無念を焦土の中に埋もれさせてはならない
戦争の放棄を決意したのです
戦勝国が占領統治の手段として押しつけた、
と自らを貶《おとし》めて、死者に顔向けできますか
人として生まれて、人を殺せと命じられる、
背けば罪人として処刑されることすらあった
そんな理不尽を再び許してはならない、としたのです
人は個人として尊重されます
国家構造を支える一歯車ではありません
自分の生命を全うし
教育を受け、労働し、子供を生み育て
己の信じるところを体現し
幸福を追求して
自分個人を生きてよいのです
言葉・肌の色・性別・氏や生まれ・身体的特徴・疾病《しっぺい》の
如何で差別され、生き方を制限されてはならないのです
まして、武器を手に他者の生命を脅かす行為を強いられ
るなど、誰にもそんな理屈通りません
かつてのように、非国民と指さす無知蒙昧がまかり通る
風潮を、為政者が煽って利用する社会は根本が間違いで
す
己よりも、より貧しく苦しむ人々の存在を、優越、矜持
の糧にして、いわれのない蔑《さげす》みを撒き散らす愚を、誇り
ある個人はとりません
天に唾する行為です

他者の痛みを自分のことと感知できる時、限られた資源、
環境の中で共生できるのです
戦争に負けて日本国憲法がつくられ、その下での七十年
の歴史が正当性を語ります
武器が本、ノート、ペンに
兵士は働く人に
国家権力は人々の安全を守るしくみに
平和が戦さに取って代わったのです

戦争から七十二年目
父が何処で朽ち果てたのか、今も私は知りません
日本国憲法が墓標です
――政府の行為によって再び戦争の惨禍が起ることの
ないやうにすることを決意し、ここに主権が国民に存す
ることを宣言し、この憲法を確定する。
墓碑銘です

大切に

速水　晃（はやみ　あきら）
1945年、京都府生まれ。詩集『島のいろ――ここは戦場だった』『凧は飛ばない』。詩誌「花音」、文芸誌「コールサック（石炭袋）」。兵庫県三田市在住。

サメ肌に、黒ずんだ紋様と血のような薄い染みがひろがっている。A６判の更紙――右側の真ん中上部、表紙はホチキス一か所で綴じられている。ホチキスは錆び、つづくページを浸している。左上部の片隅は三、四重に折れ曲がっている。三本の罫線で太文字を囲む表紙、長方形のなかにある文字は右肩上がりで眩暈《めまい》に誘われる。裁断ミスだと捉えようとするが、時代のズレではないかと、踏ん張りつつ心は騒ぐ。大判の書類にはさまれ、存在を主張しつづけていたモノ。表紙を含めて三十二ページ、昭和二十二年五月三日の発行とある。古文書と、義兄によって書かれた箱から取り出してきた。収納・保管した義兄は昭和十年の生まれ、「随順《ズイジュン》（心すなほに誠をこめて）、剛健《ゴウケン》（心も身体も正しく強く）、廣胖《コウハン》（心廣《ヒロ》く体胖《タイユタカ》にのびのびと）」を校訓とした國民学校で学んでいる。この冊子、明治生まれの父のものにちがいないのだが、どのような思いで遺そうとしたのであろうか。父、義兄の亡き今、介在した意思を含め、計り知れない重さを感激として受けとめている。姉たちから聞く父は、出自・門戸・学歴・性差・民族などによる差別を嫌悪、村八分を恐れず、時流に抗うように生きてきた。そのような父は、付き添った母は、どう生きるか、どこへ向かうのかを、わたしたち姉弟に課したのであろうか。数十年後、亡き父の地盤を継ぐように義兄は、公僕としての道を歩んだ。義兄を通して父母の志は、過ぎた時をはらんでここに在る。我が家は他人の手に渡ることになるが、新憲法公布七十年目の五月、わたしの前に現れたのは偶然ではないだろう。戦のただ中を生き抜いた父母の遺訓であろうか。戦へと駆り立てられた幼い日の義兄の、再び繰り返すなという願いであろうか。小さくない箱には過去帳、父の履歴書、父の書記就任を記載した「〇〇村時報」（兵事の項に、「壯丁者中現役兵入營者ノ入營期日・部隊、現役入營兵並ニ應召者ニ告グ」を掲載）、母宛ての軍事郵便などが重ねられ、振り返り知る匂いと手触りが収められていた。掌にのる『新《あたら》しい憲法《けんぽう》　明《あか》るい生活《せいかつ》』、表紙にルビのふられた冊子は「発刊のことば」からはじまる。溢れ出た思いは、次の「新憲法の特色――私たちの生活はどうなる」に流れこみ、図解・挿絵を伴ってページいっぱいにひろがり滲みこんでいく。「生まれかわる日本」「明るく平和な國」へ、といういくつもの杭。「私たちに與えてくれた最も大きな贈りものは民主主義」であると述べ、「最も大きな特色」は「第九條」であると明記。軍機、軍艦、兵器、爆弾が魚の骨とともにゴミ缶に捨てられている挿絵が載る。最後を、日本國憲法全文が締める。民主的なるものは、錆びた色をひろげ、薄く脆くなっていくものではない。前年十一月三日、明治節（明治天皇誕生日）に公布。大日本帝國憲法の存在を臣民に企図させる目論見は看破されていただろう。「大切に保存して多くの人人で回読して下さい」――表紙下部に刻印されている。生き残った人、戦によって殺されなければならなかった人は、どのような思いで「新しい」ことを手にしたかは知らない。表紙の手垢は多くの人に読まれた印。血判のように見えるかすれひろがった朱肉に、あの日の、願いと意志を読み取る。「大切に」とささやく声に、敗戦後の、自ら歩き出そうとする精神と希望を追う。どうなるかは憲法で示され、高揚する思いを後世のわたしは掌から直に感じとる。どう生かしていくか、強固に示すことがわたしへのバトン。個は、國家によって錆びてはならない。

＊

新しい日本のために――発刊のことば

　古い日本は影をひそめて、新しい日本が誕生した。生れかわった日本には新しい國の歩み方と明るい幸福な生活の標準とがなくてはならない。これを定めたものが新憲法である。

　日本國民がお互いに人格を尊重すること。民主主義を正しく実行すること。平和を愛する精神をもって世界の諸國と交りをあつくすること。

　新憲法にもられたこれらのことは、すべて新日本の生きる道であり、また人間として生きがいのある生活をいとなむための根本精神でもある。まことに新憲法は、日本人の進むべき大道をさし示したものであって、われわれの日常生活の指針であり、日本國民の理想と抱負とをおりこんだ立派な法典である。

　わが國が生れかわってよい國となるには、ぜひとも新憲法がわれわれの血となり、肉となるように、その精神をいかしてゆかなければならない。実行がともなわない憲法は死んだ文章にすぎないのである。

　新憲法が大たん率直に「われわれはもう戰争をしない」と宣言したことは、人類の高い理想をいいあらわしたものであって、平和世界の建設こそ日本が再生する唯一の途である。今後われわれは平和の旗をかかげて、民主主義のいしずえの上に、文化の香り高い祖國を築きあげてゆかなければならない。

　新憲法の施行に際し、本会がこの冊子を刊行したのもこの主旨からである。

昭和二十二年五月三日

憲法普及会会長　芦田　均

奪命者にはならない

日本国が河をわたる
日本国憲法という嬰児《みどりご》を背負い
此岸から彼岸へ
今日から明日へ
時代の急流をわたる

戦争をしないことで
戦争を殺す
人類先駆けの使命
背中の子はひと足ごとに重さを増し
旗手を疎《うと》む矢が頬をかすめる

七十歩目を踏んだ権力者は
有頂天によろめき
嬰児の足を水につけた
黒く濁った水中から
足首をつかむ手が伸びる
ずり落ちていく背中の気配に
日本人の心がざわめく

植松　晃一（うえまつ　こういち）
1980年、東京都生まれ。
文芸誌「コールサック（石炭袋）」。東京都江戸川区在住。

機敏な第六天の魔王は
賢者のなりで
権力者に道理を説く

世界は不安定で
敵は勢力を増している
目の前の脅威を
丸腰で乗り越えられるのか
今日を生きるためのパンと
明日を生きるための世界観を与え
人びとに尽くすことが為政者の使命
反対者は現実を知らず
無責任な卑劣漢は沈黙する
あなただけが国民の頼りだ

権力者は大きく手を広げ
国民に語りかける

　平和のための法制だ
（戦争に巻き込まれることはあっても）

戦争をしたい政治家は一人もいない
（脅しを効かせることで）
国民の生命と財産を守ることが為政者の役割
（黙らせ　殺せるようにして）
万一に備えることは当然だ
（命を奪うことが命を守ることになる）

日本国憲法が
人類の子宮で夢みていたとき
大日本帝国は死んだ
無謀に無茶と嘘を重ねて
ぺしゃんこになった
しぼんだ帝国に
新鮮な空気を吹き込んだのは
幣原総理とマッカーサー元帥
人間天皇と戦争放棄を依代《よりしろ》に
大日本帝国の臣民を
日本国民として甦らせた

人間的であり
無防備であることを
あえて選んだ日本国憲法は
私たち一人ひとりに授けられた
日本人としての生命

だから私は
奪命者にはならない
子どもたちを
奪命者にはさせない
濁流にひざをつき
嬰児を投げ捨てる
魔性のたぶらかしを破り
世界の苦を抜き
楽を与える
使命の重さに耐える

日本国憲法前文に曰く

日本国民は
われらとわれらの子孫のために
政府の行為によって
再び戦争の惨禍が
起ることのないようにすることを
決意した

逆巻く時代に
嬰児をおぶりなおし
再びの一歩を
いま　踏み出す

木霊《こだま》
――日本国憲法に――

原子　修（はらこ　おさむ）
1932年、北海道生まれ。叙事詩『原郷創造』、詩論書『〈現代詩〉の条件』。詩誌「極光」。北海道小樽市在住。

目をつむらなければ見えてはこない空《くう》の
かなしい重さを
じっと　坐りぬいていらっしゃる

木霊のように

なぜ
わたしにむかって　手をあわせ
伏し拝むのですか
侮《あなど》りの雨　謗《そし》りの風に
黙って　耐え
一人も戦《いくさ》で死なせなかった奇跡に
ひしと　口をつむぎ
一人のいのちの　はかりがたい尊さを
祈っていらっしゃる

光とは

涙ぐみですか

真言は
花びらですか
十重《とえ》二十重《はたえ》のけがれの雲をはらう
雪の山頂となって

身じろぎもせず

万民の水底《みなそこ》ふかく沈む
知の真珠を

永劫の空に
手招いていらっしゃる

「風信　六」より

高橋　郁男（たかはし　いくお）
１９４７年、宮城県生まれ。評論集『渚と修羅―震災・原発・賢治』『詩のオデュッセイア』。文芸誌「コールサック（石炭袋）」。東京都港区在住。

一九四五年の夏に
戦争が終わった時
新しい憲法は
まだ　影も形もなかった
私も　影も形もなかった

二年後の五月に
新憲法の時代が始まり
翌月に　私が出生した
名前が決まるまでの間
北の戦場から復員した叔父は
その頃に出たタバコに因んで
私を　ピースと呼んでいた

その頃は
戦場から生還した人と
夫や父や子や兄弟が
戦場から帰らなかった人
米軍機から逃げ回った人
空襲で家族や知人を失った人
家や職場や故郷を焼かれた人たちが
そこら中に居た　そして
生き残った男女によって
列島に夥《おびただ》しい赤子が生れ出た

学校の同期生の名には「憲」の字が目についた
小学校は十クラス　中学は十四クラスあって
「マンモス学年」と呼ばれ　ある教師は
「皆さんは墓場まで競争です」と言った
そして　それぞれの人生行路を経て
今年　私も　憲法も　古希を迎えた

七十歳の日本人は　もう希《まれ》ではなく　ざらになったが
新憲法の方は　まだ世にも希な存在であり続けている
世にも希だった　あの大戦の生々しい記憶の総力が
七十年の間　世にも希な存在を支えてきた
生々しい記憶を持つ人が希になってゆくこれからは
戦争を知らない世代の　戦争への想像力が問われる
「たった今　戦争が終わった」と　何度でも想像し
その時の地上の惨状を　何度でも想起する力が

とはいえ　次の戦後　ともなれば
この星に生きものの姿は無く　そこには　ただ
渚を洗う波の音が響いているだけかも知れない

夏空

夕暮れの夏空は
灰色一色のキャンバスだ
白い雲が湧き出て陣取り
威張《いば》っているさま
何を思うかあの空は
濃い灰色のチョッキを引っ掛けて
暮れゆく空に悠然と流れてゆく
瓜二つの親子雲が並んでいて
私に一抹《いちまつ》の盛夏の暑さを
忘れさせてくれる夏空だ

灰色の空の画布に私は
何色を使って絵を描くか
今思案している最中だ
頬紅をさすように薄紅の色もいい
それとも紫色をのせようか
これまで越してきた私の歩いた道
戦後の貧しさはあったけれど
思えば温かい光の中にあった
淡い温もりのあの感覚は
ずっと今も続いていて
その想いをあの空に描きたいのだ
終戦前後の軋《きし》んだ　あるいは混沌…
その日常…

それでも私には夢があった
あの空の一角に私は水色と
黄色の絵の具の線を引くだろう
平和の象徴である黄色
そして薄紅色も交えて…
志田　静枝（しだ　しずえ）
1936年、長崎県生まれ。詩集『踊り子の花たち』『夢のあとさき』。「秋桜・コスモス文芸」、小説誌「ぱさーじゅ」。大阪府交野市在住。

暦

道端の垣根に白い花の彩りがある
娘と連れ立っての　投票日
少し改まって歩く

（平和はいつも束の間なのか）
大昔から花は想っていただろう
そっと首をかしげたかもしれない
一人一票の平等に
目覚めた人びとの闘いの暦
血と呻吟《しんぎん》と希望の頁は
倦むこともなく　繰られ　繰られて…

過去から祝福の光を
浴びているにちがいない
死者たちの夢見た　未来の光景
ありふれたこの刻《とき》を行く　私たち

百年後にも花は匂っているだろうか
（豊饒か　廃墟か）
花と私たち　張りつめた呼吸に結ばれて

未来への一里塚
膨大な人間の暦の　その途上に

森田　和美（もりた　かずみ）
1948年、奈良県生まれ。詩集『二冊のアルバム』『リヴィエール・心の河』。
詩人会議、戦争と平和を考える詩の会会員。埼玉県川口市在住。

アンファン　アンスゥミ

Enfant insoumis

紫　あかね（むらさき　あかね）
1955年、北海道生まれ。歌集『添うてもみたし』。
短歌誌「芸術と自由」。東京都府中市在住。

アンファン　アンスゥミ
言うことを聞かない子が
都心に向かう電車にママと乗ってきた
ベビーカーのそばに立ち
ママはひたすら男の子をなだめるが
泣きわめく　言うことを聞かない子
乗客の視線に耐え兼ね
下を向くママ

私はビスケットを取り出し
ママと一緒にあやしたが
泣き続ける　言うことを聞かない子
途方に暮れ　手で振って音を出したとたん
目を輝かせてつかみとり泣き止んだ
ママに促され「ありあと」と回らぬ舌で言い
ある駅で降りて行った

ドアが閉まった後
何もしなかった乗客が自分を恥じたのか
私を遠巻きにした

冷たい風が電車の屋根を吹き飛ばし
私は一九四五年の敗戦後の
満州の曠野《こうや》をひた走る無蓋車の中にいた
引き揚げ者で　すし詰めの逃亡列車
絶望と焦燥と死が充満する避難なら
私だって泣きやまない子を殺せとさえ
母親に目で言っていただろう

憲法はそんなことが二度と起きないように
日本人が作ったのではないか
国家に見棄てられた何十万人が帰国できない
一九四七年に憲法を受け入れたのではないか
アンファン　アンスゥミ
言うことを聞かない子
戦争にしないために泣き続けなさい
私たちも言うことを聞かない子になる
戦争にしないための憲法なのだから

覚醒〈憲法を見張る〉

君たちは（私たちは）
ある日国会で充分な審議もされないまま短時間で強引に
『日本国民は兵役の義務を有する』と、数の力で押して
決定されたならどうするだろうか？
羊のように黙々と先頭に従っていくのだろうか？
君たちは（私たちは）
第二次世界大戦後七一年もの間続いている
平和の中で育てられてきたのだ
「兵士になる教練」を施されるのに耐えられるのか？
耐えたとして個人的には恨みのない人を殺せるだろうか
過去を振り返り「『殺せ！』という命令に従わないと、
その後の体罰の方が恐ろしかった」と述懐する人がいる
また　生き残った後の罪悪感を自分で処理できるのか？
祖国に戻った兵士が日常生活に適応できなかったり
自死するケースが報道される
人の心は機械のように
簡単に「ＯＮ」と「ＯＦＦ」で切り換えができない
心の殻は意外と脆《もろ》くできているのだ
日本は攻めなかったから攻められなかったのではないか
君たちは（私たちは）

石川　啓（いしかわ　けい）
1957年、北海道生まれ。
北海道詩人協会、北見創作協会会員。北海道北見市在住。

人間らしい生存を全うする権利を保障されている――筈《はず》
新聞は毎日新しい残酷さで切り裂かれている
当り前のように享受できていた「安全」は
篩《ふるい》にかけて配給されるようになった
地軸の傾斜から狂っているように
コワレテイクニンゲン　コワサレテイクチキュウ
言霊《ことだま》の幸ふ《さきはう》国は何処に行ったのか――？
現在を、「本当にきな臭い時代になってきました。戦前
生まれの者としては、思い出したくもないあの時代が、
また形を変えてやってくるのだと感じています」と、戦
時中は少年だった人が語る時代の証人の心痛そして怒り
選挙権が二〇歳から一八歳に引き下げられた昨年
その一票は　大切な権利であり　義務でもある
一九四六年の戦後　日本国憲法の公職選挙法により
二〇歳以上の男女に公平に与えられた
白紙投票も　投票棄権も
消極的に改憲派を育てていることに気づいていない
この国を私物化し消滅される前に国を取り戻せるのは
国民一人一人が覚醒し声を上げることしかないだろう

悲し日・1

悲し日
という日の
その名づけえぬ
明るさの中で

軽やかに
身を投げる
ひとつの
意志

しずかな
追憶の日の雲のように
古代公園に咲く
木蓮の
ひらひらと
風に散る　朝

神原　良（かんばら　りょう）
1950年、愛媛県生まれ。詩集『オタモイ海岸』『ある兄妹へのレクイエム』。
日本現代詩人会、日本詩人クラブ会員。埼玉県朝霞市在住。

悲し日・2

口笛を吹いてゆく者の
とおい悲しみを
聴く
波の　ルフラン

存在という
遠く旅立った
鳩の
失った飛行の　影を
求め
二度と還（かえ）らない
海の果てで

あかるく
死んでいった
者たち

悲し日・3

葬送の日
静かな
花に満たされた
憂いの中で

やさしく息遣う
山羊の群れの
その音のない
追悼

かすかに
笛吹きの
奏でる

とおい
ホロボイの
調べにも似て

悲し日・4

歌われる
ことのない　それ故
愛される
ことのなかった

ひとつの生の
永遠に
明るい陽ざしを
夢み

悲しみではない
忘却　という悲哀の
果てに

いつの日か　西空深く
希望の鳥の
あまがける　朝に

日本国憲法への思い

金野　清人（こんの　きよと）
1935年、岩手県生まれ。詩集『冬の蝶』『青の時』。岩手県詩人クラブ、北上詩の会会員。岩手県盛岡市在住。

戦時中のボクは軍国少年だった
徹底した軍国主義教育によって
忠君愛国の精神を注入され
聖戦必勝を信じ
国策に忠実に従う少国民だった

疑いもなく軍神を崇拝し
行く末は
お国のために
命を捧げる軍人しかないと
思い込んでいた

ところが
国民学校四年の八月十五日
頼みの神風はからっきし吹かず
敗戦の憂き目にあってしまった

ソ連軍に拉致された父は
極寒のカラガンダ強制収容所で
過酷な仕打ちを受け
無残な最期を遂げた

悲しみのどん底から這い出した私は
一九四七年五月三日
救世主の「日本国憲法」に出会った

新制中学三年の時
謹厳実直な校長先生から
「あたらしい憲法のはなし」を使って
「新憲法」を噛んで含めるように教わった

校長先生は黒板に大書した
「国民主権、人権尊重、永久平和主義」
「日本国憲法」の三大原則だ
今も鮮明に脳裏に刻まれている

人類の最高傑作の「日本国憲法」
私は断じて改憲の企てを許しはしない

国民主権と言論表現の自由の大事
――平和への理念と戦争放棄を含め

今次の太平洋戦争は悲しみ苦しみで終わった。戦争という愚かさを残して。そこに、昭和二一年『年頭の詔書』で天皇は現御神《あきつみかみ》（現人神《あらひとがみ》）に非ずと、〔人間宣言〕を。翌年新生『日本国憲法』が施行され、主権が国民にあり、個人の尊重、基本的人権。また生存権や法の下の平等。思想良心の自由。言論表現や学問の自由など平和の理念を含んだ〔戦争放棄〕への九条。そこには、戦後民主主義と呼ばれた「平和主義憲法」の誕生。GHQ《アメリカ》に押しつけられた憲法とも言われながらも。なかでも思想信条や言論表現の自由は、個人につながる源泉の大事である。

歴史という時代の位置《くらい》はそこに変化し
人身も権力というものに抑えられ　圧迫され
心耳《しんじ》もゆがめられて口を閉ざされる
良心的な声や表現は問答無用とふっとび
沈黙こそが生きのびることのごとく　時　代　を　縛　る
治安維持法の恐怖よ
権力という国家の力の持つ暗黒の世相よ
出版も集会も監視され獄中の道へ
厳しい自由圧殺の戦前戦中

だからこそいつの世にも、口を閉ざし、身を縮める時代や、そこに拮抗する重要な大事となるのが、「言論表現の自由」のさけびであり行動であろう。七二年前の戦争の悲劇は、この言論表現が権力に弱体化され、その言論人《ジャーナリスト》たちが自らの筆《ペン》を迎合したからだ。むろんその中には生涯をかけて権力と闘った人たちもいたが。権力は報道を操作し国民の眼や耳や口、さらには思考までも停止。日本国憲法はその反省に立って恒久の平和を理想にした。憲法第九条「戦争の放棄・交戦権の否認」の実現を願い。

だから平和のためにさけべ　そ　し　て　守　れ
おお「日本国憲法」よ進め　国民主権の旗を揚げて
おお「日本国憲法」よ歩め　平和の理念の実現にだ
大きな基本的人権のための言論表現の自由を大事として
そして誰もが幸福になれる生存権を訴え大切にしよう
それゆえ日本国憲法に必然となす言論を語っておこう
「自由批評の精神亡び、阿諛《あゆ》の気風瀰漫《びまん》すれば、その
　国は倒れ、その社会は腐敗する。」
戦前戦中戦後の風雪を生きた言論人石橋湛山*の言説を

＊戦後民主主義に通底する希有《けう》な言論人で、『石橋湛山全集』新装版・全一六巻がある。

石村　柳三（いしむら　りゅうぞう）
1944年、青森県生まれ。詩集『夢幻空華』、詩論集『雨新者の詩想』。
文芸誌「コールサック（石炭袋）」、日本現代詩人会会員。千葉県千葉市在住。

今日のかがやき
～日本国憲法公布七十年の

池田　洋一（いけだ　よういち）
1949年、秋田県生まれ。
神奈川県横浜市在住。

私たちには
生まれた時からそれはあった
七十年たった今もそれはある
これが長いか短いか

おかげで　私たちは
戦争を知らない子供たちと呼ばれ
戦争に行かない若者たちとなり
戦争で死なない大人たちである
現在の社会で七十年も
こういう人生をおくっているのは
この国にいる私たちだけらしいのだが
これが長いか短いか

たとえば　それは
人類の歩みの中で
ほんのひとまたたきに過ぎず
たとえば　それは
宇宙の悠久の時の中で
いちせつなですらないだろう

それでも　私は思う
これが長いか短いか

そう言えば
今日地球を旅立てば
光の速さなら何十年かで地球に似た星に着くという
これは長いか短いか

かの星では
この七十年のかがやきが
何光年かかけて届いたとき
はるかに遠い名も知らぬ星にも
美しい時代があったと知るだろう

つまり
想像では
それはもう届いている
思いは光より速い
あとは
それが長いか短いか

晴着

青柳　晶子（あおやぎ　あきこ）
1944年、中国上海市生まれ。詩集『空のライオン』『草萌え』。
日本現代詩人会会員。栃木県宇都宮市在住。

「神戸のおばあちゃん」が自分の着物を染めなおして
わたしにつくってくれた晴着　赤い地に白梅紅梅が散ら
してあってそれは見事　裾回しは目立たないが　袂《たもと》の中
は緋色　明治から昭和を生きぬいた女そのもの　わたし
から娘へ孫へと受け継がれていく　六十年前のものでも
何の遜色もない

憲法には高らかな平和主義がうたわれている　七十年前
のものでも今なお新しい　軍隊を持たない国がどう生き
ていくか　日本はその試金石となった　それまでの封建
制度を拭い去り　男女平等の平和国家をつくった　憲法
がようやく日本の風土に馴染み　これからもたくさんの
成果を発揮するだろう　他国はどうあれ　日本は日本の
やり方で幸せを追求していく　せめてきれいな空気と水
を　次世代への大切な贈物としたい

年に一度晴着に風を通しながら　「おばあちゃん」の優
しさ強さに思いいたる　戦争で左前になってしまった
骨董屋《こっとうや》　それでも五人の娘と二十人の孫に恵まれた
全ての人間は　女性から産まれ　慈しみ育てられた宝物
戦場で失くしてもよい子など　女は決して産まない

日本の宝

今　憲法が　あぶない
アベ内閣が　片っぱしから
憲法違反の　法律を　作っていく

9条をふみつけにして
戦争法を　作り
25条をつぶして
年金を下げてつぶす

兵端《へいたん》
駆けつけ警護
ＰＫＯの要請

日本の宝を守ろうや
同盟国とは　はなれよう

もう一度　憲法　よもうや

山本　涼子（やまもと　りょうこ）
1961年、香川県生まれ。詩集『幸せの魔法』。
詩人会議、グループ・ミモザ会員。大阪府堺市在住。

忘れてもずっと

植田　文隆（うえだ　ふみたか）
1980年、福岡県生まれ。
詩誌「詩創」。福岡県北九州市在住。

憲法に古い
そんなのなんてない
ただ変えたい人は
理由をつける
でもそれは
こじつけなんだ
変えたらきっと
悪くなるのを
みんな知ってる
法律はいつも
改悪されて
憲法の理念を
忘れていった
改悪を当たり前にし
いまの憲法の理念を
守らない人々が
変える憲法なんて
なんかおかしい
今の憲法の理念を
守ってください

改憲するより
それが一番
先ではないですか
憲法をしっかり
守ってください
改憲するより
それが一番大事

けんぽーつえつき　あるいてゆこう

広重の朝焼け　北斎の夕焼け　かわらぬあかるみに
朱がさして　おしだされてくる　すきとおった火のたま
ああ　けさもかわす「おはよう　よろしく　今日も」
大口をひらいて　五臓六腑に　光をまぶす
あしたがあると　やくそくしてくれる力
仏教でなく　キリスト教でなく　イスラム教でなく
陽をおがめることの幸せ　強いられないことの幸せ
信教の自由

一九三九年私が生れてきたときには　三十八才の母は
選挙体験ゼロだった
一九四六年生れてはじめての投票に行った母
かたやまてつに入れたと　きいた
庄屋の娘　乳母日傘育ちの母が　社会党に　ねえ
夜明けの空襲　とびこむ防空壕
くりかえす生活への　こたえだったか
男女同権

広いゆるやかな石段をのぼって新制小学校に入学した
うちこわされた奉安殿《ほうあんでん》　目にあざやかな松のみどり
夜になっても光のともる空に　どっとまかれる桜吹雪
とびあがっては　つかみかかっていった　小さな私の手

小田切　敬子（おだぎり　けいこ）
1939年、神奈川県生まれ。詩集『流木』『憲法』。詩人会議、ポエムマチネ会員。東京都町田市在住。

ひやりとつめたかった　しめったはなびらのなかに
まぎれてひそんでいた　たからものに
きがつかないまま　くらくなってもあそびつづけていた
教育の権利

大学三年のキャンパスは日米安全保障条約激論の波浪下
政治にうとい私には立板に水で語る学友たちのことばは
どこか異国のことば
疑問符に両腕をとられて　国会前をジグザグデモした
わたしはそれから　白髪の老婆になれたけれど
あの時死んでしまった女子大生は子を産むこともできず
黒髪を白髪にかえることもできなかった
思想・良心の自由

一九六二年教員になった
給料をもらっても何に使ってよいかわからず
口に出していうと妻子もちの同僚たちにわらわれた
「おけいさん　わたしがつかってあげましょう」
職場には組合があって順番にデモや集会に参加した
働く人々の要求を束ねて　はばむ相手にぶつけてゆく
色とりどりの幟旗《のぼりばた》のさざなみとして　身に浸みこんだ
勤労の権利・義務

一九六七年五月花を商う男と結婚した
つぶれかかった男の家は蔦《つた》でおおわれ　蘭菌をそだてる
フラスコの並んだ温室は　むっと水苔の匂い
細い角材をバーナーで焼いて鉢のカバーをつくる
しごとのあいま　針金をくるりとまげて　心臓の形に
ふとい私の指にはめてくれたエンゲイジリング
仕入れトラックに揺れながらたべものを男の口に運んだ
婚姻

一九六八年男子　一九七〇年女子
花ではなく虫ではなく私と男とでこの世に創生した生命
（私はどうしてここにいるのか）漠然とした観念は
雲散霧消　稼ぎ出すかねの手応えが七色の光輪を帯び
パン　米　酒　輝く具体物となって風景は立体化した
こどもたちに憲法のある日本を選びとらせて親となった
国民の要件

一九七五年四月こどもを小学校に入学させた　共かせぎ
だったので夫と私　かわりばんこに学校行事に参加した
♪　生きている鳥たちが　生きて飛び回る空を
　あなたに残しておいて　やれるだろうか　父さんは♪
先生はオルガンをひいて親達にもいっしょにうたわせた
あれから四十年。うたわれている心配が現実の今だ
教育を受けさせる義務

一九七八年蔦でおおわれた家に綱をつけて曳いたら
紙細工みたいにぐしゃりとつぶれた　教員にもどって
働いたので借金をできる身分となりちいさな家を建てた
木の壁　木の床　絵を描いて額を打ちつけ　小棚をつっ
てプリズムをならべた　虹は壁をはいずりまわり
コードの這う虹色の壁に　音楽は反響した
手製のロッキングチェアはぎしぎしとうたい
陽にふくらんだ布団　家族は　四本川におぼれた
猫の爪痕釘の傷跡　家族の歴史を刻む象形文字となった
財産権

けんぽーつえつき　ここまできたよ
もしもけんぽーなかったら四十代のワインの香り
しらなかったかもしれないわがむすこ・むすめたち
朝鮮・ベトナム・湾岸・アフガン・イラク
行くな！と立ちはだかって　まもってくれたけんぽー
安全保障関連法案＝戦争法案　ゆらぐけんぽー
早速およびか　ＩＳ討伐戦争
いまこそ恩返しを　迫るトランプ
ＩＳ討伐行きたい方は　どうか自由に　さあさあどうぞ
ペンタゴン直属政権のみなさま武器戦争を商うみなさま
行ったら二度と戻ってこないで好きな戦場に骨を埋めて
けんぽーつえつき　あるいてゆこう　世界にむかい
抱合う心にむかい　けんぽうつえつき　あるいてゆこう
戦争の放棄

戦争がおわって・・・

秋山　泰則（あきやま　やすのり）
１９３８年、東京都生まれ。詩集『民衆の記憶』『泣き坂』。
美ヶ原高原詩人祭主催、日本現代詩人会会員。長野県松本市在住。

戦争が終わった　この国は
センリョウグンはシンチュウグンムジョウケンコウフク
はシュウセンだヤケアトバラックイモゾウスイシラミチ
フスフロージカッパライルンペンヒキアゲセンヒキアゲ
シャフクインヘイタズネビトカイダシヤミヤブツブツコ
ウカンキシャオウジョウトナリグミハイキュウケッショ
クキップセイショウイグンジンカストリズルチンサッカ
リンヤミネインフレヨキンフウサスフモンペコクミンフ
クパンパンオンリーハトノマチ
生き残った人は命に深く感謝をしながら生きることだけ
を考えた

戦争終わって去ってゆく縛り付けたもの解けていく
天皇赤紙応集千人針軍事訓練軍旗祭宮城遥拝大詔奉戴
日竹槍訓練防火演習翼賛青壮年団国防婦人会早婚奨励
少国民尽忠報国滅私奉公勤労動員国民皆登録教育勅語
国民総武装水際作戦竹槍部隊一億玉砕総力戦特別攻撃
隊建物疎開学徒動員女子挺身隊防空頭巾戦死英霊奉安
殿慰問袋Ｂ29モロトフのパンの篭火叩き棒艦載機

戦争は終わった　戦後になった

空が戻った大地が戻った海が戻った人間が戻った
人間は人間を殺してはいけない
暴力は認めてはならない
この国で生きるもの生きようとするものは
戦後を続けるために声を出して戦後の数を数えよう
年が変わる毎に皆で誘い合って戦後の数を数えよう
来年は戦後七十三年その次は七十四年
そうやって子供に伝え孫に伝えその先に伝え
平和のつくり方　戦争をしない国のつくり方を
失われた命苦難を強いられた命の果てにやって来た
憲法が語る言葉で確かめよう
不思議な国の不思議な憲法にしないために

8章　詩——沖縄・希望の海

希望の海

うえじょう　晶（うえじょう　あきら）
1951年、沖縄県生まれ。詩集『我が青春のドン・キホーテ様』『日常』。
詩誌「あすら」「縄」。沖縄県中頭郡在住。

黒潮に運ばれ　沖縄人《うちなーんちゅ》の祖先は来た
この石灰岩だらけの南海の小さな島へ
海はその労をねぎらい　タマンやイラブー
ありったけの幸を目の前に繰り広げ
翻《ひるがえ》る豊漁旗で感謝の宴を共に祝い喜んだ
サバニを仕立て外洋に漕ぎ出した若者《にーせー》が
荒れ狂う嵐に呑み込まれた日
海は悼み共に悲しんだ　時を経て
幾度かの飢饉や疫病　他国からの侵略に
武器を持たぬ知恵で乗り切った民
海は共に生きてきた

うりずんの頃
突然、鉄の弾が降ってきた日
逃げまどう人々を岩陰に隠し波間に隠し
海は真っ赤に染まりながら
帰らぬ人の屍《しかばね》を洗い続けた
今も尚、波は寄せては返し
応えのない問いを繰り返す
人は何故益もなく傷つけ合うのだろう

七十年の時を経て　辺野古の海に
二十トンブロックが
幾つも幾つも投げ込まれ
珊瑚達の悲鳴が海鳴りとなって響く
沢山の命を生み出した海の胞衣は破壊され
可愛い魚たちは再び逃げまどう

民と共に生きた長い年月
繋がり生きた珊瑚礁の海
海は信じたい
人の本当の幸せは分かち合うこと
奪い合えば限りなく欲しくなる
海の望みは唯一つ
輝く白い砂浜に子供らの笑い声が
いつまでも満ち満ちてあること
希望の海を夜明け色に染め
東雲の辺野古に陽はまた昇る

写真

八重　洋一郎（やえ　よういちろう）
1942年、沖縄県生まれ。詩集『日毒』、詩論集『太陽帆走』。
詩誌「イリプスII」。沖縄県石垣市在住。

ＹＲ氏は　元ＯＴ紙の政治経済部デスク　今は
フリーライター　兼　大学非常勤講師

その重厚豊富な知識　犀利精緻な分析　そして決して外
に表わさない秘められた激しい怒り　私は兼々　氏の著
述に感銘していたので機会を捉えて直接聴講に行く

プロジェクターによって写し出される　様々な地図　統
計　兵器　隊員　輸送手段　その能力　等々
正確な資料を積み重ね次々に分析解説される異常な事実
「沖縄に駐留する米軍の七割は海兵隊　海兵隊には足が
ない　その足は遠く離れた長崎県　佐世保港…」

「抑止力とは皆嘘偽《ユクシ》」

「初めての民間出身防衛大臣（彼は軍事専門学者）曰く
沖縄の基地は富山─静岡を結ぶ線の日本の西半分なら
どこへ移転してもその能力が落ちることはない　ただ
政治的に許容されるところは沖縄しかあり得ない」

「誰が一体許容しているのか」

「沖縄問題はすべて日本国の沖縄への政治的差別に起因
するのです…」

これを見てください

七十年前の沖縄戦　五十四万の米軍に囲まれ　弾薬　食
料　皆尽きはてて大田海軍少将の大本営への最後の打電
「…沖縄島ハ一木一草焦土ト化セン　糧食六月一杯ヲ支
フルノミナリト謂フ　沖縄県民斯ク戦ヘリ　県民ニ対
シ後世特別ノ御高配ヲ賜ランコトヲ」
かくて彼は豊見城《トミグスク》の海軍壕で六月十三日自決したが　そ
の日東京では大相撲の千秋楽　中入り前の土俵上　幕内
力士の勢ぞろい　大勢の見物人が雑踏し　その贔屓《ひいき》力士
に呼びかける粋な声さえ聞こえてきそうな賑やかな　一
枚の　写真

ＹＲ氏　ひと言
「これって今も続いているのですよ　ねッ」

七十年後の今になっても死者全員が地獄の底で歯軋りし
死ぬことができないこの国のどす黒い闇黒《やみ》

出原《やんばる》の幻影

神谷　毅（かみや　つよし）

1939年、沖縄県生まれ。詩集『芥火』『眼の数』。
詩誌「潮流詩派」。沖縄県中頭郡在住。

戦乱の中で幾世紀も
虐《しいた》げられて覚悟の時を超した島

「この島よ　鬼棲む島か」＊
「この島よ。人住む島か」

鶏は屋敷を跳び豚は屋敷に囲い
農夫は終日の農耕で日暮れに帰り　疲れて寝る
この島は圧政に翻弄されて
先祖は幾世紀も骨壷に名を刻み蓋を閉めてきた

文は人を欺き言葉は家を潰すと
先祖は大和の人を恐れて来た

山原の山肌は赤土に染まり
血の色で染められた収容所の地中に　無数に遺骨は眠る
老いの悲哀を告げる人も減り
とぼとぼと恨みを吐きながら日は沈む
集落の路地には　廃屋の軒が並び
侵略の朗笑の陰りを灯し　人は行き人は去る

巨大な基地は海を埋め要塞をつくり
小高い丘の下はトンネルで弾薬庫で
地中を支配すると云う

美謝《みじゃ》川はその谷間を流れ
雲は水面に影を映して一日を告げる
東雲は黄金色
夜は星空を添えて兵舎と集落を包む

人形の様な幼い兵士
狼狽えてゲートで軍車を誘導する
愛の言葉を忘れ侵略占領で支配の行為に走る

人間が最後に喪うもの
信頼と情け愛を忘れた人々が
壁になり素手の民衆を襲う
偏狂の軍団が軍靴を鳴らす時
島の人々は虚伝を払いながら座り込む
予兆なのか空には鳥飛ばず
季節を告げる野の花は咲き実を結ぶ

＊折口信夫『古代感愛集』（「島の神」）より

オスプレイ悪夢

オスプレイ飛んできたよ
オスプレイ飛んで行ったよ

晴れ渡る沖縄の空を濁すように
オスプレイは訓練を繰り返し飛んで行き飛んで来る

オスプレイの下には反対の旗がなびき
オスプレイの轟音に拳は挙がる
オスプレイの爆音で全ての声が消えたよ
父の声　母の声　先生の声
オスプレイの配備で殺人鬼の訓練が始まったよ
オスプレイにはどんな人が乗っているの

家の上から学校の上から

学習する子供達の頭の上から
風呂場や食卓の上から登校する子供達の夢の中から

オスプレイが空の上から降りたよ
静かになったとき初めて息を吸ったよ

誰が何の目的で訓練するの
日本の捨て駒のように黙殺されて

オスプレイは飛んで行き飛んで来る

うるま島

琉球　沖縄
旧《ふる》くはうるま島
竜の落とし子のように泳ぎたつ
大海原の海流の流れの中に

守礼の邦
礼儀を重んじ他国とは争わない
万国津梁《ばんこくしんりょう》の黄金色の旗をなびかせ
はるか遠く北の海や南洋へ
すでに早くから身に寸鉄をおびず
刀剣に換えて三線を重宝とし
交易に熱血を注いだ
勇壮な海の民

島津藩のサトウキビ税二百五十年
清国への朝貢
明治政府の廃藩置県
大和世の果ての沖縄戦
アメリカ世の二七年を終わらせて
施政権返還のあと　喜びも束の間

呉屋　比呂志（ごや　ひろし）
1946年、福岡県生まれ。詩集『ゴヤ交叉点』『ミルク給食の時間に』。
詩人会議、関西詩人協会会員。京都府京都市在住。

基地はそのままに
地も海も空もアメリカの勝手放題

オスプレイ
飛来四年目にして名護の海岸に墜落
理由後付でアメリカ言いなりの日本政府
沖縄の陸海空　水際までもが陵辱された

またか！　そう言い続けて七二年
滑走路の果てが霞んだ嘉手納基地を見るがいい
この戦場のような荒野を取り戻し
黄金の稲穂が波打つ日を　わたしは願い夢にみる

普天間基地を昔のような街並みに戻し
たとえば国際交流の特区として
世界各国の人々で賑わう祭典の日を
わたしは願い夢にみる

沖縄を取り戻す日を指折り数えて
数えきれない同胞とともに
わたしは父祖の地うるま島　沖縄に寄り添う
願いを抱きしめ夢を実現するその日まで

きみがうまれたほし

ひとはみな
むげんの
そらと　つながり
あいに　いかされる

ひとはみな
むげんから　いのちの
エネルギーを　すっている

ひとはみな
あめや　なみの　ひとしずく
うちゅうに　つながり
あいに　いかされる

みずは　いのち

きは　たいようが　のぼると
はっぱから　みずが　じょうはつ
はっぱは　えだから　みずを　すう

久貝　清次（くがい　せいじ）
1936年、沖縄県宮古島市生まれ。詩画集『おかあさん』。
詩誌「あすら」。沖縄県那覇市在住。

えだは　みきから　みずを　すう
みきが　ねもとまで　つづき
ねは　だいちから　みずを　すう

ひとはみな
むげんの
そらと　つながり
あいを　つたえる

ひとはみな
むげんから　いのちの
エネルギーが　そそがれる

ケンポウの花
～極楽と地獄の季節～

極楽は明るすぎて何も見えない
地獄は飛び飛びにやさしい
日々の暮らしは満たされない夢のほころび

この国の生き様はいつもそう
安眠のさなかに天と地がひっくり返り
未曾有《みぞう》の災難に襲われ
焼け焦げた大地に慰めの雨が降り
累々たる屍を葬り
悲しみを乗り越えて再び立ち上がる
空気と水と土と緑があれば生きられる
極楽は横っ跳びに広がる水平線の彼方
けわしい奥山のはるか彼方に
亡霊の如く漂っている
人里近くは地獄の仄かな匂い
地の果ての島国は山と海のゆりかご
名も無い生き物たちは連綿と生き続けた

極楽は明るすぎて何も見えない
地獄は飛び飛びにやさしい

かわかみ　まさと
1952年、沖縄県生まれ。詩集『与那覇湾―ふたたびの海よ―』『水のチャンプルー』。詩誌「あすら」、日本現代詩人会会員。東京都中野区在住。

日々の暮らしは満たされない夢のほころび

ケンポウは
人類の行く末を思いつめながら
闇と光の隠れ処で密かに生まれた
傷つき打ちのめされた痩身に
「戦争放棄」の痛々しい文言を彫り付け
空っぽの魂《タマス》を震わせ
んぎゃ～んぎゃ～と泣きながら生まれた
まれにみる難産だった
言葉の格好は良くない
声の響きはどこかしら侘しい
息も絶え絶えの痩身に重い苦行が被さる
貧しく貧しい灯りのない風景
途切れない復興の槌音《つちおと》
蛍雪《けいせつ》の功を夢見る若者たちは
晴れ渡った青空に洋々たる希望を描いた

極楽は明るすぎて何も見えない
地獄は飛び飛びにやさしい

日々の暮らしは満たされない夢のほころび

ケンポウの願いは
掘りつくされた金山の坑道の
日の当たらない荒れ地に咲く
けなげなタンポポの花
見放されても踏みしだかれても
すっくと立ち上がる不屈の花
敢えて　振りかざす言葉の剣はない
ふたたびの山へ海へ
沈黙の魂へ還るのだ
父よ　母よ　同胞《はらから》よ！
雨の日も台風の日も海鳴りの日も
畏《おそ》る畏《おそ》る覚《さ》めて
見果てぬ夢を願うのです

沈む日や
魂《タマス》とられて
目覚めよ宇宙意思

高江の山桃《やまむむ》

ちいさな赤い実
たくさんなるのを
たのしみにしていたのに
根元から切られてしまった
勝手にN1地区と名付けられた　森の
「わたしの木」
無法に伐採《ばっさい》された二万五千本の中の
「わたしの木」

葉の生い茂った残像を追いかける
残像のうしろからは
桃売りのねえさんたちが
バーキ《ざる》を頭にのせてこちらにくる

山の種子がまかれる

どこにいるの

芝　憲子（しば　のりこ）
1946年、東京都生まれ。詩集『骨のカチャーシー』、エッセイ集『沖縄の反核イモ』。詩誌「1／2」、詩人会議会員。沖縄県那覇市在住。

いがぐり頭を集めたような
大きなサンゴのかたまりに
小さな青い魚たちが群れ泳ぐ

汀間《てぃーま》漁港から船に乗り
工事が止まってすっきりした海に進むと
何もないのに　いまだに
わたしたちめがけてズンズン寄ってくる
海保や民間の監視船　五、六隻
制服のマイクが何度も
「ここは臨時制限水域なのですぐはなれなさい」
彼らもわたしたちの税金で動くのに
わたしたちの首をしめる

箱メガネを海の底に向ける
とうぜん　藻の食み跡《はみあと》は見られない
「ここにはいないよ」と海がいう

きっとどこか近くの海に
飛沫《しぶき》が　顔にかかり撥《は》ねる

移り変われば

館林　明子（たてばやし　あきこ）
1943年、神奈川県生まれ。詩集『群のかたち』『近づく空に』。
詩誌「1／2」日本現代詩人会会員。東京都三鷹市在住。

堕落ではなく不時着だという
米軍ヘリが名護の海の辺に落ちて
機体はバラバラ　パイロットは脱出？　それとも…？

墜落でなければ不時着失敗？
オスプレイの給油訓練中
給油ホースがプロペラに当たって破損したためとか

民家の上ではなく海に落ちた（いや不時着した）のだか
　らありがたく思えと
どなたさんかが言ったとか　言ったけど謝ったとか…
沖縄では米軍ヘリが民家の真上で給油訓練をするのか！

墜落とは高いところから落ちること
不時着とは燃料の欠乏や故障などのため予定しない地点
　に降りること
そう電子辞書にはあるけれど（一〇年前のメイドイン
　チャイナだから変わったのか…）

時が移り時代が変わり

退却が転進に後戻りしたりもする
いつのまにかのそんな時代に

人生一〇〇年　長寿リスクに備えよと
心のこもったアドバイスもあり（長生きするなとは言え
　ないよなぁ！）
いのちとは何か　思いあぐねて寝てしまう

あっ！　墜落するぅ！　墜落したぁ！
不時着だよ　不時着！
かわる　かわった　言の葉はじめに

ごぼう抜き

杉本　一男（すぎもと　かずお）
１９３３年、大阪府生まれ。詩集『消せない坑への道』『坑の中から鼓動が』。
詩人会議、熊本詩人会議会員。熊本県荒尾市在住。

海を隔てて　島がある
青い空　蒼い海は　島の宝
なぜ　あの島にだけ
軍事基地が集まっているのだ

「新しい基地はつくらせない」
島に住む　ウチナーンチュウは
辺野古の浜に　座り続けている
「どんな〈パッド〉もいらない」と
高江の　工事現場近くに座り込む

かつて　おれたちは三池の地で
一二〇〇人の「指名解雇は許さん」と
ホッパーを背に座り込んだ
腕を組んで　励まし合う男たちを
屈強な警官たちが　警棒を振り上げて
隊列から引きずり出した

熊本で「下筌《しもうけ》ダムはつくらせない」と
どこまでも無抵抗な座り込み
山肌を縫うように　木と人の壁を築いた
おれは　板一枚の上に横たわる
四人がかりで抱え出す警官の群れ
川辺まで運び　せせら笑って　放り出す
〈蜂の巣城の攻防〉は　あっけなく落城

本土から来た機動隊員が
からかい　あざけり　さげすみ
力ずくで　人びとを引っこ抜く
上からの命令　上とは　どこのだれだ
墜落を　不時着にする　やからたち

――くじけちゃいかん――
海を隔てていても
島は　そんなに遠くはない

ひめゆりの塔に寄せて

ひめゆりの花

あなたの国は　ねえ何処なのでしょう
わたしの国は　何処なのでしょう
報われることもなく　売られし山河
みんなの国は　何処なのでしょう

戦さ場と化した　ふるさとの野辺に
幾夏過ぎても　友は帰らず
残る碑よそれだけが　償いならば
開けよせめて　ひめゆりの花

いのちの意味は　ねえ何なのでしょう
生きるってことは　何なのでしょう
問うことも許されず　散りし乙女に
薫《かお》れよせめて　ひめゆりの花

志田　昌教（しだ　まさのり）
1953年、長崎県生まれ。
詩人会議、福岡詩人会議会員。長崎県佐世保市在住。

風化

浮いたあばらに乗った　僅かな膨らみを
乳房と呼ぶには　あまりにも哀しい
この身が溶けて消えても　乳に変わるのならば
悪魔にだって身を売ると　その女は呟く

泣き止まぬ子を抱いて　洞窟を出て行く
その女を誰ひとり　目を伏せて止めない
凍った静寂の中　闇にむずかる声に
的を絞った数知れぬ　銃声が響いた

これが戦争なんだ　もしも止めていたら
この洞窟に気づかれて　蜂の巣にされていた
残った者は良心の　呵責《かしゃく》に戦《おのの》きながら
記憶の中からその夜が　消える日を祈った

歯の穴から

那覇港が見えた時　歯がポロッと抜けた
夏　交流会で大阪から船に乗ったら　台風
北九州まで逃げ惑い
カレーばかりのゴロ寝で五泊もしてから
やっとこさパスポート見せて上陸
苦労して来たんやからと会議も抜けて
抜けた歯のアホな穴から
タクシー雇い　息づく海など観光してたら
大きな刃物のような尾翼が　基地から見下ろす

あれから四十数年　米軍ヘリパッド移設工事現場で
同じ大阪から来た応援の機動隊員が
「ぼけ　土人が」「コラ　シナ人」と
ヤマトンチュの　むき出す歯の奥の穴から
なんとナサケナイ言葉吐き出したんやろ
「出張ご苦労様」と大阪の知事は言うし
復帰すれば基地も爆音も無くなる筈と　必死で
帰ってきてくれたんやったのに

抗議が「あまりにも過激」と知事は言うけど

麦　朝夫（むぎ　あさお）
1934年、大阪府生まれ。詩集『どないもこないも』。
詩誌「いのちの籠」。大阪府堺市在住。

あまりにも過激なオスプレイの爆音が暮しを覆《おお》うんや
被《かぶ》さる警備の穴へ
急きょ座り込みに参加した牧師さんは
邪魔な荷物のように引き抜かれ運び出された
「地元住民ら反対派は全くの素手
　機動隊は武道を修めた隊員自体が武器」
と寒く穴を語る

そうしてもっと　心配になる
こわばった入れ歯の空　気味悪く晴れた日本の穴から
平和維持とか　駆けつけ警護とか　が飛び出して
政府や反政府の　煮えたぎる世界で
差別語もクソもなく
武器にされた肉体で　銃弾ぶっ放す羽目になる
悲痛な事態が　今にも来るんやないかと
噛み難い歯を囲む　多数でスースー噛む穴が延びて
新大統領に　米の大ウツロも親密にねじ込まれて

海が笑う

村尾　イミ子（むらお　いみこ）
大分県生まれ。詩集『うさぎの食事』『カノープス―宮古島』。
詩誌「真白い花」、日本詩人クラブ会員。東京都日野市在住。

海が笑っている　とその人がいう
療養所の部屋の窓から一緒に海をみると
夕陽が波のうえをころがって　淡い光が燦《きら》めいている
ね　笑っているでしょ　えくぼも出来るさ

離島にあるハンセン病療養所の海は
ひっそりとして沖をとおる船影もない
戦争があっても戦争が終わっても
めったに人の訪れることのなかった寂しい海辺
人に疎まれ　はじき出され
親兄弟や親戚とも縁を断たれて
貝のように蓋を閉ざして暮らしていた日々
海はしぶいたり荒れたりしていたことだろう

隔離は間違いだったと　ようやく解放されたが
その人にはすでに親兄弟も亡くなり　家には戻れない
自分の存在はいまでもタブーだ
戦後　荒れ果てた島の傷跡を埋めようと
米軍が空から撒いたギンネムの葉がしげるばかり
外に出ていいと言われても
老いてどこにいけば良いのか

深い悲しみや悔しさをこえて
いまは職員に支えられ　その人は療養所に残ったままだ
海が笑う日のあることが　どんなに慰めになったのだろう
療養所を訪ねることも間遠になっているわたしは
海辺に寄せてくる白い珊瑚に恥じいりながら
笑っているという今日の海をみて
その人と一緒に笑みあっている

今、声を

二階堂　晃子（にかいどう　てるこ）
1943年、福島県生まれ。詩集『音たてて幸せがくるように』『悲しみの向こうに―故郷・双葉町を奪われて』。詩誌「山毛欅」、日本現代詩人会会員。福島県福島市在住。

静かだ
雪が降っている
講演会の記録を起こす
文字盤をたたく音だけが耳に
聞き書きメモの脈略をたどりながら

「9条＋24条女性の会10周年」
福島出身の講師*が語り始めた
―10周年おめでとうと言いたいけれど
　10年たっても改憲を阻止できない切実さ
　EU離脱のイギリス　政治混乱の韓国
　２０１７年、混沌の船出、
　世界は流砂の時代に入った―と

文字盤を打つ手が止まる
連日伝えられるカオスの諸々
国際法無視の人工島建設の中国
ミサイル多発の北
分断を図るアメリカ
警護を盾にスーダンに向かう日本船

次から次と思い浮かぶ混沌の今

講師は続けた
―改憲の根幹に安保がある
　日米安保条約がある限り
　9条の憲法があるこの日本の基地から
　出撃絶えないアメリカの傘の元
　騒動の真っただ中に日本は巻き込まれる―と

間違いなく攻撃の危機にさらされる
犠牲者まで出して立ち向かった５０年前
安保
不安をけしかけ
改憲に拍車をかける根源に安保が

咳払いひとつ聞こえない張りつめた会場だった
雪道に足取られ集った6百の目
―今後どうなっていくのだろう―
声なき声が漂よった
安保条約がある限り憲法の行方が危ない

深まる戸惑いに張りつめる空気

講師はさらに続けた
—沖縄の基地を本土に引き取ろう
その時初めて安保の危険に国民は目を開く
怒り止む暇のない島沖縄
憲法の下の不平等がまかり通る沖縄
番外地のような差別を受ける福島と相通じる沖縄
沖縄の基地を本土に引き取ろう
そして護憲派が多数の今、
国民投票を最後の砦と声を出そう—と

安保に目を開くため
基地を本土が引き取る！
会場に声にならないざわめき
混沌の海の真っただ中に置かれている
間違いなく、会場の全員も私も
安保を無くし憲法を守ろうと
これまでよりも声をと
声を出すことを課せられた講演会の
記録を起こす
文字盤を打つ手は熱い
静かだ
雪が降り続いている

＊高橋哲哉東大教授

屍の上に輝く星
――私が憲法に出合った時――

佐々木　淑子（ささき　としこ）
1947年、岡山県生まれ。詩集『母の腕物語―増補新版』、小説『サラサとルルジ』。日本現代詩人会、鎌倉ペンクラブ会員。神奈川県鎌倉市在住。

教師　たった一坪の土地に　9発の砲弾が撃ち込まれた　鉄の嵐が　降りそそいだ
　　　それが　それが　沖縄戦だったんだ！
高校生　先生！
♪　死んだ者に口は無し
　　生き残ったものに　課せられた
　　平和な社会をつくること（教師）
♪　死んだ者に口は無し
　　生き残ったものに　課せられた
　　平和な社会をつくること（合唱）
教師　あれは　あれは　戦争が終わって二年後のことだった　新しい憲法が施行されたんだ！
♪　それは　まぶしかった
　　美しい言葉のひとつひとつが　心に染みた
　　私の身体に　新しい血が流れて行くのを感じた

　　主権在民　主権は国民　すなわち私たちにある
　　私たちが　この国の主人公（合唱）

　　基本的人権　私たちには　生きる権利がある
　　どこのだれも　平等に幸せを求めて生きる権利がある
　　自由に　自由に　幸せ求めて
　　人間らしく　人間らしく（合唱）

　　平和主義「陸　海　空　軍　その他の戦力は　これを保持しない　国の交戦権は　これを認めない」
　　憲法九条！（合唱）
教師　戦争は　戦争は　もう絶対してはならないと憲法が断言したんだ　それは　まるでこの沖縄の大地に累々と横たわる屍の上に燦然と輝く星のようだった　宋一、君の上にも輝いたか！

（オペラ『鳳の花蔓』より。M7「屍の上に輝く星」高校教師だった村長が憲法に出合った時のことを生徒に語る場面）

鳥になりたい

♪

私が育った　あの土地は
ウージが歌う　あの土地は
この両目に　映るのに
鉄条網に　阻まれて
おばあ一人の　叫びさえ
何も　何も　届かなかった
地面に額を押しつけて
何度　泣いて来ただろう
たったひとすじ涙さえ
何も　何も　届かなかった

ああ　見上げれば　いつも
鳥は自由に飛んで行く
鳥になりたい　鳥になりたい
何度　夢見て来ただろう

自由なつばさで　空を飛び
私の育った　あの土地に
ほおずりしたい
鳥になりたい　鳥になりたい

（オペラ『鳳の花蔓』よりM25「鳥になりたい」）

なんでじゃ　なんでじゃ

♪

なんでじゃ　なんでじゃ
なんでわしらが　どかねばならぬ
踏むな　汚すな
その下にゃ　されこうべが埋まっとるぞ
（おばあたちが引きずられようとされる）
「年寄りに手を出すな　おばあはこれでもレディじゃど」
なんでじゃ　なんでじゃ
なんでわしらが　泣かねばならぬ
軍靴を脱げよ
裸足で大地にぬかづけよ

なんでじゃ　なんでじゃ
なんでわしらが　どかねばならぬ
踏むな　汚すな
その下にゃ　ウチナーの神が住んどるぞ
なんでじゃ　なんでじゃ
なんでじゃ　なんでじゃ

（オペラ『鳳の花蔓』より。M10「なんでじゃ　なんでじゃ」演習場入り口でのおじいおばあの命がけの攻防の場面）

知らないところで

猪野　睦（いの　むつし）
1931年、高知県生まれ。詩集『ノモンハン桜』『沈黙の骨』。
詩誌「花粉帯」「炎樹」。高知県香美市在住。

土佐湾　土佐清水沖七〇キロに
米軍実弾射撃演習場リマ海域があるが
国会で地元代議士にあばかれるまで
政府はかくし続けてきた
その海域への出漁漁協に損失補償金がでていたのを
知ったのは三〇年あまり前だったか
海奪われた漁民は釣舟客用の
舟だしの日過しなどしていた
今年九月一九日の地元紙ひらくと
四国沖に米軍新訓練空域
厚木艦載機岩国移駐で日本政府は
四国沖　山陰沖に新たに
米訓練空域を設定したとあった
厚木からFA18スーパーホーネット
沖縄からはKC130空中給油機15機
一七年には最新鋭ステレス戦闘機F35配備
米軍機一三〇機で岩国は極東アジア最大の
航空基地になるとあった
リマ海域かこむL空域のみこみ拡がる東西五〇〇キロ
南北二〇〇キロの広大な訓練区域では

少なくとも二年間訓練五一八日間に上った
防衛省中国四国防衛局は
米軍運用は把握していないとあった
いまでさえ四国　わが市上空を
ふいに低空で峡谷かすめとぶオレンジルート戦闘機
防災支援理由で県行政まきこむオスプレイ
岩国から四国上空までわずか三分間
あっという間に太平洋訓練海域へ
どんな日米共同軍事訓練がおこなわれているか
澄んだ広い秋空みあげると
白い線二本　三本引いて飛び去っていくのは
米軍機か自衛隊機か
そのかいまとぶ民間機か
岩国　沖縄　あらたな太平洋訓練区域往来の
軍用機か
知らないところで引き裂かれていく空

9章　詩——九条は水のように

九条は水のように　空気のように

佐藤　文夫（さとう　ふみお）
1935年、東京都生まれ。詩集『ブルースマーチ』『民謡万華鏡』。
詩誌「炎樹」、詩人会議会員。千葉県佐倉市在住。

ヒトは　水なしでは　生きられない
同じく空気なしでは　生きられない
では九条がなくても　生きられるか
戦争屋がたくらんだ　血なまぐさい
戦争がつづく世界で生きていけるか

九条がなければ侵略者の戦争は続く
九条がなければ　軍需産業は儲かる
ヒトを殺すことを　目的とする武器
その武器の売買を　目的とする産業
ヒト殺しの軍隊を支える政治家たち

九条は　戦争をとめる　やめさせる
それゆえにヒトは　九条がなくては
生きられない　九条は戦争をとめる
それゆえに　九条は戦争の敵である
戦争の敵はヒトたちの大きな味方だ
ヒトは　水なしでは　生きられない
ヒトは空気なしでは　生きられない
ヒトたちにとって九条は空気のように
ヒトたちにとって　九条は水のように
それはそれはとても大切なものなのだ

未来への伝言

門田　照子（かどた　てるこ）
1935年、福岡県生まれ。詩集『ロスタイム』、エッセイ集『ローランサンの橋』。
詩誌「花筏」「東京四季」。福岡県福岡市在住。

太平洋戦争が終わった七十年前
十歳のわたしには何もなかった
共に暮らす親はいなかった
住む家がなかった
食べる物は乏しかった
着る服　履く靴　学用品も
ランドセルもなかった
空襲で燃えてしまった街は
荒涼と広がる薄墨色の焦土だった

どのように生きて来たのか
貧しさを支え合う人の情けが
惜しみなくさし出された
近所のオジサンやオバサンの
子供を見守る厳しい眼差しと
優しいおせっかいがあった
わたしは健やかに若く夢があった
未来への希望も時間も
痩せ我慢の精神もあった

日本国憲法が施行されたとき
六年生だったわたしは
戦争をしない国の子供になれて
ほんとうに嬉しかった
民主主義を目指して
平和や自由や平等が眩しく語られ
新しく生まれ変わった日本

七十年経っても忘れはしない
戦争の怖さ　平和の喜び
伝えてゆきたいわたしたちの宝
九条いのち

積極的非暴力平和主義の理念を貫きたい

若松　丈太郎（わかまつ　じょうたろう）
1935年、岩手県生まれ。詩集『若松丈太郎詩選集一三〇篇』、評論集『福島原発難民』。詩誌「いのちの籠」「腹の虫」。福島県南相馬市在住。

たくさんの人びとが死んだ
第二次世界大戦で六千万を超える人びとが
日本人だけで三百万もの人びとが死んだ
そして多くの家々が焼失した

わたしが十歳の夏に戦争が終わったのちも
生き残った人びとの貧しい暮らしがつづいた
世界じゅうの人びとは思ったにちがいない
戦争はもうこりごりだと

わたしが十二歳の一九四七年五月三日
「日本国憲法」が施行された
国民すべての思いを第二章で表明し
第三章で国民の生きる権利を保障した

二度の大戦を踏まえて
日本人はもとより世界のほとんどの人びとは
こころに決めたにちがいない
戦争は二度としないぞと

人びとは自らの理性に期待した
地球上から戦争をなくせるだろうと
けれども現実には戦闘のない日はなかった
内戦や宗主国と保護国との武力抗争がつづいた

私が十五歳の一九五〇年六月二十五日
朝鮮半島で戦争がはじまると
マッカーサーGHQ長官が吉田首相に指令した
国家警察予備隊の創設を

わずか一か月あまりのちの八月十日
「警察予備隊令」が公布された
「警察予備隊」は二年後「保安隊」に
さらに二年後の一九五四年「自衛隊」となった

「日本国憲法」施行後わずか三年後に
すくなくともその第二章第九条第２項
戦力の不保持と交戦権の否認は
形骸化され空文化されてしまったのである

「日本国憲法」施行から七十年の二〇一七年
政権党とその政府は憲法改悪をうかがっている
首相は第百九十三通常国会施政方針演説で
改憲ありきの憲法審査会での議論を呼びかけた

「自民党憲法草案」では第二章を
「戦争の放棄」から「安全保障」に換え
「第九条の二（国防軍）」などを新設し
戦力の不保持と交戦権の否認を削除している

国民の生命・財産を守ることよりも
国家あるいは国土を護ることや治安維持を優先し
国民の知る権利や文民統制をないがしろにし
国民主権におおきな制約を加えるものである

「日本国憲法前文」の冒頭の主語「日本国民」を
「自民党憲法草案」では「日本国」と言い換えている
「草案」の意図は国民主権から国体尊重への復帰である
七十年まえに戻そうとの意図を象徴的に示している

「自民党憲法草案」では第一章を大改変している
第一条では天皇を「元首」としていることをはじめ
第三条「国旗・国家」第四条「元号」を規定し
「大日本帝国憲法」を復活しようとしている

第三章「国民の権利及び義務」では
第十一条（基本的人権）から「現在及び将来の国民に与
　へられる」が削除され
第十二条（自由及び権利）に「常に公益及び公の秩序に
　反してはならない」と制約を課し
第十三条（個人の尊重）では「個人」を「人」と変更し
　て自律的個人の主体性尊重をあいまいにしている

戦後七十年というものの
戦後という期間は存在しなかった
世界は慢性的な戦争病患者になってしまって
非戦闘員はもとより女性や子どもたちのいのちまでをも
　無差別に奪っている

この地球という惑星に生存する生きもののなかで
おなじ仲間を殺戮《さつりく》する生きものは
人類以外には存在しないのではないか
地球上でもっともおろかな生きものなのではないか

憲法は現実に合わせるものではない
少年の日の戦争体験からそう確信する
平和を希求する人類が主体的に生きる理念であるべきだ
積極的非暴力平和主義の理念を貫きたい

九条――自伝風に

南　邦和（みなみ　くにかず）

1933年、朝鮮・江原道生まれ。詩集『原郷』『ゲルニカ』。
詩誌「千年樹」「霧」。宮崎県宮崎市在住。

幼年時代の記憶はおびただしい軍馬の嘶《いなな》きに始まる
田舎駅の広場に繋がれていた軍馬の列
皮革の匂い　黄色い小便の川　馬糞の湯気
郊外に広大な演習地を持つ朝鮮半島中部の
その小さな邑《むら》が　ぼくの揺籃の地
最初の玩具は火花を散らす機関銃だった
軍歌がぼくの子守唄・遊び唄だった

ぼくは　申し分のない軍国少年に育った
〽萬朶《ばんだ》の櫻か襟《えり》の色……（「歩兵の本領」）
花の名を覚えるように兵種の襟章の色を覚えた
赤は歩兵　緑は騎兵　黄色は砲兵　黒は憲兵
〈大日本海洋少年団〉の金文字の水兵帽をかぶって
ぼくは　手旗信号やモールス信号を習った
校庭では　火焔放射器の実演があったりした

戦場は　すぐ近くにあった
〈大日本国防婦人会〉の襷《たすき》と少国民の歓呼の声に送られ
て
兵隊たちは目隠しされた列車で北へと送られて行った
大陸の方から漂ってきた硝煙は
やがて　陸伝いに南へ延び
太平洋の小島伝いに拡大していった
アッツ　マキン　タラワ　サイパンという島の名を覚え
た

軍国少年の夢は　突然遮断された
黄土色の兵隊たちはシベリアに送られ
シベリアの方からやって来た緑色の軍隊が
ぼくらの街を占領した　その日から
少国民のぼくは　避難民の少年になった
戒厳令下のひと冬　多くの同胞が死んだ
共同墓地への死体運搬が僕の日課だった

――二年後（一九四七年）
〈新制〉の冠を頂いた校舎もない中学校で
ぼくは「あたらしい憲法のはなし」を学んだ
復員兵の代用教員が黒板に書いた
　主権在民主義　民主主義　国際平和主義
そのチョークの文字をいまも覚えている

軍国少年から憲法少年への転身だった

ぼくらの頭上には
いままで見たこともない青空があった
石ころだらけのグラウンドで　毎日
暗くなるまで石ころを拾い　球を拾った
「野球」と呼べるシロモノではなかったが
ときに　山を越えて城のある町に遠征し
癩《らい》の噂のある若者たちとの他流試合もあった

「戦争放棄」の憲法第九条は
青年教師の白い体操着のように眩しく
田舎芝居の国定忠治の科白にさえ
マッカーサー元帥と〝憲法九条〟が
アドリブで飛び出す時代だった
食糧難の苦しい日々はつづいたが
だれもかれも　底抜けに明るかった

古いすげ笠　チョンホイナ　さらりとすてて
平和日本の花の笠
好いた同士が　ささやく若さ
広い自由の　晴れた空　ソレ
チョンホイナ　チョンホイナ
うれしじゃないか　ないか

チョンホイナ
（憲法普及会制定「憲法音頭」サトウハチロー作詞
中山晋平作曲）

第九条は　王冠などではない
日本人の姿を映す　歴史の鏡だ
不磨の大典「明治欽定憲法」のもと
〈殖産興業〉〈富国強兵〉を法被《はっぴ》に染め抜き
半島へ　大陸へ　七つの海へと
植民地を拡大していった大日本帝国
そこで何が行われ　何が失われたのか

〈大東亜共栄圏〉の野望は潰《つい》え
弓なりの日本列島へ舞い戻ってきた
日本人は六百五十万人（軍人・軍属・一般邦人）
ぼくも　そのコロンの末裔《まつえい》のひとり
ヒロシマ・ナガサキの　そしてオキナワの
死者たちに誓って第九条は生まれた
アジアの民への贖罪と慰藉の証しとして

ソウルで　大邱で　北京で
ぼくは　その国の人々と九条について語った
宗主国アメリカとの従属関係の中で　なおも
戦争への歯止めになっている九条

そのことを知識人たちは知っている
九条は　日本人同士の約定ではない
アジアの民への　世界への誓約《せいやく》なのだ

憲法調査会から新憲法制定推進本部へ
その党の憲法改正への執念は半世紀に及ぶ
結党五十年　満を持して出された「新憲法草案」
（その画策の息の長さと法文の目の粗さ）
平和を願いつつ靖国神社へ参拝するという
そのソーリの論理とそっくりの論法で
平和を願っての〝新憲法草案〟だというが……

フツーの国を取り戻すために
憲法九条を変えるのだという
フツーの国のモデルは　どこの国か
アメリカは　フツーの国ではない
百年間　たえずどこかに戦場をつくり
若者たちを生け贄《にえ》にしてきた国アメリカ
（ぼくはいま「〝うそつき病〟がはびこるアメリカ」
　という本を読んでいる）

どの国にも　それぞれの神があり
どの国にも　良心と邪心の葛藤がある
憲法九条という　日本の良心を
アメリカの邪神に膝まずかせようとする
この国の政治家たちの愚行は
必ず　歴史によって裁かれる
九条は　世界の良心でもあるのだから

おどりおどるなら　チョイト　憲法音頭
平和憲法　さらりとすてて
日本は　フツーの国になる　ホイホイ
海外派兵も　徴兵検査も　ソレ　なんのその
アメリカさんと　道づれに
チョイト　道づれに
　チョイナ　チョイナ
（新憲法制定推進本部＝小泉純一郎本部長＝制定予定
「新憲法音頭」）

軍隊が　国民を守ったためしはない
軍隊が守るのは国体（玉体）だった
逆行性健忘症の諸君　思い出してみるがいい
無敵（のはずだった）の関東軍が
満洲の荒野に遺棄した邦人婦女子の末路を
沖縄守備隊がガマで行った蛮行の数々を
「兵強ケレバ則チ滅ブ」淮南子

ここに「戦争絶滅受合法案」がある

戦争行為ノ開始後又ハ宣戦布告ノ効力ノ生ジタル後、十時間以内ニ次ノ処置ヲトルベキコト。即チ下ノ各項ニ該当スル者ヲ最下級ノ兵卒トシテ招集シ、出来ルダケ早クコレヲ最前線ニ送リ、敵ノ砲火ノ下ニ実戦ニ従ワシムベシ。
①国家ノ元首、但シ君主タルト大統領タルトヲ問ワズ、尤モ男子タルコト。
②国家元首ノ男性ノ親族ニシテ十六歳ニ達セル者。
③総理大臣、及ビ各国務大臣。並ビニ次官。
④国民ニヨッテ選出サレタル立法部ノ男性ノ代議士。但シ戦争ニ反対ノ投票ヲ為シタル者ハ之ヲ除ク。
⑤キリスト教又ハ他ノ寺院ノ僧正、管長、ソノ他ノ高僧ニシテ公然戦争ニ反対セザリシ者。
＝以下省略＝
（デンマーク陸軍大将フリッツ・ホルム起草、長谷川如是閑が「我等」〈一九二九年一月〉巻頭言で紹介）

「六法全書」を開いてみたまえ
星の数ほどある法律・条例の
どの「法」にも　必ず九条がある

第九条　成年被後見人の法律行為は取り消すことができない。ただし、日用品の購入その他日常生活に関する行為についてはこの限りではない。
（民法）

第九条　医師国家試験は、臨床上必要な医学及び公衆衛生に関して、医師として具有すべき知識及び技能についてこれを行う。
（医師法）

第九条　売春させる目的で、前貸その他の方法により人に金品その他の財産上の利益を供与した者は、二年以下の懲役又は十万円以下の罰金に処する。
（売春防止法）

法文ほど無味乾燥なものはない
かつて〝法匪〟と呼ばれた日本人の
最高の知恵でつくりあげた九条の中の九条

第九条
①日本国民は、正義と秩序を基調とする国際平和を誠実に希求し、国権の発動たる戦争と、武力による威嚇又は武力の行使は、国際紛争を解決する手段としては、永久にこれを放棄する。
②前項の目的を達するため、陸海空軍その他の戦力は、これを保持しない。国の交戦権は、これを認めない。

この一条こそ　歴史に残る不滅の条文
人類の行く手を示す　北極星《ポラリス》

こいびと

根本　昌幸（ねもと　まさゆき）
1946年、福島県生まれ。詩集『昆虫物語』『荒野に立ちて』。
文芸誌「コールサック（石炭袋）」「日本海詩人」。福島県浪江町より相馬市に避難。

こいびとは敬礼をすると
一人乗りの飛行機に乗りました。
上空を三回程旋回すると
南の空へ向かって行きました。
旋回をするということは
さようならを意味することだと
あとで分かったのでした。
半分だけの燃料で
戻ってこれるはずはありません。
わたしは南の空へ向かって
手を合わせました。
やはり　こいびとは
帰ってはきませんでした。
白い小さな箱だけが届けられました。
中には何も入ってはいません。
こいびとは南の空の
どこかで死んだのです。
――死んだものは帰ってはこない。
わたしはそう言われましたが
ずうっと独りで生きてきました。

約束は破りたくはありません。
これがあのひとへの
せめてもの
わたしの供養ですから。
これはわたしが亡くなった後に読んで下さい。

〈遺書〉
「皆様は、私のような人生を歩まないで下さい。憲法九条、これだけはどうぞ国民の皆々様守って下さい。こいびとを失った一女性より。」

この女性は最近ほんとうに亡くなりました。
八十九歳でした。
最後まできちんとしていた方と聞きました。

総理の夏

リーグ勝ち数トップのエースが9じゃないか
ホームラン王も9じゃないか
盗塁王の背番号も9だとはどうしてなんだ
どうしてそろいもそろって9なんだ
いえ、それみな別々のチームなんですけど
とにかく背番号9だけはやめるように
そうルールブックを変えたらどうだ

憲法に九条があっては戦争ができないとか
政府に反対する者は学校の先生になれないとか
外国人は勝手に住所を移してはいけないとか
どれも法律第九条にはちがいないが
でも戦争をしないのはよいことではないかしら
戦争したいしたいと叫ぶような人は
裸の王様の一歩手前でないかしら

どうして機動隊になぐられたのだろう
大好きな坂本九ちゃんのTシャツを着ていただけで
とつぜんデモの列から引きずり出されて
Tシャツの九の字はずたずたにされてしまった

杉谷　昭人（すぎたに　あきと）
1935年、朝鮮鎮南浦府生まれ。詩集『宮崎の地名』『農場』。
日本現代詩人会、日本詩人クラブ会員。宮崎県宮崎市在住。

戦争に反対したのがやはりいけないのかな
〈九条武子歌集〉が書店の棚から撤去されたなんて
笑い話にもならないような気がするのだが

今年の夏も暑い
季節はいつも単純だ
この国の総理のように頑冥《がんめい》固陋《ころう》、問答無用だ
この一夏を生きていくには途方もない誠実さがいる
たとえばこの破れたTシャツを着つづけるとか
国会前のデモにきょうも参加していくとか
スランプでもひいきの背番号9を応援していくとか

蚕よ

小松　弘愛（こまつ　ひろよし）
1934年、高知県生まれ。詩集『眼のない手を合わせて』『狂泉物語』。
詩誌「兆」。高知県高知市在住。

新聞に鋏《はさみ》を入れる
「朝日歌壇」の一首にひかれて
音立てて蚕が桑の葉食むように憲法九条かじられてい
く[*1]

子供の頃
孟宗竹の林を背にした畑で桑の葉を摘んだ
時には雨の中で

濡れた葉は
乾いた布で一枚一枚拭いてから
えびら[*2]の中の蚕に与えていった

蚕よ
お前は
えびらに盛り上がるほどに置かれた桑の葉を
食べに食べ　脱皮を繰り返し
やがて　糸を吐くときを迎えて
俵形の真っ白い繭《まゆ》を作ることになった

蚕よ
お前は
「音たてて蚕が桑の葉食むように」と比喩に転化されて
「憲法九条かじられていく」が導き出され
思いもかけない役割を担うことになった

蚕よ
お前は
板敷きの部屋
蚕棚に並べられた十枚ほどのえびらのなかで
食べることを使命のようにして
桑の葉をかじってかじってかじって……
その雨の音にも喩えられる
ザーザーザー……という音は
今でも　目をつむり　耳を澄ませば
耳朶《じだ》の奥から聴こえてくるように思われる

＊1　乗安勉（下関市）の歌。（14・7・21）
＊2　養蚕用の道具。竹を割り、薄く裂いたものを組み合わせ、それを木の枠でふちどりしたもの（『高知県方言辞典』）

二〇一六年九月十九日の集会

赤木　比佐江（あかぎ　ひさえ）
1943年、埼玉県生まれ。詩集『手を洗う』『風のオルガン』。電通文芸同好会「窓」、詩人会議会員。福井県吉田郡在住。

自衛とは自らを衛《まも》る
集団的自衛権なぞという妙な言葉を考え出して
アメリカの言いなりに
自衛隊をアフリカのソマリアに行かせる

今度は駆け付け警護などという
言葉を考え出していかにもケンカの仲裁に
駆け付けてケンカをやめさせるかのような
ことを宣伝する

ケンカではない
弾道弾が飛び交う戦場である
そこに駆け付け片方の味方になり
戦争をすることだ

安保法制という名の戦争法案が
自民党公明党の多数で通り
憲法九条を踏みにじる日本政府
あれから一年がたった
憲法九条は仏様の願い

浄土真宗のお坊さんも来ている
民進党　共産党　社民党　緑の党
順番にお立台に立って話す

我々は必ず勝ちます
なぜなら勝つまで戦いを止めないからです
ある弁護士さんの言葉です
一年たったけどあきらめてはいません

八十五年前の昨日　九月十八日満州事変が起こされました
お国のためといわれて
若者が次々戦争に駆り出されていった
お国をまもると言いながら他国を侵略

日本人三百十万人アジアで二千万人が死んだ
そのことをまだ忘れてはいない
関東軍が奉天付近の柳条溝を爆破
支那兵がやったと嘘から始めた戦争

いつか

やまもと　れいこ

１９４９年、大阪府生まれ。『燃え上がるフォード・マーク・ロスコの絵』。
文芸誌「コールサック（石炭袋）」「軸」。大阪府大阪市在住。

ＩＳとかいう組織がなくなれば
平和になるのか
きっと！　また
ＢＳとか　ＹＳとか　ＧＳとかいう組織が
生まれてくるだろう　そこかしこに
紛争　テロ　戦争は　闇に蠢《うごめ》く勢力の
請け負い業務なのだから
民族対立も　宗教対立も　政治対立も
裏にいる彼等の隠れ蓑
彼等は一大産業を築いたのだ

日本国憲法　第九条は
彼等の餌食にならずにすむ
強力な防波堤だったのに
国民は自ら　針の一穴をあけてしまった

いつか　若者は権力者に命令され
自らも血を流す為に出て行くのだ
会ったこともない　知らない人の人生も
自らの人生も　血祭りにあげ
権力者から　英雄に祭りあげられ
若者を誘い出す

いつか　そんなことがあったのに
忘れたのか　ふりをしているのか　何の為に
傍観者達は　いつか　のように
そっと　若者の背中を押し　隠れるのだ
まるで　全く責任がないかのように

憲法九条　改悪の流れが押し寄せる前に
何もしてこなかった　私
声もあげず　行動もせず　浮かれて
関知せず　と　大半が暮らしてきた
時代の流れの中で　一番甘い汁を吸ってきた
団塊の世代の　私

いつか　と言っている場合ではない
闘うのは　今　でしょ！

戦争箒

〝戦争放棄〟と言っても
人の世に戦争が絶えないから
分かりやすく
　〝戦争箒〟と言い換えよう

すべての人が〝戦争箒〟を持つ
等身大の箒でもいい
小指ほどの箒でもいい
竹箒でも草箒でも毛箒でもいい
大人も子供も
必ず一本の〝戦争箒〟を持つこと

人の住むところは何処にも
ときには己の心のなかにも
戦争の兆しが発生するから
そしてどんどん成長するから
うさぎがきつねの気配を察するように
目配り　耳配り　気配りで
戦争の種を察知すること

戦争の種を見つけたら
おっとり箒で駆けつけて
みんなで素早く
さっさっさっさっと
あるいは箒星のように一《ひと》捌《は》けで
掃き清めること

そうすれば
人と人が殺し合うおろかな愚かな戦争は
遠い昔の物語
　〝戦争箒〟で〝戦争放棄〟し
ほんとうの平和な世界を築こうよ

朝倉　宏哉（あさくら　こうや）
1938年、岩手県生まれ。詩集『鬼首《おにこうべ》行き』『朝倉宏哉詩選集一四〇篇』。
詩誌「ヒーメロス」「幻竜」。千葉県千葉市在住。

夾竹桃の禍々しい赤に

月谷　小夜子（つきたに　さよこ）
1948年、福岡県生まれ。詩集『ちりぬるを』。
詩誌「坂道」、日本ペンクラブ会員。千葉県香取市在住。

国が「平和」「安全」という言葉を
ことさらにふりかざす時
いかに危険なものを国民に押しつけるのか
私たちは原発で学んだ
「原子力の平和利用」と
「安全神話」を信じていたから

「平和安全法制法案」が
どれだけ危ないものなのか
その名前だけでわかるよね
だから私はそれを戦争法案と呼ぶ
テレビに出て
戸締りを強化することに例える総理
戸締りは外交だ
壊れた鍵を修理しないで
なぜ武器使用なんだろう

メイドインジャパンの武器が
この世にないことが誇りだった
焦土に咲く
夾竹桃の血の色が辛いから
戦争放棄の憲法が誇りだった
戦争で金儲けする人間がいることを知った夏
緋色の花は乱れ咲く

平和憲法は希望の灯

平和に積み重ねてきた日々
敗戦から押しつけられたのではなく
日本国民が敗戦の悲惨な絶望から受け入れた宝物
荒廃した日本の国土、飢え、愛するものの死
這いずり　立ち上がり　生き　生み　生きた
そこには平和憲法があった
世界は再び、排他主義、民族主義、ブロック経済に
傾きかける
所得の格差は階級じみて中世の領主と何も持たない
領民に分けられたごとくになっていく
そこには自由はなく未来への希望が閉ざされる
かっての悪夢が蘇る
そして戦後は終わってはいなかった
働き　コツコツと日本の信頼を取り戻していった年月
それは大切な先人たちの爪に火をともす努力の成果だ
武力ではなく平和にだった
9条の会ができて数年になるがそれは何を意味している
　だろう
今　真剣に考える時なのだ
戦争はどんな戦争でも悲惨だ
ヒトが火を知ったのは百万年前という
日常的に使用するのは長い年月を経た新石器のころだ
ヒトの手にあまる火を神々は取り上げ
再びプロメテウスがヒトに投げ与えた
「核」は空爆への抑止力になるだろう
まちがえれば人類も地球をも滅ぼす手に余る火なのだ
広島、長崎の原爆投下
日本人は一番よく知っている
いつの世も繰り返されてきた戦争
人間は危うい欲望の生物なのだ
再び、世界を巻き込む戦争への道をさける
日本の平和憲法は希望に思える
希望、それは実現しなければならない
守るべきものがある
負うべきものがある
愛するものがいる
そして私たちは先人から受け継ぎ次の世代に託す
彼らが平和で世界の人々と手を結び
愛するものと生活する
そのことの大切さを手渡す義務があるのだ
今、そのときなのだ
植木　信子（うえき　のぶこ）
1949年、新潟県生まれ。詩集『その日―光と風に』『田園からの幸福についての便り』。詩誌「光芒」「回游」。新潟県長岡市在住。

君の居る場所

中村　恵子（なかむら　けいこ）
1939年、栃木県生まれ。詩集『秋の青年』。
神奈川県川崎市在住。

憲法九条、それは君の居る場所――

中島飛行場が又やられた
飛行場から少しだけ北に離れていた
僕の家の庭は地獄となった
君は泣き叫んでいた
お兄ちゃん、お兄ちゃん、お兄ちゃん
君は狂ったように
もうすでに息絶えていた兄を
抱きゆすり、縋《すが》りついていた
物干し竿を潜《くぐ》ったずうーっとずうーっとずうーっと
ずうーっと南の、国道四号の
そのずうーっと奥の東京の
その狂乱がついに東京湾で果てる所まで
その日、大空は血みどろ色に燃え猛《たけ》っていた

時は経《た》ち、ある日、
ほっぺたを赤くふくらませ、おさげ髪に
ピンクのリボンを大きく結んだ君が
息をはずませ駆けこんできた
そして、いきなりこう言った
ね、憲法九条が出来たんだって
戦争はもう絶対に永久にしないんだって
いったい誰が
こうゆう法律つくることが出来たの？
僕はとっさに応《こた》えた
それはよほどのお方に違いない、ね
君は言った
両手をあげて両足をはずませて
目を輝かせて、こう叫んだ
そう、わかった！　神さま、神さまだわ
神さまはいらっしゃったのね！

まもなく、僕らは、
――その頃、小中学生の社会科の授業には
新しい憲法の大切な条文を
暗記させるということもあって――
僕の家で、互いに憲法を学び合った
ことさらに君は、九条のところには
四つ葉のクローバーの押し花で
丹念につくったしおりをはさみ、九条は
もう、しっかり確実に暗記してしまっていた
他の条文もどんどん学び暗唱してゆき
時には、条文にくぐもる僕のことを

からかったりもした――

いま、君は意識を病んで
どんよりと混迷する現実の中で
時々輝くように明るい喜びの表情をする
それが今の僕にはすごい驚きなんだ！
憲法九条に嬉々として喜んだ君が
今、そこに居る！
喜びはしゃいだあの時の君のままで
君の平和な魂《たましい》の、澄みきった訴えのように
先日、ふと、君の古い本棚にその本を見つけた
手に取ると、はらっと落ちてきた
あのなつかしい四つ葉のクローバーのしおり
滔々《とうとう》とあふれ出てくる僕たちの交わした
平和への希求の言葉の数々《かずかず》
その追憶は激しく
僕は思わず、傍らの君を抱きしめていた――

君に――
いま君に、こう言ってもいいだろうか？
君は僕の、否、世界中の民の生きごこち！
世の運命のおどろおどろしい勢力の裡《うち》に
いくつもの人生の問いの中に
迷い立ち尽くしながらも
このように君の魂（九条）を抱きしめると

なぜか人々は、いかなるものにも排斥されず
しっかりと希望をもって
一生を生きつづけられるんだという
なにか不思議な強い感覚を覚え
これまで、生きてゆく上で付着してしまった
心の中のあらゆるおぞましいものが
きれいに洗い流され、澄んでくる――
そして人々は
君の魂の中の詞《うた》でこそはじめて
丁寧に人生を生きつづけられるんだと
確信し始める――

さあ、出かけよう！
君をひっかついで、憲法九条をひっかついで
この偉大な福音を知らせに
茨を踏み、砂埃を被《かぶ》ったって
雪山に迷い、雷雨に出会ったって
都会では、最新の合理主義者に揶揄《やゆ》されたって

そうして　途中、どんな聖書に出っかしたって
先頭歩いて行けるんだよ
国から国へ民から民へと、世界の隅々まで
君をひっかついで、憲法九条をひっかついで
君の居る場所、憲法九条、
この偉大な福音を知らせに――

希望の光

一九四六年三月の終わり
父と母は子どもたち四人を連れ
台湾の高雄から
アメリカ海軍のリバティー船に乗り込み
大竹港に上陸した
私という名もない生命《いのち》は
母の胎内に宿され
原爆投下七ヶ月後の焼跡にいた
——「ヒロシマ」という究極の断末魔
多くの引揚者は戦争の悲惨さと
戦争から解放された喜びを
ひそかに噛みしめたことだろう

家族は帰省し
私が生まれた一ヶ月後
十一月三日日本国憲法が公布され
翌年五月三日から施行された

何もかも初めからという気持ちで
その日の生活を乗り越えようと
ともに扶《たす》けあう
強く前向きな意志と力が働いていた

明治以来の教育勅語の理念は廃棄され
スパルタ教育から人権教育へ
新たな自由社会をつくる営為がなされてきた

かつてアジアの国々を侵略し
三一〇万人という犠牲者を出した戦争

国家権力の横暴を認めない「第九条」は
戦争の犠牲者や
肉親を失い家族を失った人たち
未来に生きる子どもたちが
平和をもとめ願う
希望の光

いまこそ原点にかえって
この魂のかがやきを
全世界に高くたかくかざすとき

酒井　力（さかい　つとむ）
１９４６年、長野県生まれ。詩集『白い記憶』『光と水と緑のなかに』。日本現代詩人会、日本詩人クラブ会員。長野県佐久市在住。

蹟き起ちあがった源泉の証

永山　絹枝（ながやま　きぬえ）
1944年、長崎県生まれ。詩集『讃えよ、歌え』『子ども讃歌』。文芸誌「コールサック（石炭袋）」、詩人会議会員。長崎県諫早市在住。

憲法は
不合理に声を上げる人たちが実体化してきたものです
例えば　女性の参政権　男女平等：職業への道
どれだけ女性は泣いて耐えて来たでしょう
生きる　生きている　生き抜くために
母たちの時代は　夫の横暴にも耐え
母性愛をだま心棒にして
薄暗い納戸で無権利状態で放置されつづけました
経済的自立　社会的自立ができれば
精神的自立も生まれます
私は憲法の発足と同時に誕生し
「二度と吾子を戦場に送らないという」
母親たちの強い願いに支えられ
民主主義の砦に守られて育ってきました

「日本人には憲法九条はもったいない
使いこなせないのだから」
なんて言われて恥ずかしくありませんか
七〇年間　戦禍に見《まみ》えなかったから
一本の麦の芽は緑の大地となり
一面に蓮華畑が広がり
泉からは清らかな水が湧き出
子ども達の遊ぶ大地には
蒲公英《たんぽぽ》の綿毛が飛び交っています
九条
この輝かしきものです！

永久のちかい

志甫　正夫（しほ　まさお）
1934年、東京都生まれ。富山県富山市在住。

それほど　お嫌いですか
それほど　お古なのですか
それほど　さいなまれているのですか
それほど　主権が失われているのですか

私は日本国憲法
私を公布したのは　吉田茂内閣総理大臣・1946年
11月3日のことでした
翌年5月3日政府主催「憲法施行記念式典」で
芦田均衆議院・憲法改正特別委員長は
「…新憲法に忠誠を誓い、この憲法の精神を中外に及ぼし、憲法の成果を子孫に伝えたい。それがわれわれに残された唯一の生きる道であると確信する…」と

この言葉大地に根を張り生気脈々　かの日　かの地へ

私は世界の鑑《かがみ》です

平和への　極め付けの道
生存への　道しるべ

二万五千有余日
人類の大義として
聖域として崇《あが》められ　守られてきました

風雪に侵食されるような代物ではありません

空論という風
どこからか不穏な風
三猿《さんざる》所作の風

吹いている

竹槍ですか　はたまた
「……」ですか

狼の遠吠え　今夜もまた

鍋・釜・金属類供出
薄暗きフィラメントの電球
黒幕を垂れ下げている

欲しがりません　勝つまでは
微かな光りの先にコッペパン一つ
注がれる視線
あばら骨曝《さら》す乳児
泣くに涙涸《か》れ　声空《うつ》ろ

この時　この情景は　何を語っていたのか

「わが方の損害　軽微なり」
いつぞや
「海ゆかば…」へと　音は換わりて
悲しきメロディー　日ごと夜ごと

人は　思い　考える
上りの列車か
下りの列車か
平和への心奥は健在だ　だが　強面《こわもて》も

理に背く疾風荒び　暗雲ひたひた

武器はいまや天頂知らず
瞬きさえも許されぬ惨劇
人類の絶滅さえも可能になっている現今
静寂な湖面に　幼児の無辜《むこ》な一石
柔らな波紋　和《なご》みの音　拡がり続く
私は日本国憲法第九条
「…国際平和を誠実に希求し武力による威嚇又は武力の
行使は、永久にこれを放棄する…」

清しき夜明けの太陽
真っ赤に燃えゆく夕陽
行く先に難路　漆黒《しっこく》も
その時　人は　また　思い　考える
座して茶を嗜《たしな》み　瞑想も　述懐も
反省という思い　人の胸をさす
深々と迫りくる風の音　霊安らかに
ちかいは時空を超越し　鮮にしてなお強く
急峻な山岳に挑みても歩歩確か　信頼を打つ

平和を拓く王道
人類普遍の道
ただ一本の道
世界へ延びる道

過ちは繰り返しません

あるカッパ

伊藤　眞司（いとう　しんじ）
1940年、中国北京市生まれ。詩集『骨の上を歩く』『切断荷重』。詩誌「三重詩人」、日本現代詩人会会員。三重県松阪市在住。

あるカッパは酒を呑んで酔っ払うと
弱そうな仲間の頭を見てハゲハゲと言いつのる
なにかとケチをつけて見下げようとする癖
とんでもないアンポンタンカッパめ
自分も皿頭でチビでガリガリのくせに

必ず悪酔いするこのカッパ
カラオケを熱唱する女カッパに
　歌はうまいが、顔はわるい
なんぞと、失礼千万なことを口走る
どうしようもないトンチキカッパめ
べつの女カッパに
　あんたはボインだけど頭はパアー
久しぶりに会って酷いことをよく言えたもの

この同じ時間を地球の向こう側では
空爆で木の葉のように焼かれたシリアの姉弟
スマイル・クライ（笑って・怒って）
顔の筋肉を直そうと懸命なリハビリ
回復したらお尻の皮膚を移植する

この同じ時間を工場排水に含まれる
メチル水銀化合物に侵された魚や貝を食べ
手足は麻痺、目、耳、声を奪われて
寝ころがるだけの命たち
カッパの暮らしにも溢れるプラスチック製品
原料の元をたどれば苦界浄土・水俣

クサウサすることがあるのかも知らんが
呑んだくれてからんでいたら
いいというものではないぞ
解釈改憲、安保関連法などと呼ぶ欺瞞
憲法九条へのクーデターを
見抜くことが出来ないカッパ

何の借金があるんか知らんが
金、金、金、宝くじに当たりたいと

憲法九条という傘

近藤　八重子（こんどう　やえこ）
1946年、愛媛県生まれ。詩集『海馬の栞』『私の心よ鳥になれ』。関西詩人協会、日本国際詩人協会会員。愛媛県八幡浜市在住。

憲法九条という傘の下
私たちは平和に過ごせた
平穏な日々の中で
傘という字は
男女の相合傘をイメージするけれど
ん？　傘の中には
二人ではなく四人いるんだ
それは
屋根の下
風雨雪から身を守り
愛の行方と
家族繁栄を約束する字なんだって

でも近頃
憲法九条という傘に
穴が開き始めたんだ

戦や戦争を繰り返して来た国　日本
有無を言わせず
幼さが残る少年たちを戦地に向かわせ
魚雷に詰め込み弾丸として
敵地に突っ込まされた少年兵
全ての命令に従わなければならなかった
特攻隊員は
国家的虐殺に等しい愚行の数々で
若い命を散らせた

現代の若いテロリストたちは
我が身を呈して
銃を乱射し爆弾を抱え
何の罪もない群集に突撃する
不条理を正当化する行為は
過去の軍国主義時代に似ている

戦争は二度と繰り返しません
憲法九条という傘は
平和を守るためにあるんだ

世界に九条《ジュエリー》をプレゼント

和田　攻（わだ　こう）
1943年、東京都生まれ。詩集『ミニファーマー』『春はローカル線にのって』。国鉄詩人連盟、日本現代詩人会会員。長野県長野市在住。

近ごろ麗しい国のデザインが歪んで見えるのは
萎《しな》びたはずの日章旗がやたら虚勢をはる
違法コマーシャルのサブミナル効果の現れかも
無味乾燥白地の空白がよろしくない
もっと工夫があってもと
考えをめぐらし　たどり着いた手法とは
最もふさわしい文字を書き込もう
有言実行　硯に心情をこめ　お花墨を磨り
崇高なる精神統一の後
エイヤッとばかり一気呵成
墨痕も鮮やかに憲法九条の
条文を書き込んでみた

「日本國憲法　第二章戰爭の放棄」
「第九條　日本國民は、正義と秩序を基調とする
國際平和を誠實に希求し、國權の發動たる戰爭と、
武力による威嚇又は武力の行使は永久に、
これを放棄・・・
・・・陸海空軍・・・これを保持しない・・・
國の交戰權・・・認めない」

鯉のごとく勢いよく泳ぐ日章旗
これぞ誇り高い日本　脱帽なく見上げる

輸出品のタッグにはその国の言語で
ドイツにはモンブラン
アメリカにはパーカー
中国には端渓の硯による文字を
古式豊かな羽根ペンもよろしい
いまや世界一平和国家のレガシー
九条のジュエリーを送ってやろう
輝く絹布の理念を初めて手にした
紅毛碧眼彼らの驚きが見えはしないか?
悠久の誇り地球一家の魁《さきがけ》　ここに誕生

オリンピックスタジアムに翻《ひるがえ》る万国旗
各国の絵模様が極彩色豊かに
サンバ　タンゴ　レゲエ　パラパラ　ヒップホップ
九条のワルツ　ロック　ジャズの歌声と小躍りしている
愚かな白昼夢と嗤《わら》う
レディース　アンド　ジェントルメン
号砲は放たれた

永久《とわ》の平和を願う

河野　洋子（こうの　ようこ）
１９３３年、長崎県生まれ。詩誌「子午線」。長崎県長崎市在住。

涙を見せることもなく
兄は戦場へと旅立った
再会の期待も空しく
悲しみに打ち拉《ひし》がれる父母の姿が
幼い日の胸に染みて　今なお離れない

終戦を間近に控えたある日
次の苦しみが待っていた
門戸に一枚の張り紙が
　当地を軍用道路に転用するため
　当家住人は直ちに立ち退くこと
住み慣れた住処を突然破壊され
呆然として　なす術もなく
雨露を凌《しの》ぐだけの住処へと移る

終戦を迎え　跡地の軍用道路は
見る影もない荒れ地と化して
戦争の犠牲を背負う

度重なる悪の思い出は
鮮明に記憶の中に生きている

戦争の渦中にいた父母と兄に
日本国憲法に守られて七十年の
平和を実感させたい
しかし
日本国憲法の　改憲の実現で
苦しみの体験が蘇るのでは

国民一人一人のために
子や孫のために
永久《とわ》に平和を守り続けてほしい
日本国憲法の存続を願うばかりである

道に訊《き》く

あの日からの
道は続いている　続いている
細い道　太い道
曲りくねった道
でこぼこ道　アスファルトの道
山道　海辺の道　花の咲く道　月夜の道
どの道を通っても
どんなに時間がかかっても
家に帰り着いた道
続いていた道
安心して歩くことのできた道
　いま
この国は　誤った道を進もうとしている
『憲法九条』を　変えようとしている
これから進もうとする道は
霧がかかり　雑草でおおわれ
どこからでも弾が飛んできそうな道
　いま
わたしは不安の中に在る　それでも
花の種を蒔き水をやろう　明日も明後日も…

たけうち　ようこ
1939年、大阪府生まれ。父・杉山親雄の病床日誌『帰る日迄を』。文芸誌「コールサック（石炭袋）」。千葉県市川市在住。

〝生きる〟ことを　あきらめきれないから
　さあ
耳をすまして　道に訊いてみよう
大切なひとに会いに行きたいのです
迷わないように行きたいのです
安心して通ることのできる道を教えて下さい
　　　　　　　　　教えて下さい
『憲法九条』に沿った道を歩きつづけたいのです

旅路
――「九条」と共に

宮本　勝夫（みやもと　かつお）
1943年、茨城県生まれ。詩集『損札』『手についての考察』。詩誌「1／2」、千葉詩人会議会員。千葉県松戸市在住。

一九四三年　筑波の山を望み鬼怒川《きぬがわ》が流れる
　　紬《つむぎ》の里・結城に生まれた
一九四五年　広島・長崎に原爆が投下され終戦
一九四七年　戦争放棄の憲法九条が生まれた

「縄文」の大環状盛土や大水場溝が発掘された
ふるさとには湧水の小川が流れ　命を繋ぐ
多層群落社会を形成している鎮守の森がある
森で小川で縦横無尽に森の風の子となって
蟬・トンボ・泥鰌《どじょう》・甲虫《かぶとむし》・雀採りに遊んだ

戦争の恐怖も知らず生物採集に明け暮れて
時を重ねている間に作り出されていた
治安を守る警察予備隊から自衛隊へと
いつの間にかあなたも「ガイドライン」に

身を歪《ゆが》められては空も海も畑も奪われ
基地が拡大されて……
そうして六〇年『安保闘争』に加わり
片や甲子園に憧れ一個の白球に
我が「青春」を詰め込んだ十八歳

列島改造・公害・バブル期の
命より金の世のさもしさのなか働きに働き
病いで生死を彷徨ったが結婚
3人の子ども　孫たちに囲まれ
定年退職し生きてきた戦後七〇年
あなたに守られ
戦争で人を殺し殺されることはなかった
が、福島原発爆発に放射能の恐怖に襲われた
いま国民を置き去りに侵蝕性が高い
外来生物が誘導し秘密保護法で固め
しゃにむに戦争する国へと突き進んでいる
今こそ駆除しなくばならない
あらゆる算段を尽くし声にして……
これからも　幾年月　あなたと共に
愚の如く櫓《ろ》の如く―三つ子の魂百までも

数のてっぺんに立つ男

木村　孝夫（きむら　たかお）
１９４６年、福島県生まれ。詩集『ふくしまという名の舟にのって』『桜螢―ふくしまの連呼する声』。ネット詩誌「ＭＹ　ＤＥＡＲ」、文芸誌「コールサック（石炭袋）」。福島県いわき市在住。

日本国憲法九条の条文を　あなたは言えますか？
と　問われた

私は即座に　言えませんと答えた

それでも戦争放棄の意味は知っています
その戦争放棄の条文が
拡大解釈され　自衛隊を海外派遣し
駆けつけ警護をできるようにしたのも知っています
今の憲法を改正して
明治の時代に戻そうとするのも知っています

「沖縄を返せ！」という声が遠くから聴こえてきます
「沖縄を返せ！」という声が
国会の中に入れないでいるのも知っています
自衛隊員の家族が
隠れて戦争法案反対と叫んでいることも知っています

国民主権と言う国である事も知っています
基本的人権の尊重や国会、内閣、裁判所の三権分立も
知っています

数の論理と言う言葉を政治用語とした
政治は数であり
数は力であると語った田中角栄も知っています
今その時代に戻ろうとしているのです

私たちには生きる権利がありますが
憲法違反の戦争法案の中の
海外派遣で命を落とすという権利は存在しません

日本国憲法九条の条文を　あなたは言えますか？
と　また問われた

数のてっぺんに立っている一人の男が笑っている
憲法記念日と言うのが
何故あるのか分からない男だ
壊そうとするから良識者は守ろうとする
当然ではないか！

憲法の理念をこれ以上壊されてはならない
その問いに「言えます」と　答えた

嬰児《みどりご》

渡邊　眞吾（わたなべ　しんご）
1932年、岩手県生まれ。詩集『奥の相聞』『平和街道』。詩誌「舟」「辛夷」。岩手県北上市在住。

生まれてきて物心つく頃から
この世に違和感があって
人の顔を見ながら生きてきた
どうして喧嘩するのだろう
どうして戦争するのだろう
北国の春はせっかちだ
椿や梅や桜がいっしょに咲いて
もう　風薫る五月
歯が生えそめた曾孫が
孫に抱かれてやってきた

居間の畳に置かれて
お地蔵さんのようにおすわりしている
孫嫁がベロベロバーとやっても
笑いもしなければ泣きもしない
不思議そうな顔をして
私たちの顔を見比べている
畏れさえ感じる貫禄だ

髪が赤ちゃけて薄い
大きい頭に広い額
孫娘がアカンベーをしても
強い視線で私を見ている
頬っぺたを指先で突っつくと
ようやく　口の端で少し笑った

庭は萬緑《ばんりょく》の気配だ
憲法九条第二項（昭22年5月3日施行）
「陸海空軍その他の戦力は、
　これを保持しない。國の交戦権は、
　これを認めない。」
文部省のあたらしい憲法のはなし（昭22年）
「日本は正しいことを、ほかの国よりさきに
　行ったのです。世の中に、正しいことぐら
　い強いものはありません。」
曾孫は絶壁頭をのぞかせて
強い春光を浴びながら
悠悠と御帰還だ

九条の誓い

竹内　正企（たけうち　まさき）
1928年、兵庫県生まれ。詩集『定本 牛』『竹内正企自選詩集』。日本現代詩人会、日本詩人クラブ会員。滋賀県近江八幡市在住。

米寿になって憲法九条の平和を考える
敗戦時は十七歳の皇国少年だった
「大君の辺にこそ死なめかえりみはせじ」とか
「宣戦布告」「鬼畜米英撃ちてし止まん」だった
玉砕・転進がつづき　本土決戦一億一心火の玉だ
と　天皇制宗教の断末魔に火がついた。
「原爆投下」「ソ連参戦」となり　村びとと共に
氏神社にて「神風を懇願祈祷した」不穏だった
叶《かな》わぬときの神だのみだった。
「ポツダム宣言受諾」のご英断で敗戦になった
「天佑を保有し萬世一系の皇国史観　国家神道だった」
が
「国体護持」が認められて日本は蘇生できたのだ
そして「米ソ冷戦」「朝鮮戦争」「特需経済成長」という
四つの幸運（天佑）があった。
「人が人を殺す行為（戦争）は絶対悪なのだ」と敗戦の
反省により「戦争放棄の憲法九条」は生まれた
内外戦没犠牲者のご霊に誓っての平和宣誓だった
軍国主義の死を美化した「忠君愛国」の愚かさから開眼
したのだ

自虐思想ではない　世界に向って絶対平和主義の発進
だった。
愛国心とか国益主義とかは　人類共通の願望であり　そ
の心の痛みをわかちあう平和外交しか生存できぬ　核抑
止力の時代なのだ。
人類が開発した最終兵器から逃れられぬ自縛心《じばくしん》こそ　平
和へ向う道しか開かれない
天皇は九条の平和の象徴であるべきである。
積極的平和主義とは　核の洗礼を受けた我が国だからこ
そ　九条のこころを全人類の理念として実践すべき七〇
年だったのではないのか　一国平和主義でなく何故世界
に平和を訴えてこなかったのか「人が人を殺す行為は絶
対悪である」と
この戦争放棄の精神を　全人類の良心（国連、宗教）を
通して発進すべきである。

永遠の平和

穏やかな陽光が教室に広がっていた
公民の教科書にある写真に目が止まった
数え切れない鳩が青空へ羽ばたいて
原爆ドームを背景にする広島の公園で
平和記念式典が開かれている
少女と青年が平和の鐘をつき
子供たちが平和の歌を合唱している
沈黙の写真が未来へ語りかけていた

先生が教室に響く朗読で授業を進めた
日本は第二次世界大戦で
他の国々に重大な被害をあたえ
自らも大きな被害を受けました
憲法は　戦争を放棄して世界の
恒久平和のために努力するという
平和主義を基本原理としました
日本は一九四五年　広島と長崎に
原子爆弾を投下され
多くの犠牲者を出しました
核兵器の廃絶をうったえ
軍縮による世界平和を
アピールすることこそが
国際社会において日本の
果たすべき使命なのです

平和憲法が公布されてから七十年
私たちは中学校で学び続けてきた
憲法9条によって平和が守られてきたことを
大人になってからも
学んだことをずっと忘れない
私が暮らしている狭山の市役所にも
平和都市を宣言する文が掲げられている

あの広島を思い浮かべると聞えてくる
大空を羽ばたく鳩たちよ
海の向こうへ渡って平和を届けよ
重厚な平和の鐘の音よ
風に乗って山を越え　祈りを伝えよ
子供たちの澄みきった平和の歌声よ
世界中を回ってつながれ　七十億の人々と

＊参考「新しい社会　公民」中学校社会科用・東京書籍

髙嶋　英夫（たかしま　ひでお）
1949年福岡県生まれ。詩集『明日へ』。
詩人会議会員。埼玉県狭山市在住。

今は　守るとき

山﨑　夏代（やまざき　なつよ）
1938年、埼玉県生まれ。詩誌「詩的現代」。埼玉県ふじみ野市在住。

例えば　完璧なカガミ
映し出されたのが　蝦蟇《がま》なら　己の醜さに
たらーりたらーり　あぶら汗を流すのだろうが
人なら　容貌　内臓　骨組み　感情　思考
みな　映し出されたしまったならば　喜ぶ
いらだつ　憎悪する　逃げ出す　己を否定する
カガミに抗い　いつか打ち砕くためのクサビを打ち込む

カガミ　がある
世の中を　世界を　映し出す
戦争を　人間の　憎しみ　悪意　欲望　妬み
さまざまな出来事を　静かに　映す

日本国憲法九条とは　カガミ　だ

『第九条　国の主権の発動たる戦争と、武力による威嚇
　又は武力の行使は、他国との間の紛争解決の手段とし
　ては、永久にこれを抛棄する。
　　陸海空軍その他の戦力は、これを保持してはならな
　い。国の交戦権は、これを認めない』

完璧なかたちだったのだ
いかなる戦力も保持してはならないと強い断言
これでは自衛の戦力ももてないではないか　と
カガミに映し出された弱い心は叫んだのだ

芦田修正案といわれるもの　それが現行の九条
『日本国民は、正義と秩序を基調とする国際平和を誠
　実に希求し、国権の発動たる戦争と、武力による威嚇
　又は武力の行使は、国際紛争を解決する手段としては、
　永久にこれを放棄する。
　②前項の目的を達するため、陸海空軍その他の戦力は、
　これを保持しない。国の交戦権は、これを認めない。』

自衛隊を認めさせるためのクサビだ
正義から危急までの　美しく感じられる言葉列
②で打ち込んだ『前項の目的を達するために』という強
烈なクサビ
いくら希求しても平和を脅かすものが侵略してくれば
戦わざるを得ない
そのための陸海空軍は持てる

自衛のために持てる

クサビは　カガミの中で　いつか　焦《じ》れだす
ここから動けない　俺の存在とは何だ
俺は大きく太りたい
自由に走り回りたい

戦う力とは
自分を拡張して行く意志

憲法九条の修正は間違いのもとだったのだ
とはいえ
芦田修正が現行憲法なら
クサビはカガミから動かしてはならない
太らせてはならない

自衛隊を太らせてはならない
動かすことは　他国へ派兵し武力を使うことは
現行憲法でも禁じられている
ここで　踏みとどまる

守られてきたのだ　わたしたち国民は
さまざまな国際紛争　戦争から
この憲法によって

国を守るという名目での争いにも参加しなかった
守られてきた
日々
静かな時間　約束された明日

いま　カガミのクサビを叩き
カガミを打ち砕こうと
狙っているものたちがいる

いまは　きっと
わたしたちが
この　憲法　を　この　九条を守るとき
そして　いつの日にか
クサビも引き抜いてもとのシンプルな姿に
もどしてやりたい

恥辱のあまり崩れ落ちる「憲法九条」

鈴木　比佐雄（すずき　ひさお）
1954年、東京都生まれ。詩集『鈴木比佐雄詩選集一三三篇』、詩論集『福島・東北の詩的想像力』。文芸誌「コールサック（石炭袋）」、日本現代詩人会会員。千葉県柏市在住。

アフガニスタンの仏像は破壊されたのではない
　恥辱のあまり崩れ落ちたのだ
　　　イランの映画監督　モフセン・マフマルバフ

世界は9・11の憎悪を見てしまった
アメリカは「なぜ攻撃されたのか？」

二十一世紀の最初で最大の問い！
数々の民衆へ投下した空爆が引き起こした悲劇
その問いを真剣に問い返したら
アメリカは恥辱のあまり摩天楼のように崩壊するか？

悲しきアメリカ人！
なぜ世界の軍事費の四割を持ちながら
命ごいをしている小さな国々を
かつて大量殺戮したインディアンから名を盗んだ
ミサイル・トマホーク（斧）と攻撃用ヘリ・アパッチ
そして劣化ウラン弾を装備した戦車エイブラムズで
アフガニスタン・イラクのムスリムを殺戮するのか

ヒロシマ・ナガサキを体験した国ゆえ
「ニューヨークの中に爆発するヒロシマ*」と
峠三吉は被爆者の憎悪を詩に記録した
彼の魂が無数のビンラディンに転生してしまったか
そんな被爆者たちの肉声を裏切り続けてきた国よ
いま崩れ落ちる音が聞こえないか
〈戦争の放棄、戦力及び交戦権の否認〉の「九条」が
恥辱のあまり砕け始めているのを

おお、二〇〇三年三月二十日が問いかける
日本はなぜアメリカのイラク攻撃に同意したのか？
石油利権や北朝鮮のミサイルを口実に
大地を憎む神のような「帝国」に従い続けるのか

「憲法九条」を構想した良きアメリカ人に向けて
同じ敗戦国のドイツのようになぜ戦争回避の助言を
復讐の連鎖を解く本当の助言をしなかったか　さもない
と
我々もビンラディンに近い憎悪を永久に破棄できないと

「憲法九条」を持つにはふさわしくない日本よ
被爆者の代わりに「恒久の平和」を語る資格がない日本よ
空爆で身体を焼き裂かれたムスリムの少年少女たちに
顔向けできないあまりに恥ずべき日本よ

＊峠三吉の詩「景観」より

永久に耀く憲法九条

酒木　裕次郎（さかき　ゆうじろう）
1941年、鹿児島県生まれ。詩集『筑波山』『浜泉』。詩誌「衣」「いのちの籠」。茨城県取手市在住。

世界の警察の役目　行き過ぎた指図はもういらないよ
地域紛争は　その地域に任せておけ　自分たちで知恵
を出し合って　解決させるのがいちばんいい
宗教の違い　地域社会の伝統的な思考の違い　全て当
事者に任せておけ　大国が後ろ盾になるな　代理戦争
をやらせるな　右も左も大国の想いを押し付けるな
たまに助言を垂れるだけでいい

血を流している自国民が居るとき　おぬしはどうする
親友に頼むのか　自国は自力で護るのが基本であろう
いくら銭金出しても　尊い人間の命は買えない　命に
は命で対して正解だ

日出る国日本に戦争放棄という　世界で唯一の憲法が
ある　交戦権はこれを認めない平和憲法九条の許　敵
をも味方に引き入れる真摯な外交戦を展開して　不毛
な戦争を勝ち越えていこう

戦争で失くした世界遺産の復興を成し遂げ　改めて地
球世界に共存共栄の人の和を創りあげていこう　それ
ができるのは　広島と長崎に地球上初の原子爆弾を投
下され　いまなお癒えぬ精神的に肉体的に傷を抱える
我が国を措いてほかにはない

10章　詩――人権・あなたは　物もらいではないか

あなたは　物もらいではないか

——阪神大震災直後　助けの手を——

徳沢　愛子（とくざわ　あいこ）
1939年、石川県生まれ。詩集『みんみん日日』『加賀友禅流し』。詩誌「笛」、童詩誌「こだま」。石川県金沢市在住。

何をいうのだ
あなたは物もらいではないか
若葉をすり抜けてきた空気を
谷あいを弾《はじ》きとんできた輝く水を
窓辺のシクラメンを
浮きたたせる光を
かぼちゃや　葉っぱや　お芋
大地のあらゆる恵みを
鯛《たい》や　鰯《いわし》や　カニ
海のきらめく美味《おい》しさを
何よりも
地上の父母《ちちはは》からは　肉体を
寝ずの育てを
無料《ただ》でもらってきたではないか
なのに
喜びの言葉も差し上げず
慇懃《いんぎん》なお辞儀もせず
愚か者のように
魂　間抜け顔で
無料《ただ》でもらうばかりではないか

どうしたというのだ
小鳥でさえ
忙しく　飛び　止まり　鳴き
張り切った尾をリズミカルに
一輪の野の花でさえ
背すじ伸ばして　やわらかい色合いで
それ　そこに
無料《ただ》で　あなたを
慰めているではないか

さあ　今こそ
小鳥に　花に　なろうではないか
あなたは　赤子を扱う思いで
一等上等のそれらを
差し出そうではないか
無料《ただ》でもらって
無料《ただ》で差し出すのに
何の疑いがあろうか
あなたは　物もらいなのだ
物もらいは物もらいらしく
光の中へ　思いやり乗せて
両手を差し出そうではないか
森羅万象にふさわしく連帯するために

一月十七日の朝に

望月　逸子（もちづき　いつこ）
1950年、大阪府生まれ。詩集『分かれ道』。
関西詩人協会、兵庫県現代詩協会会員。兵庫県西宮市在住。

茄子《なす》の苗の添え木のように
傍らで黙って立っているだけで良いのに
余計なことまで披瀝《ひれき》して
誰かを傷つけなかったか

一九九五年　新しい年が動き始めた未明
倒壊家屋の下敷きになった
六千四百三十四人の沈黙に代わって
私の二十年に問いかける
「あれから　ちゃんと生きてきたか」

茶碗やグラスの破片と崩れてきた本に埋もれた部屋
毛布に包まって逃げ出した人らと
燃える街
夜明け前　予期せず直面した全てをそのままにして
義父と母の家に　順番に駆けつけた
崩れて垂れ下がる高速道路を避け　山道を通って
あの朝　何が起きたかわからないまま逝《い》ってしまった
次男の遊び友達　マモル君

小柄で寡黙で
ジャージの長ズボンのマモル君が
ボールを突く音
瞑目《めいもく》し　耳奥に響く音を聴く

コンクリートで固められ駐車場になった
マモル君のアパートの跡
易々と倒壊して大切な人を奪った木造家屋を
今は誰も《文化住宅》とは呼ばない

《アンダー　コントロール》
《積極的平和主義》……

真実を隠し　世を欺《あざむ》くことばが
臆面《おくめん》もなく見得を切る　二十一年目のこの国の朝
マモル君が一心にボールを突く音が
谺《こだま》する

酋長の言葉

時間を二十四に切り割って
それをまた魚のように六十に切り刻む
さらになんと、吃驚《きっきょう》するな
その刻んだ一つを、小さく小さく六十に刻むのだ
そして、時間が足りないと言って走り回っている。
時間はこんなにたっぷりあるのに

裸を繊維や動物の皮で包んでしまったので
なんとか女の裸を見る方法がないかと
若い男は悩み苦しんでいる
我々は自由に、たっぷり見られるのに
僕の読書日記に書いてある
パプアニューギニアの大酋長《だいしゅうちょう》の言葉を
改めて、読み返している

競争し、奪い合う文化を育ててしまったので
僕らは自分で自分を苦しめている
そして、とうとう
世界の大富豪六十二人の総資産が
世界総人口七十二億人の下位半分
三十六億人のそれに匹敵するという
究極の格差をもたらしてしまった

不平等が経済停滞の悪循環を生んでいる
平等が経済成長と未来への希望を育てる
富の再分配で格差を縮小することが緊急の課題だと
ＯＥＣＤやＧ20までが言い始めた
世界はもう、アベノミクスの逆を目指している

とりあえずは、金や権力を求めて競争する文化から
社会の尊敬、称賛や信頼を求めて競争する
よりましな文化に、少しずつ舵を切れないものか
そこにも、人間の業の深淵が横たわっているのかもしれ
ないが

＊ＯＥＣＤ（経済協力開発機構・通称先進国クラブ）
Ｇ20（主要二〇ヵ国・地域）
恋坂　通夫（こいさか　みちお）
1933年、福井県生まれ。詩集『梟の詩』『花は咲くことのみ思い』。
詩人会議、水脈の会会員。福井県吉田郡在住。

学校は飯を喰うところ

曽我　貢誠（そが　こうせい）
1953年、秋田県生まれ。詩集『学校は飯を喰うところ』『都会の時代』。日本現代詩人会、日本ペンクラブ会員。東京都文京区在住。

卒業間近の四時間目
ブーニャンはゆっくり教室に入ってくる
「何で遅れたんだ」
「関係ねえだろ」
「学校、何しに来てるんだ」
「飯食いによ」
「何言ってるんだ。学校は勉強するところだぞ」

そんなブーニャンを卒業させてはや二年
ブーニャンの言葉の意味を今にして気づく

ブーニャンには
母はない
兄弟もいない
いるのは寝たきりの父と
夏の縁日に買った
金魚三匹だけ・・・
夜はカップラーメン
朝はパンをかじったりかじらなかったり・・・

一年生の動物の授業
「君たち　生きているものと
死んでいるものの違いはなんだろう」
ブーニャンが答えた
「飯を食うか、食わないか」

父の心臓病が思わしくなくなった二年生
家族みんなで電気をつけて
飯を食っている奴らがうらやましい
ブーニャンは静かに泣いた

ブーニャンは中学を出て
すぐに中華料理店に就職したが
もしかしたら
勉強も飯を喰うためということを
はじめから知っていたのかもしれない

私は生徒に言うようにしている
「学校は飯を喰うところ
一人残らずうまい飯を喰いたまえ」
と

豊かな未来は

こまつ　かん

1952年、長野県生まれ。詩集『刹那から連関する未来へ』『見上げない人々』。日本詩人クラブ、日本現代詩人会会員。山梨県南アルプス市在住。

知的障害のAさんはいつも笑顔で
入所者のあいだでは人気者のおじいちゃんだ
そのAさんについて
ある日　先輩から聞いた話に
私は衝撃を受けた

Aさんはこの介護施設に入る前は
精神病院に入院していたという
成人するとすぐに精神病院に入り
年老いてこの介護施設にやってきた
ところで
Aさんは若いころ　病棟で
女性の胸やお尻お股に触り
とうとう外科で「キンヌキ」をされた
と　先輩は私に耳打ちした
私が「え？」　首を傾けると
「キンをとった」
「去勢手術だよ」
「ほら　俗に言う金玉　つまり睾丸　いまは
　それがないから　陰嚢はぺしゃんこさ」

と……
もちろん本人への説明はなく　同意も得ず
精神病院の初代院長はすでに亡くなり
Aさんの両親もこの世の人ではないそうだ
この介護施設では
「Aさんはキンヌキされた」
が　独り歩きしていたのだ

優生保護法は
昭和二十三年から平成八年まで存在したが
私がAさんの過去の話を聞いたのは数年前
あー
私は
この人生のもっと早い時期に
「日本国憲法」を自ら紐解き
暮らしの折々に立ち止まり考えていたならば
あの日の
先輩との会話も少し違っていたのではないか
私はそう思うと悲しくてしょうがない　だが
豊かな未来はこの手でつくれると信じている

ちょっとしたこと

秋御柱祭《おんばしらさい》熱気の上諏訪に
会議通知頼り　列車を乗り継ぐ
会議室は　理事側と互選の長と拮抗
突如　長の強行　無用者は退席せよ
冷えた部屋の外に出る
御柱祭歓声に想う
良寛さんの遺墨　君看《きみみよ》　雙眼色《そうがんのいろ》を

すべて国民は個人として尊重される　憲法13条

「日本国憲法の条文としていちばん大切と思う
ものを一カ条だけ引用しなさい　と言われた
としたら　私は躊躇なく13条を挙げます」
憲法学の樋口陽一氏
「近代憲法は…すべての価値の根源は個人にあ
るという思想を基礎に置いている」
憲法学の故芦部信喜氏
「…国家と国民とは別のもの　国民は国家から
逃げ出したっていいんだ」
詩人の故吉本隆明氏
＊信濃毎日新聞社説 2017.1.3

青木　善保（あおき　よしやす）
1931年、長野県生まれ。詩集『青木善保詩選集一四〇篇』『風の沈黙』。
長野県詩人協会、日本現代詩人会会員。長野県長野市在住。

鳥取の青谷上寺地遺跡〈BC150～250〉で
弥生時代の殺傷痕のある老若男女幼児百体の
人骨が無造作に捨てられたように発見
そこには　弔い　畏れの心はない
これが戦争のはじまりか　と
権力のため　富を得るため
人類がくりかえす殺戮《さつりく》の遺伝子の根深さ
そのなかから現代人は生まれ出た

鎮守美和の森から笛太鼓音が心を洗う
奈良の宮大工師匠の家訓
腕が良いだけでは　棟梁は務まらぬ
「百論統一せざるは長をさるべし」
伽藍《がらん》建築めざし　束ねる精神の錬磨を顕示する
多様性の喪失　個性の喪失は根底に
排除の論理　人間無視が　どす黒く渦巻く
大国が頼りにならぬ時代か　ちょっとしたことも
見逃さず注意深く　国の基軸をみつめよ
摩擦軋轢《まさつあつれき》の解決の光は遠い
無用の用は　高い壁の向こう側にある

アリの知恵

万里小路　譲（まりこうじ　じょう）
1951年、山形県生まれ。詩集『はるかなる宇宙の片隅の風そよぐ大地での草野球』、評論集『いまここにある永遠—エミリー・ディキンソンとE・E・カミングズ』。詩誌「山形詩人」、一枚誌「表象」。山形県鶴岡市在住。

アリの集団は
すべての個体がつねに働くより
働かないアリがいたほうが長く存続できるという。
北海道大大学院農学研究院研究チームの研究成果である。
つまり　短期的効率を求めすぎると
組織は大きなダメージを受けることがあると。

アリやハチといった社会性昆虫の集団には
ほとんど働かない個体が常に2〜3割存在するという。
働き者はいつかは疲れ　休養を必要としたとき
怠け者が代わりに働くようになると。

文部科学省は国立大学に対し、２０１５年６月８日の通知により、人文社会科学系の学部の廃止やほかの分野への転換を求めた。これに対し、日本学術会議は、7月23日、批判声明を発表し、「人文社会科学には自然科学との連携によって課題解決に向かう役割が託されている」と反論した。

自然科学が働き者で　人文社会科学が怠け者なのか
その議論は措《お》くとする。しかしいずれにせよ
オセロゲームのように逆転は起きうる。
必要が不要になり　不要が必要になる。

原発事故に象徴されるように
科学技術万能の時代は終焉しているというのに
文系の課程を不要と考える文部科学省
この官僚集団の単眼的思考はアリの知恵に遠く及ばない。

＊北海道大准教授・長谷川英祐などの研究チームが２０１６年２月16日、英科学誌　Scientific Reports にアリの生態に関する論文を発表

重い荷物

五体不自由児として立派に成長し
有名になった青年を知っている
脳が半分でも常人に負けない少女を映像で見た
目の見えないピアニスト　腕のないバイオリニスト
ダウン症の俳優　書家　子供の背丈ほどの社長
欠陥と受け取らず一つの特徴として受け入れ
それが自然　不自由が常であれば不自由とは言わない

それは健常者の思い上がり
祖母はその子を抱いて宙を舞わねばならぬと
娘の苦労を見兼ねて罪を犯す
そんな空想の中　その児は去っていった
留める努力をせず去らしめた児の
背に手を合わせる
せめて先に逝ったおばあちゃんに
抱き取られて眠れよと
小さな骨壺を添わせて家族で祈った

去らしめた児の命の上に弟妹を迎え幸せを築いて
幸せであればあるほどレクイエムは鳴り響く

市川　つた（いちかわ　つた）
1933年、静岡県生まれ。詩集『市川つた詩選集一五八篇』『虫になったわたし』。詩誌「回游」「光芒」。茨城県牛久市在住。

静かに哀傷を引いて
お前の逝った道を仄かに照らし
詫びと感謝を重ねて合掌する
祖母の中には地蔵様がしっかり抱きかかえられて
こころ深く沈んでいる
赤い前垂れが風に揺れて祖母の目頭を拭ってくれる
生まれられず育てられず
いつもお前は愛に飢えたように俯いて
寒い中　背を向けて去って行く
迎えることなく去らしめた孫よ
賽《さい》の河原で一人遊びするお前がみえる
五体満足のお前がみえる

おまえの苦労とおまえの才能を一緒に摘んだ罪
恐れと詫びを一人背負って彼岸への
重い荷物とする

バーバラの遺言
――あたしたちの日本国憲法

日野　笙子（ひの　しょうこ）
1959年、北海道生まれ。
文芸誌「開かれた部屋」「雪国」同人。北海道札幌市在住。

オネエもオニイも、少数者も異端児も、移民も難民も、よそ者も流れ者も、焼け跡もお墓の跡も、風も土もそして渡り鳥も、あたしもぼくも、この憲法の運び人。この条文の下で息づいてきたものは、あたしのオネエ芸なんかよりはるかに人を幸福にするものだって、こんなこと言わなくたってわかると思うけど、あたしは目覚めた。学校もろくに行けなかったし、おまけに本当は人間嫌いでね。歌の十八番はロクデナシ。あたしの遺言の前口上。

だから、昨年、区役所のロビーで、ＬＧＢＴの生活を守る会に、代表として申請したときは、これが貧困、格差、グローバル覇権主義、自由経済のリアルと言わんばかりの難行。少しは勉強したのよ。武器を持たずに闘うのが民主国家の流儀だと。民法、刑法、条例のせめぎ合いで、それで久しぶりに、生活感と現実感ってものを取り戻したのだけれど、おおもとは、日本国憲法だということ、同じ界隈の住人で、今は亡きホームレスの哲学者が教えてくれた。

バーバラの人生は流転した。いろんな目に遭ってきたらしく、彼女の興味をひくものはもうそんなになかった。陽気だったが、どこか、アンニュイな雰囲気を漂わせた晩年のゲイだった。実はデタラメな男とうわさする者もいたが、憲法に関してはついに本性を見出した時みたいに、熱っぽくなった。青山かニューヨークで仕込まれたという。その経緯は矛盾だらけだ。ただ一つ、戦災孤児の事実は本当らしい。あんなに悲しい目をした人は他にいなかった。いったいどんな絶望を知ったのか。キレイだった年齢を一気にジャンプして、メーキャップの下はくたびれた皮膚が皺になり、ちょっと痛々しい。それでも、腰をひねり、日本手ぬぐいでひらりと舞う姿は老婆ではない。絵巻を観客に差し出す。２０１７年、オネエの自由民権運動よ、と。　バーバラの芸は闇と光を駆け抜けた。

それはたぶんダイヤモンドよりも硬い輝きが魅力だった。好きな条文を引用させてもらうわね。あたしの饒舌よりいいものだから。地球規模の偉大さ、揺るぎない緻密さ、たぶんこれって、人類の遺言なのよ。さぁ、いい？

「第十四条、すべての国民は、法の下に平等であって、人種、信条、性別、社会的身分又は門地により、政治的、経済的又は社会的関係において、差別されない」。あっ、十三条も忘れてはいないわ。「すべての国民は個人として尊重される」。そして極めつけは最後の方よ。「この憲法が日本国民に保障する基本的人権は、人類の多年にわたる自由獲得の努力の成果であつて、これらの権利は、過去幾多の試錬に堪へ、現在及び将来の国民に対し、侵すことのできない永久の権利として信託されたものである」

どう？　惚れ惚れしたでしょう？　バーバラは、化粧を落としながら、最後に言った。これでおーしまい。

憲法29条

梅津　弘子（うめづ　ひろこ）
1941年、山形県生まれ。詩集『山ガール』。
日本詩人クラブ、詩人会議会員。神奈川県横浜市在住。

駅前の銀行前　偶数月の十五日
長い列が並ぶ
凍える冬　カイロを手に
汗が流れる夏　団扇《うちわ》を手に
握りしめるのは　預金通帳
出口で
通帳の数字を確かめ　首を傾《かし》げ
立ち止まる
諦《あきら》め顔で　うろうろ辺りを見る

さあ　私たちの出番
全日本年金者組合の旗をはためかせ
　年金　減ってましたね
　毎年　減るんですよ
　一緒に反対の署名しませんか

書くよ　黙っていられんから
年金って　いったい誰のものだ
俺たちの積立金だろう
アベノミクスにつかって大損したり
トランプへ土産にもって行ったり
俺たちの年金で武器を買ってさ
あの時代に逆戻りは
許せねぇよ

　あら　ずいぶん詳しいですね
そりゃそうさ　年金は俺の財産だよ
憲法に書いてあるよ
チョット　国に預けてあるだけさ
ジジィもバァもあきらめないで
黙っていちゃだめだよな
署名って大事なんだろう

そのじいさん　接骨院に消えた

『ブリ市』のブリ

『ブリ市』は賑わっていた。

「どうだ。一昨日《おととい》まで泳いどったイキのいい奴だ！」

どたりと俎《まないた》に横たわる一匹に、客からはホーッと溜息が漏れる。出刃包丁をエラに刺しこみ、一気に頭が刎ねられると、ドバーッと、黒みを帯びた血が流れた。

「ヤスイヨ。ヤスイヤスイヤスイ。カッタカッタカッタ。」と、片身にされ、四ヵ一、八ヵ一と切り分けられる『ブリ市』のブリ。私も、一番小さく安い一切れを、財布をはたいて買うことにした。馴れた手つきで新聞紙にくるみ、ビニール袋に入れて渡された、八ヵ一のブリ。

一番小さい『ブリ市』のブリ。


どうしたことだろう。

ビニール袋から取り出した血まみれのものは、つい一昨日《おととい》の朝刊だった。『侵略戦争の反省・謝罪なし』の見出しも、アリゾナ記念館の写真も、オバマも安倍も血だらけだった。『社員の過労自殺で社長辞職』という、広告代理店社員、高橋まつりさんの記事もあった。裏面には『年金カット法で0.6％減』という、あの〈痛みを伴う改革〉の具体化法も載っていたはず……血でベトベトで読めないが、年金生活者だから、憶えている。

この先、どうなっていくのだろう。

ブリが泳いでいたのは去年のことだと、忘れてしまえばすむのだろうか。海中のアリゾナ記念館も、オバマも安倍も、あの血だらけのものは何だろう。

　歴史を血だらけにした　八ヵ一のブリ。

一番小さい『ブリ市』のブリ。

この国の、七十五年前の侵略の記憶が、トラトラトラと、ブリを包んで血まみれで戻る。

くにさだ　きみ
1932年、岡山県生まれ。詩集『死の雲、水の国籍』『くにさだきみ詩選集一三〇篇』。詩誌「腹の虫」「径」。岡山県総社市在住。

24ＨＦＴＭ

琴　天音（こと　あまね）
１９５４年、東京都生まれ。詩集『アイビーの若葉』『去っていった人残されたものたち』。詩誌「飛揚」、日本詩人クラブ会員。東京都府中市在住。

専業主婦のことを
フルタイム　ハウスワイフ　と英語でいうが
日本の場合は
フルタイム　マザーといった方がいいだろう

自分はこの人の妻か？　母親か？
ときに頭をかすめていた思い
子どもが生まれてみれば　ワイフ役はいっそう隅に追いやられ
一番しんどい三歳までの子育ては　母の手に
母性愛という衣を着せられて父親役まで　母親の肩に
赤子の泣き声は眠りにまで入り込み
二四時間の母親フル操業
24―hour full time mother（24ＨＦＴＭ）を求められる

☆

出産のため　仕事をあきらめなめればならなかったかつての私が
視界不良のカプセルに　三人の幼い息子たちと閉じ込められていたときだ
「私も二人目のあなたを身ごもったとき　どうしようって思ったのよ」
母が若かりしころの戸惑いを打ち明けてくれた
「パパは転勤が多かったし　身体が弱いおばあちゃんには頼れないし」
（ママですら……）
私は良き母親になれない罪悪感から　少し解放された
うっかり完璧にその役割を演じてしまえば……

戦後サラリーマン社会の専業主婦第一号世代だった母は
持てるエネルギーを競うように
わが子に入れ込んでいくしかなかった
当時の主婦たちの姿を列挙していく

☆

戦後七〇年過ぎても
母にならんとする女性の前に立ちはだかる24ＨＦＴＭ
家事が短縮したぶん
余った時間の子育て負担は　二乗で膨張
母親に向いていないと自認する女性たち
子どもの数は一九七五年から下降の一途
いまやその人口比率は主要国最低
そりゃそうでしょ
母親の人権が無視されているこの国では

多数決議を許してはいけない

みうら　ひろこ
1942年、中国山西省生まれ。詩集『豹』『渚の午後―ふくしま浜通りから』。文芸誌「コールサック（石炭袋）」、福島県現代詩人会会員。福島県相馬市在住。

私より先に家を出たはずの娘が
未だ登校してません、どうされました？
学校からの電話のことを娘に正すと
一校時は社会の授業だったから休んだ
二校時目から出席したけど何か？
五つ年上のお兄ちゃんは航空自衛隊員
社会の授業で教師は言ったらしい
自衛隊は憲法違反とかなんとかと
娘はクラス中の視線を受けて
いやな思いしたから社会の授業をサボった
私は次の日、時間休をとって
高校の校長に面談した
自衛隊への偏見を
授業で生徒に押しつけることについて。
若かったな私
娘も元気に高校生してたんだ
それから十二年の短い人生だったけど
母と娘の濃すぎた時間を思い出す
お兄ちゃんは今でも現役の自衛隊員

東日本大震災で事故をおこした
福島第一原子力発電所の原子炉を冷やせと
国の命令のもと全国から集められた
陸・海・空の自衛隊員の一人だった
災害派遣のステッカー貼った車で
片道七時間の陸路往復二回
あれからまるっと六年
憲法がうたっている
基本的人権の尊重とは遠い
いまだ不自由な仮設住宅暮しの人や
避難地での子供へのいじめ問題も
今頃になってそちこちから浮上
そして第九条が揺らいでいるから
自衛隊員の子を持つ親として
国民主権で申します、政治家さんよ
心あるなら起立も挙手も拍手もしないでくれ
改憲への賛成多数と云う
多数議席党による数の暴力の
きわめて不条理なもののために

カルガモ

木島　章（きじま　あきら）
1962年、神奈川県生まれ。詩集『点描画』。
詩誌「SPACE」、詩人会議会員。神奈川県横浜市在住。

銃撃戦が続いていた。
火を噴く機関銃、炸裂する手榴弾、大地をえぐって進む
　戦車。
廃墟になった建物のかげからも弾は飛んでくる。
死が、敵味方に分かれたわずかな距離を
行ったり来たりしている。
ぼろ雑巾のように疲弊した兵士は
敵兵のヘルメットに覆われた頭がいにライフルの照準を
　あわせながら
いったい何を考えているのだろう。

古ぼけた枯れ井戸の周りを
全米中のメディアが取り囲んでいる。
レポーターが早口でニュース原稿を読みあげている。
最新鋭の装具に身を固めたレスキュー隊員が
おもむろに井戸の底まで下りていくと
小さな子猫を抱えて戻ってきた。
全米中の視聴者がテレビの前で快哉を叫び
レスキュー隊員がヒーローになったのと同じ時、
難民キャンプで餓死した少年のことは
もうニュースにならなかった。

とつぜん兵士たちの銃を撃つ手がとまった。
戦場におとずれた　しばしの静寂。
見ると兵士たちの前を
カルガモの親子が横切っていく。
ゆっくりと、おそろしくゆっくりと。
親子を見送ったら
兵士たちはまた、銃を構えなおすのだろうか。

蔓《つる》ったぐり

夏　日陰を作ってくれたゴーヤ棚
二〇一六年九月の終わり頃
ゴーヤ棚をかたづけようと庭に出ると
横浜の空にアメリカ軍のジェット機
軍用機のうるさい音を聞きながら
まだいくらか勢いの残るゴーヤの蔓をたぐっていると
思いもかけないところに
少しいびつだが食べ頃のゴーヤの実が残っていた

高校を卒業させてもらって
越後の山奥から　東京へ出る時
兄《あんちゃ》　母《おっかー》は　かわりばんこに言った
　次男坊《おじごんぼう》は　蔓ったぐりだすけ
　後は　自分で　生きていく算段をしろ
　変な事件や借金を背負って
　帰ってくるようなことだけはするな
　自由だけはやるから
そんな　蔓ったぐりの次男坊《おじごんぼう》にも
夏には　夕顔《よんごう》や茄子　ジャガイモ
秋には　匂い立つ新米《こしひかり》が届いた
祖母《ばあちゃ》　母《おっかー》　父《おっとー》　順に逝《い》ってしまった
残っているのは兄《あんちゃ》だけになった

洲　史（しま　ふみひと）
1951年、新潟県生まれ。詩集『小鳥の羽ばたき』『学校の事務室にはアリスがいる』。詩人会議、横浜詩人会会員。神奈川県横浜市在住。

自由は　生きてゆく算段に追われることでもあった
それでも自由ほど　ありがたいものはなかった

蔓ったぐりのいびつなゴーヤを炒めて
見通しのよくなった庭に
今度は　菜の花の種でもまこうかと考えながら
昼ごはんを食べている　と　また
アメリカ軍の軍用ジェット機の音　うるさい

一九七七年九月二七日午後一時過ぎ
アメリカ軍ジェット機　横浜市荏田《えだ》の住宅に墜落
裕一郎君（一九七四年八月二四日生まれ・当時三歳）
全身火傷により当日深夜に死亡
弟の康弘ちゃん（一九七六年三月二八日生まれ・当時一
　歳）
全身火傷により翌日未明に死亡
母親の和枝さん　全身火傷に対する治療を行っていたが
一九八二年一月二四日の夜
窓に鉄格子の病院の一室で呼吸困難に陥り
意識不明のまま二六日未明に窒息死
アメリカ軍ジェット機墜落から四年四カ月目だった
自由も　生きる算段の苦労も　楽しみも奪われた

ティーアガルテン通り四番地

日高　のぼる（ひだか　のぼる）
1950年、北海道生まれ。詩集『どめひこ』『光のなかへ』。
二人詩誌「風《ふう》」、詩誌「いのちの籠」。埼玉県上尾市在住。

ティーアガルテン通り四番地
いまはベルリンフィルハーモニーの本拠地
かつてナチスの「安楽死管理局」の所在地だった
ドイツがポーランドに侵攻した一九三九年九月一日
ヒトラーは医師に治癒《ちゆ》見込みのない患者を
安楽死させる権限を与える極秘命令書にサイン
同年十月から開始され障がい者や病人が
病院や施設に造られたガス室に運ばれ殺された
一九四一年八月に中止とされたが
「安楽死」という障がい者の集団虐殺自体は継続
作戦期間中の犠牲者は
公式資料だけでも七万二百七十三人に達し
その後も継続された政策で
二十万人以上が犠牲になったとされている

ドイツ社会では一九二〇年代から
劣等な人間の淘汰という精神医学会の優生思想
民族浄化思想が語られており
民族の優位性の強調で国民の心をつかもうとした
ヒトラーはそれを利用

両者の一致が大量殺戮《さつりく》へと走らせた
ティーアガルテン通り四番地
頭文字から「T4作戦」と呼ばれた障がい者虐殺は
ホロコースト（大量虐殺）の
リハーサルだったとされている

二〇一六年七月二十六日
神奈川県相模原市の津久井やまゆり園で
重度障がい者が殺傷された
元職員の容疑者は「ヒトラーの思想が降りた」
と語っている
障がい者の命を価値なき命とする言動は
ナチス政権の蛮行と通じる
第二次世界大戦後ドイツでホロコーストに対しては
国をあげて総括と補償が行われたが
「T4作戦」について
ドイツ精神医学精神療法神経学会は
六十五年後の二〇一〇年総会で謝罪を表明している
相模原事件の容疑者は衆院議長への手紙で

重度障がい者を殺す理由として
「世界経済の活性化」を挙げている
重度障がい者は経済の活性化にマイナスという主張
社会的に弱い立場の人たちに無差別に憎悪を向ける
ヘイトクライム―差別に基づく犯罪
都知事時代の石原慎太郎は
障がい者の入所施設を見学したあと
「こういう人に人格ってあるのかね」と語っている
人権意識の希薄な政治指導者とちまたに広がる
潜在的な差別意識が共鳴し
戦りつ的な事態を生み出している

「すべて国民は　個人として尊重される
生命　自由及び幸福追求に対する国民の権利については
公共の福祉に反しない限り　立法その他の国政の上で
最大の尊重を必要とする」
――憲法十三条を持つ国
優生思想はいまだにこの国を根強く支配している

あなたは日常生活のなか
障がい者を病弱な人を差別したことはありませんか

吾が遠い農地

栗和　実（くりわ　みのる）
1928年、愛知県生まれ。詩集『白い朝』『父は小作人』。
詩誌「遠州灘」、日本現代詩人会会員。静岡県浜松市在住。

天が自治会だった　戦中と同じく
村の役員の「よりあい」で決める
ここでは昔から　与党いってんばりだから
今の自民党に入れない　主人みたいなのを
「みせしめに」　村八分　にしよう　と
百年も前にもなかった「村八分」に
私だけなった　けれど一戸全員よそへ行けだ

法の下に「平等」など一かけらもない
憲法など　田舎では兵隊で死にに行く以外には
役立たない　いわば該当しない草ボーボー

私個人　としては　あの町々にある神社こそ
あれは明治維新の最悪の異物にすぎない物だ
私の心も　体も食いころしに来た事があり
魔物で、文《モン》も現《ゲン》も理《リ》もなくとは　言う事は
文章もなく、ただ戦いに亡《ホロ》ぶるあらわれだけ
神とは　今の科学で　調える事も出来ない
89才の今　神々が私にとりすがればすぐ死だ

そんな物　に私の子供は　私の屋敷にも実は
それがあり　村八分　直前に17才事故死した
そう言う　しかけに時間をついやし
家中　苦しむ事になる　村が法を犯した
大切な「村八分」事件　追放花卉《かき》組合除名
そう　その大切な生活をきりきざまれても
私の　臆病は「裁判」でさえ
起しきれなかった　事を反省するも時おそく

右のとおり臆病神にとりつかれたら
法が　平和を守る法があるかぎり　それが
ホタルの火のように
あぶなっかしい物でも
あるかぎり　人間　は守るだろうし
ささいな事件から勝ってゆくならば
平和な憲法は守れる　一百姓が
「村八分」になってから強く考えた

憲法を知れば

田島　廣子（たじま　ひろこ）
1946年、宮崎県生まれ。詩集『くらしと命』『時間と私』。関西詩人協会、詩人会議会員。大阪府大阪市在住。

学生のころは　憲法二十五条　憲法九条
風呂の火をたきながら勉強した
生存権とか　男女平等とか
戦争放棄とか　教育を受ける権利とか

宮崎の男尊女卑の厳しいなかで
　兄貴　弟は大学に行かせてもらい
　今度　生まれて来るときは
　絶対に男に　生まれて来る
わたしは大声で怒鳴っていた
　三人大学に出すのは苦しいがね
母は　初めて泣いた

中学校を卒業すると女は紡績工場に集団就職

焼酎の席でも　女は飲まなかった
料理も食べず茶ばかり飲んで
自分の料理は新聞紙に包んでもらい
子ども達に持って帰った

女は風呂も一番最後
五右衛門風呂は　ばあちゃんと入った
火玉が　墓地から空を飛ぶ　怖がると
　人間以外は　怖い者はおらん
ばあちゃんは言った

わたしは　国立大阪病院付属の看護学校に入学
感受性の強いわたしは　伊藤さん　やっちゃん
お杉　徳ちゃん　桃子さんと扇町にデモ行進
　皆いい加減に生きてはない　労働者の頑張ろうの声
わたしは熱いものが　こみ上げてきた
小林多喜二の「蟹工船」地下活動しながら残した
布団に寝かされた多喜二の死姿　特高警察に虐殺
多喜二祭り　意志は引き継がれ
正しいことを正しいと闘う
嘘をつかない　正しい報道にデモ行進をする
　見捨てず助け　声をかけ誘い出してくれた
　一緒に生きていく仲間達
国民と憲法を愛し命を守るということです

いやになってくる

あたるしましょうご中島省吾
（あたるしましょうごなかしましょうご）
1981年、大阪府生まれ。『改訂増補版・本当にあった児童施設恋愛』『もっともっと幼児に恋してください』。詩誌「PO」、関西詩人協会会員。大阪府泉南市在住。

いやなってくるなってくるくるもう散々だ

近所の生涯独身の独居老人のおじさん
いつも挨拶して談笑
たばこくれたり
〈俺若い時からハゲだからモテなかったんや〉
スーパーのベンチで刺身くれたり、お菓子くれたり
そんな
ベンチで飲んだくれだがいい人
の家が今騒がしい
パトカーと消防来てる

死んだみたいだ

親戚絶縁でクタバッタから無縁仏確定した

こんなんで良いのでしょうか？

ジャニーズ事務所所属したり
モデルやっていた過去がある私は
今病気で枯れ障子になって
キリスト教会女性に話しかけて除名になって病んだ私は

おっちゃん、孤独死の偉大な生涯を遂げたようだ
本に書いてあげたい

緑内障ですが今
病棟は昼御飯
病院の外来私一人だけなので
静かに外来の電球が切れました

おい、民間保険で格差殺人を図っているのか？

チキンレースで今日もカップ麺だけで生き延びています
お腹痛いと自立支援者に言うと
お客さんが来たと切られます
憲法改憲勢力に福祉予算カットどころか国会討論で
心臓ドキドキ
民間の保険加入制度にして
生活保護とかは物資配給
年金は金持ちだけが積み立てるとか民間にするとか
ふざけていて心臓ドキドキ
生きられない
精神的病気になってジャニーズモデルは台無し
これ以上いじくらないでください
医療も受けれないのに
津波や自殺者増加など不吉な時代ですが
バカにしないで！
これ以上殺さないように福祉改正に踏み込むな
アメリカではアメドリに敗れホームレス
医者代稼ぐために病気が街中でラッパを吹く
はっきり言って

お金が無くてどうしましょう？
刑務所入って食べられるようにするために
そんな智慧で生き延びる策略しか思いつきません
私のように困った人間には福祉も受けられないよう
同じようなスタンスの国民が危険な社会になります
気を付けてください
これから出てくる弱者をこれ以上殺すな

残酷の月

片桐　歩（かたぎり　あゆむ）
１９４７年、長野県生まれ。詩集『美ヶ原台地』。長野県詩人協会会員。
長野県松本市在住。

野山にばら撒かれた死骸の上に
霜がおおい
朝日は氷の結晶を貫き
小さな虹の輪を架ける
空気に張り付いた氷を融《と》かし
光りの直射で緩める
日陰に隠れた山村は寒々と
白い波をかぶり
目覚める者を拒む真冬日
咽を腫《は》らした鳥の声もかすれ
生活の羽ばたきを押え込む
若草の躍動に踊った兎や鹿も
森でひっそり息を潜め
明け方の冷えた太陽を眺め
凍る大地を掘り起こして
乏しい食べ物を探している

正月は何事もなく通り過ぎ
巷のざわめきは経済一色に塗りつぶし
消費税のゆくえや物価の上昇に
頭を抱える庶民の暮らしは
いかほどの困窮《こんきゅう》ぶりか
さらに追い討ちを掛ける
寒波の嵐が吹き荒れ
小寒と大寒を狙い打ち
節分にまで及ぶ
生きる者にとって
辛い苛酷な月を歩まねば
つながらない生命《いのち》の響き

零下の日は暖かい食物や
南国の空を想い描き
明るくはしゃぐ意気ごみを連れ
自らの体に火を燃やし
寒気に抵抗を試みるが
縮む肉体に熱が籠《こも》らない
ストーブの炎を引き寄せ
脳裡に春の花を咲かせ
呟く言葉を紡ぐとき
内部で何かが壊れる
音が聞こえた

11章　詩——福島・夕焼け売り

夕焼け売り

この町では
もう、夕焼けを
眺めるひとは、いなくなってしまった。
ひとが住めなくなって
既に、五年余り。
あの日。
突然の恐怖に襲われて
いのちの重さが、天秤《てんびん》にかけられた。

ひとは首をかしげている。
ここには
見えない恐怖が、いたるところにあって
それが
ひとに不幸をもたらすのだ、と。
ひとがひとの暮らしを奪う。
誰が信じるというのか、そんなばかげた話を。

だが、それからしばらくして
この町には
夕方になると、夕焼け売りが

齋藤　貢（さいとう　みつぐ）
1954年、福島県生まれ。詩集『蜜月前後』『モルダウから山振まで』『竜宮岬』『汝は、塵なれば』。詩誌「白亜紀」「歴程」。福島県いわき市在住。

奪われてしまった時間を行商して歩いている。
誰も住んでいない家々の軒先に立ち
「夕焼けは、いらんかねぇ」
「幾つ、欲しいかねぇ」
夕焼け売りの声がすると
誰もいないこの町の
瓦屋根の煙突からは
薪を燃やす、夕餉の煙も漂ってくる。
恐怖に身を委ねて
これから、ひとは
どれほど夕焼けを胸にしまい込むのだろうか。

夕焼け売りの声を聞きながら
ひとは、あの日の悲しみを食卓に並べ始める。
あの日、皆で囲むはずだった
賑やかな夕餉を、これから迎えるために。

避難する日

安部　一美（あべ　かずみ）
1937年、福島県生まれ。詩集『父の記憶』『夕暮れ時になると』。
詩誌「熱気球（詩の会こおりやま）」、福島県現代詩人会会員。福島県郡山市在住。

平成二三年三月一一日　午後二時四六分頃
三陸沖でM九・〇の東日本大震災発生
郡山市は震度六弱の大揺れ　死者一名
家屋全壊二、五七二件　半壊一九、六七五件[*1]
東京電力福島第一原発の一、三、四号機は
一五日までに水素爆発　原発から半径二〇キロ圏内
は避難指示　三〇キロ圏内は屋内退避指示
米国は自国民に八〇キロ圏内から退避勧告

一五日　妻は息子の五歳になる孫娘を連れ
東京の妹の所へ自主避難
一六日　六〇キロ圏の福島市に住む娘は　夫を残し
小五と小二の男女二人の子どもを連れ
ひとまず新潟方面へ避難するという
頼み込まれわたしも　たまたま満タンの愛車で同行
助手席に娘　後部座席に二人の孫
車のトランクには味噌・米から衣類まで
詰め込まれるだけの品々で一杯
終には奈良の篤志家宅に滞在　四月八日帰宅

　終戦の年の昭和二〇年四月一二日
午前一一時二五分頃　郡山市に初めての
アメリカ空軍B29による空襲
死者四六〇名　郡山駅・駅前商店街のほか
駅東の工業地帯の工場・民家などに大きな被害
この後三回の空襲を合わせ約五〇〇戸が焼失・倒壊
　強制疎開により約二、〇〇〇戸以上が罹災[*2]
被災を免れたこの日の午後
父方の祖父が引く馬車で　積めるだけの家財道具と
国民小学校二年生のわたし　それに母と妹二人は
一〇数キロほど西方にある母の実家に疎開

およそ七〇年の間に巡り合った二つの避難
敗戦からその復興までには
父の戦場死という傷痕を引きずった
地震による原発事故の放射線被害について
国は低レベルの放射線量が　直ちに
健康に影響を及ぼすものではないと言うが
セシウムでさえ半減期は三〇年
その時　地震・津波の被害と合わせ
どんな復旧復興を遂げ　如何なる生活を送っているか
もうわたしは見届けることはできないだろう

＊1　件数は郡山市の罹災証明発行件数。
＊2　「郡山の歴史」による。

失くしたサンダル

高橋　静恵（たかはし　しずえ）
1954年、北海道生まれ。詩集『梅の切り株』、研究書『子どもの言葉が詩になるとき』。「詩の会こおりやま」「福島県現代詩人会」会員。福島県郡山市在住。

庭の向こうの空き地には
除染作業で削った土が
大きな青いシートでおおわれたまま
傷ついた土饅頭《どまんじゅう》と化している

死の恐怖は和らいでも
新たな不安が増幅している
メルトダウンした現状も掴めていないのに
汚染水の浄化もできていないのに
今のところ原発は安全なのだと言う

あの日
ベランダに干しておいたサンダルの左片方が
いつの間にか無くなっていた
右片方は途方に暮れて
うなだれたままだ

左片方は、どこでどうしているのだろう
寂しくて泣いているだろうか
自暴自棄になって荒れてはいないだろうか

保管場所のないキケンブツのなかで
日向《ひなた》の匂いを思い出しているだろうか

サンダルよ
いつも日々の暮らしの足下にあったから
ふるさとの空のやさしさを
今日まで
伝えずにきてしまった
うかつだった

履き慣れたサンダルよ
失くしたままでは
この暮らしを紡げない
どこへ捜しに行けと言うのだ
どうにもできないことの前で無力なまま
それでも
おまえは今日も一緒に
わたしの足と歩いているよ

日本という国に生まれて

坂田　トヨ子（さかだ　とよこ）
1948年、福岡県生まれ。詩集『あいに行く』『耳を澄ませば』。福岡詩人会議（筑紫野）、詩人会議会員。福岡県福岡市在住。
「ああ、原爆ドームがいくつも」
福島の原発建屋が吹き飛んで
露わになった骨組み
テレビに映されたそれは直ぐに覆われたが
その地は人も入れないまま
5年と半年もの時が過ぎ
この先もどうなっていくのか

水素爆発だから人体に直ちに影響を及ぼすものではない
繰り返し強調されたが
東電の幹部の家族だけは避難していたという
何も知らされなかった人々は
放射能の漂う中で暮らすしかなかった

七十年前「満州国」が終わろうとしていた時
守ってくれるはずの関東軍とその関係者は
さっさと引き上げて移民は捨て置かれた
ほとんど同じ構図だ

「不沈空母として」
総理大臣の言った言葉
不沈空母にされた島にも遠い昔から人は住み
美しい海や森の恵みを大切に暮らしを営んでいて

生まれてくる時　両親を選べないように
国も選べない
多くの人はその地で慎ましく生きている
その地を奪うのが国家というものであれば
国家などいらない
いつの時代も国家を欲したのは庶民ではなかった
国家のためにと命さえ奪われた人たちも
数え切れないほどあって……

私たち庶民のための国家があるのならば
私たちはもっと考えなければ
もっともっと語り合わなければ
私たちの望む国家について

浪江駅にて

あれからもう何年たったのか
通りの脇の草が伸び　人影は見えないが
ショウウィンドウには商品が飾られ
新聞店には夕刊が置かれたままで
かどのソバ屋のむこうの路地から
今にも生活が転がり出そうで

駅前広場で時計を見上げていると
乾いた風が襟元を吹きぬけ
縮んでひび割れた時間のすきまから
灰黒色の影があふれ出し
箒を手にした洋品店のおじさんに絡まり
魚屋の奥さんの前掛けを滲ませ
軽トラックを足もとから包みこみ
駅前通りは一面に汚れ　汚されて

カタカタと　空から
北に向かう列車の音がこぼれ落ち
うす青い影がホームに着くと
駅舎から次々に人影が流れだし
広場をすぎて横断歩道をわたり
灰黒色の影にまぎれていく

その時
淡い夕影をまとった一人の少女が
草色の自転車に乗って広場を走りぬけ
駅前通りの　灰黒色の影の中へ
ステンレスのリムをきらめかせながら
走り去っていった
岡田　忠昭（おかだ　ただあき）
1947年、愛知県生まれ。詩集『忘れない―原発詩篇　増補三版』。
詩人会議、愛知詩人会議会員。愛知県名古屋市在住。

きくまいぞ

よくもまあ
　仰《おっしゃ》いましたね
想定外の出来事でしたと
それは弁解・責任回避
なにかを守る言繕《いいつくろ》い
それとも唯《ただ》の方便か
　まわりの意見も忠告も
　聴く耳もたず
　　その場を逃れ
あちらこちらを転がし回し
沃土《よくど》を穢《けが》す空疎な言葉
　〝アンダーコントロール〟
二度と言うな、もう聞くまい
この先見えぬ濃紺《ノウコン》の闇　(no control)
　明日の手立ても無く過ぎる
行き場ない深刻な
黒い袋に詰められた
彷徨《さまよ》い続くCs《セシウム》を含む核廃棄物
搬入拒否の強い声
「けーれっ！くんなっ！」
　　　　（帰えれ、来るな）
みちのく訛りが寄り集《つ》どう
老いの仲間が大合唱

（注）
Cesium（セシウム）
元素記号　Cs
原子番号　55
セシウム　137
半減期　30年
遺伝子に突然変異を起す確率が多い、と言われている。
＊『世界百科辞典』（平凡社）より抜粋

堀江　雄三郎（ほりえ　ゆうさぶろう）
1933年、旧満州大連市生まれ。宮城県仙台市在住。

閾値《しきいち》

伊藤　眞理子（いとう　まりこ）
1938年、福岡県生まれ。『伊藤眞理子詩集』共著詩画集『心のひろしまあしたきらきらⅠ・Ⅱ』。詩誌「タルタ」。東京都墨田区在住。

どこまでが細胞を揺るがすのか
ベクレルに汚染された海や山河は
きのうまで立入禁止だったり
網の魚は売ってはならなかったり
見えないものに支配されている

じりじりと
働くひとがいなくなるよ
見えないものは忘れやすい
こっそりと
集合とゆらぎの中心線
不確実な予測線の左右に
振り分けられるいのちの未来

家訓に背き信義にもとる恥を知れ
二度と家の敷居を跨いではならぬ
勘当だ
家長が叱れば
敷居は迫り上り
親とも子とも呼べない倫理の壁
世を生きる閾値だった

雪山の稜線を往く先達の
ひと足ずつ　恐るおそる
雪庇を踏まぬよう
シーベルトの値を緩め
細胞の揺らぎを実験する
どこまでを限界とするか
長い未来の時間軸は無視したまま
滑落しない　いのちの継続を
試されている

広野のさくら

谷口　典子（たにぐち　のりこ）
1943年、東京都生まれ。詩集『悼心の供え花』『あなたの声』。詩誌「青い花」「いのちの籠」。東京都西東京市在住。

あれから　六年
今年もめぐってくる三月十一日

都から遠く離れたみちのくは貧しく
いつも「周辺」として
「中心」に従属させられてきた
そして海沿いには
たくさんの原子力発電所が建った

常磐線で上野駅から
赴任先のいわき市まで通った二十年間
通り過ぎる車窓の景色がすきだった

浜通りから広野までのそれは
駅前にある童謡の歌碑にもあるように
「いまは山中　いまは浜」だった
鉄橋を渡って　トンネルをくぐると
そこは「ひろのはら」だった

原発事故のあと
広野駅の先には　赤茶色に錆ついた線路と
身の丈ほどの雑草に埋まった
信号機の頭だけが寂々とつづいていた

みちのくのさくらはおそい
広野の町の木　さくらは今年も
おだやかにつづく山々に囲まれて
しずかに咲きほこるだろう

でも　ここには今も「周辺」がある
「駆けつけ警護」の任務がおりた
部隊は　青森空港から紛争地域へと飛び立っていった

野の花

司　由衣（つかさ　ゆい）

１９４４年、東京都生まれ。詩集『西境谷団地から』『魂の奏でる音色』。
詩誌「呼吸」、日本現代詩人会会員。京都府京都市在住。

枯れ草をかぶって冬ごもりしていた野原に
暖かい日ざしがつづくと
にょきにょきと若芽が萌え出て
大地がせかせかと動きだす
やわらかくて美味《おい》しい春の草花は
恋しいひとをこころ深くに秘めて
だれを厭《いと》わず　咎《とが》めず
摘み草の人を待っている

野の花の小さな心を傷つけて
あなたが愛したものは何
「大を活けて小を殺せ」
大口たたいて
野の花を見殺しにするなんて
わたしあなたを許せないわ

昔あなたのような人が寄り集まって
第二次世界大戦が起きたのよ
今もあなたのような人が寄り集まって
あちらこちらで戦争を始めるのよ
海のむこうで飢餓に喘《あえ》いでいるのも
小さな島国に住んでわが物顔に
山を切り開いて宅地にするのも
野を切り裂いてビルを建てるのも
戦争のそれと似たようなものだわ

あなたが寝返ったりしなければ
夏の終わり　葉液に長い花穂《かすい》をつけ
紫紅色の蝶形の花を逆さに垂れたように咲く
くずの花の風情をお目にかけましたのに
いまさら愛していないなんて
積みあげた捨て草に混じり
水も与えられずに
朽ち果てるのを待つなんて

野の花はあなたの思いどおりにならないわ
宅地を造成したところを見てください
空き地はすすきとくずが蔓延《はびこ》り
なでしこは建売住宅の庭先に返り咲き

百姓の小倅

長津　功三良（ながつ　こうざぶろう）
1934年、広島県生まれ。詩集『影舞い』、詩論集『原風景との対話』。詩誌「竜骨」「火皿」。山口県岩国市在住。

私も　弟も　広島生まれの広島育ちであるが
血は　安芸《あき》広島と　周防《すおう》山口の県境　にある
代々の由緒正しい水飲み百姓の　小倅《こせがれ》で　父が
家が貧乏で早くから　出稼ぎに行っていたからだ
旧毛利藩領　高齢過疎化の進む　山代地区である
昔　毛利氏が　関ヶ原で西軍の親玉に祭り上げられ
絶家するところを　家康に味方した　吉川家の口添
辛うじて防長二州に生き残り　藩は　借金まみれ
毛利氏の　極端な苛斂誅求《かれんちゅうきゅう》に　苦しみ続けた地域
当然だろう　四公六民が時代の定め　それを毛利は
公七・三　民二・七　これでは百姓は　喰えない
藩幕時代　山代地区は　飢饉と百姓一揆多発の地域
そして今　山口県民であることが猛烈に恥ずかしい
戦争を知らないお坊ちゃま首相を選出し　超保守地
かつての　倒幕革新の血は　誰に遺伝したのか
国会で　多数に酔い　権力に溺れ　米国に　従属
憲法の勝手な拡大解釈で　海外に派兵すると言う
闘わされる　庶民は　堪《たま》った物ではない
民意に添わず　ねじ曲げた　平和憲法の　行方
嘘っぱちの　原発安全神話　福島の処理すらしない
時間を掛けて　税金を上げてもいい　目的は明確に
代替燃料の　研究と確保　軍備の拡張目的ではない
そして　命の大切さを　考えてくれ
百姓・庶民に　ガードマンなど　ついていない
国として　核の傘に守られているとして
核廃絶　にも　賛成しない
依然として　他国の軍事基地がありそこは治外法権
それが　独立国家　と　言えるのであろうか
グラビア雑誌などで　高価な美術品などを見ると
吐き気がする　美しいものは　美しい　と判るが
その底に　どれだけの　百姓・庶民の　苦しみが
血の　苦みが　堆積していることか
私は　どうしても　社会底辺から　哀しいことだが
低く　下から　水飲み百姓の　目線でしか
物が　考えられない

日本憲法下の人権

浅見　洋子（あさみ　ようこ）
1949年、東京都生まれ。詩集『水俣のこころ』『独りぼっちの人生《せいかつ》』。詩誌「焔」。東京都大田区在住。

東京大空襲七十二年を　翌日に控えた　三月九日
空襲被害者への補償を　法制化しなければ　と…
東京大空襲訴訟の元原告　空襲被害者遺族会　支援者
全国戦災傷害者連絡会が組織する全国空襲連絡会　主催
「問われる戦後責任―今こそ空襲被害者に光を―
　特措法制定に向けて」と　銘うち
衆議院第二議員会館で　院内集会が持たれた

参加者　大阪空襲訴訟元原告団代表世話人　安野輝子は
一九四五年七月一六日　鹿児島県川内市で空襲に遭い
六歳の彼女は　爆撃弾の破片で　左足がちぎり取られた

――私の足は　トカゲのしっぽのように
　また生えてくる――
と信じていた輝子　だが　左足は生えてこなかった
この時から　輝子の戦争が　始まった

体育の時間や運動会は　いつも傍観者
松葉つえを隠されることも　たびたび
小学生の輝子は　孤独だった

――あの時　助からなければ　よかった――
と思う日が続いた

中学は自宅から遠く　一週間位しか通えなかった
――この子は　生きていけるのだろうか――
輝子の将来を心配した母は　彼女の自立を模索し
輝子に義足を用意し　洋裁学校に進ませた

成人式を迎える友だちの　華やいだ装いに
戸惑い　気後れした　輝子は　母に詰めよった
――なぜ　戦争に反対しなかったの　戦争がなければ
　こんなにつらい目に遭わなかったのに――
――気がついたら戦争が始まっていたのよ――
ポツリと　母がもらした　一言

一五〇人近い　集会参加者の席上
あの日　四歳と二歳の弟と遊んでいたと　思いを遡り
四歳の弟は　お腹一杯食べることなく　菓子を知らずに
栄養失調で死んだと話　唇をかみしめ声を震わせた

洋裁の技術を身に着け　生活の糧を得た　輝子
彼女は　外出を嫌い　家で洋服作りに専念した
活発だった少女は　背負わされた運命を受け入れ
笑顔を忘れ　黙々と服を作り続ける日々を過ごした

一九七二年名古屋市で全国戦災障害者連絡会　結成
「戦時災害援護法の制定」を求める活動をする会と
新聞報道で知った輝子は　迷うことなく参加
設立者の杉山千佐子と　運命の出会いをする

千佐子も　二十九歳で名古屋空襲に遭っていた
防空壕に逃げた彼女は　生き埋めになり
九死に一生を得たが　左目を失っていた
千佐子は眼帯の奥から戦後を見続け　怒り続けた

援護法の制定が　進まぬなか　イラク戦争が勃発
日本政府がアメリカに協力する状況に
――気がついたら戦争が始まっていたのよ――
輝子は　ポツリと言った母の言葉を　実感した

戦争の道を許さないために　できることを　と
大阪空襲国家賠償訴訟に参加を決意した　輝子
二〇一三年の最高裁で　敗訴した　が
彼女の闘いは　空襲被害者特措法を求め続けること

――私を日本国民として死なせてください――
と訴え　百一歳の誕生日に　命尽きた杉山千佐子

――戦争は　国民全体が　何らかの被害を
受けたのだから　我慢せよ――
と　理不尽な理屈を強調する　日本政府に
国と雇用関係にあった者だけに支給される　補償とは
戦争時の高齢者や子どもに　何ができたでしょうかと
政府は　自国民を差別するのですかと　問い続ける

千佐子の無念　傷害を負い自殺した人の怒り
輝子は　空襲で奪われた数多の人生を胸に秘め
松葉つえを無二の友とし　人権回復を訴え続ける

12章　詩――ことばは死なない

神戸詩人事件のこと

季村　敏夫（きむら　としお）
1948年、京都市生まれ。詩集『日々の、すみか』『ノミトビヒヨシマルの独言』。兵庫県神戸市在住。

監獄に入れられる。突如、つつましい生活が、破壊される。七十年前の戦時下、昭和十五（一九四〇）年三月三日の夜明け。詩を愛好する文学青年十七名が、治安維持法違反容疑で一斉検挙された。のちに、神戸詩人事件と呼ばれる出来事。青年たちは、神戸と姫路で文学活動をしていた。

なぜ自由を奪われたのか。体制の転覆をはかる危険思想の持主というのが根拠だったが、戦後、権力によるでっち上げ、虚偽の自白を強要された調書に基づく不当逮捕であることが判明している。特別高等警察（特高）に検挙指令を発したのは内務省警保局。かつてこんな恐怖の組織が、国民生活を監視していたのだ。

少数だが共産主義者がいた。シュルレアリスムを研究、自由な精神を学ぶ青年がいた。だがほとんどは、純粋に詩作、思索する文学青年だった。第一次世界大戦後のヨーロッパから伝えられたシュルレアリスムがコミュニズム同様に危険思想とみなされたのだろう。

詩人そのものが、秩序を乱す違法の存在とみなされたのかもしれない。西脇順三郎らのシュルレアリスムに影響を受けた詩的活動は他の地域でも展開されていた。なぜ神戸と姫路在住の詩人が狙い撃ちにあったのか。姫路には陸軍歩兵連隊が駐屯しており、旧制姫路高校生による反軍闘争（後の神戸市長宮崎辰雄らも関わる）があった。神戸は東洋一の神戸港をもち、三菱・川崎造船所の大争議があった。姫路も神戸も軍部にとって重要な地域であったがゆえの弾圧だったのか。「もう詩は書かない」ことを強制され出獄、外地で自決したひともいる。

今年は神戸詩人事件勃発七十年である。本格的な検証の最初の年としたいものだ。

＊神戸新聞夕刊（二〇一〇年三月十一日）より

万金丹《まんきんたん》の話

柳家小さんの
得意とした落語に
〝万金丹〟というのがある
江戸で喰い詰めた二人の男が
一夜泊めてもらった山寺で
坊さんに諭されて
出家の見習いとなる

はながら修行をする
気などはない二人の男
読経のさなかに
金が欲しいと妄想する
貧相なご本尊ではいくらにもならない
いっそ坊さんを殺したら
いくらになるかを語り合う

物騒な話だが
そこは落語だから、
実行するということではない
いかに有り難いお題目も
庶民の感覚ではそれでいくらになるか

前田　新（まえだ　あらた）
1937年、福島県生まれ。詩集『無告の人』、詩論集『土着と四次元』。
詩誌「詩脈」「腹の虫」。福島県会津美里町在住。

つまりは暮らしが
関心事だという話のあやだ

だが、これからは
そうはいかなくなる
何しろテロ等準備罪は
それで成立するのである
坊さんがそれをツイッターに書けば
二人は以後、お上によって
監視および通信傍受の対象となる

万金丹は
何にでも効能がある
万能薬として宣伝された
だから官許、伊勢朝熊《あさくま》霊法の
商号がついている
江戸の庶民はそれを
〝鼻くそまるめて万金丹〟と
官許《かんきょ》を揶揄《やゆ》した
この法律はお上の万金丹だ

集まり

今晩、横浜の詩人が小選挙区制で話し合う
会場イチバン乗りは大先輩の近藤東さん
定刻をすぎたのに皆どうしたのか
階段の下の方から靴音、ダレかきたようだ
しばらくして詩人たちが、次々会場に現われた
法案が新聞に出てから今までの経過
横浜の詩人有志に呼びかけたことを、僕は話した

田中内閣は、この法案を何故だしてきた
初めての集まりなのに意見が沢山でた
僕は横浜の労働者、婦人の反対運動を話す
東京の詩人たちの動きも報告される
これが通れば自民党議員はものすごく増え
憲法改正、再軍備を打ちだすだろう
沈黙はダメだ、参加詩人の一人が言った
法案に反対の声明、その要点をだしあう
お互いの目をみつめ他にないか話す
中島可一郎さんが鉛筆で下書きを書く
何回も練り直し、夜九時過ぎ声明文ができ上がる

声明

わたくしたち横浜に在住する詩人は、文学表現の上で暗い危機意識に突き動かされている。もはや現実に背をむけ一人一人が孤立黙視している事は許されず、現政府の党利党略による小選挙区制に良識上反対する。

昭和四十八年五月十八日

近藤　東
扇谷義男
山田今次
松永浩介
中島可一郎
篠原あや
今辻和典
金子秀夫
松村由宇一
村田春雄
本野多喜男
保髙一夫
二関　天
いだ・むつつぎ

（改作）

いだ・むつつぎ

1933年、静岡県生まれ。詩集『ぼくら人間だから』『よこはま小動物詩集』。詩人会議、日本現代詩人会会員。神奈川県横浜市在住。

ことばは死なない

田上　悦子（たがみ　えつこ）
1935年、東京都生まれ。詩集『とうがなし立神』『女性力』。
日本現代詩人会、詩人会議会員。東京都調布市在住。

「サキョク　ウダヲ　ゴ　カイ　デ
ギター　ヒイダ　ガラ　ベン…シデ
ゲイダイ…イバナエンゾウガ……。
エワ…エイワ…ドウヒョ…デキル…」
もう口もきけなくなった妹の芳子

たまたま枕元に立っている私の孫の連に言った
連は意味が判《わか》って応えた
「僕は高校出たら世界を旅するのさ」
芳子は渾身《こんしん》の力ふりしぼり
何度もことばを重ねる　連はうなづいて
「わかった　頑張るよ」と　呟いた

「作曲した歌を　国会前でギター弾
いたから　勉強して芸大に行って立
派な演奏家になりなさい。……平和
…平和でないと……。十八歳になる
のだから…投票も出来るから…」と
言ったのだ
芳子は眼を瞑《つぶ》り　その夜息をひきとった

戦争法　原発廃止　九条厳守などの
請願署名用紙を渡すと　必ず名前を書いた
「私はデモにも投票にも行けない
　選挙のときは代理投票してね」と
私に依頼していた芳子

三年病んでいのちを終えた
来る年も生きつづける　死者の声

松本　高直（まつもと　たかなお）
1953年、東京都生まれ。詩集『木の精』『永遠の空腹』。
詩誌「舟（レアリテの会）」、日本現代詩人会会員。東京都小平市在住。

エチュード

――戦争が廊下の奥に立つてゐた（渡辺白泉）

明けることのない
夜の螺旋階段を
盲目の修道士が上ってゆく

卵の中の部屋に入ると
壁一面に
顔のない肖像画が掛かっていた

時計の振子は
蜘蛛の糸で
永遠の溜息の長さを計っていた

開かずの扉の向こうには
眠らない瞳が光り
夢のトーチカが築かれていた

蛇にそそのかされた
知性の黒猫が
恋の化石を舐めていた

三角帽子をかぶった
蝋人形が
鶏冠の嫉妬に狂って溶けていた

言葉は全て共同墓地に消える
その時
世界は暗喩となっている

駐車場

山下　俊子（やました　としこ）
1945年、奈良県生まれ。詩集『無患子』『黄色い傘の中で』。
詩誌「リヴィエール」。大阪府守口市在住。

風が集めた砂場で
雀たちが順番に砂浴びをしている
晩秋の太陽がにこ毛をあたため
眺めるわたしの心もあたため
砂まみれになって空へ飛んでいった

フェンスにしなだれる藤袴《ふじばかま》を手折り
亡くなった友のおもかげを引きよせると
白い雲がしずかに流れ
深く見おろされているような
影がわたしを過ぎていく

父の待つ車に
駆けよった幼い児と母が乗り込んでいる
こんなのどかな日に
96条を変えて国防軍にしたいと願う安倍首相が
駆け付け警護の自衛隊を南スーダンへ送り出す
銃撃戦の弾頭がとびかう遠い国へ
洗脳された若者の正義感が
人を殺し　殺される現実を

夢のように身にまとったまま
車の窓から嬉しそうに手をふる幼い児
明るい声に手をふりかえす
わたしの脳裡に去来する
一筋の風の冷たさ

大人の自覚

舟山　雅通（ふなやま　まさみち）
１９４０年、東京都生まれ。詩誌「旅人」、あきる野詩の会会員。
東京都あきる野市在住。

「戦争を知らない人間は
　　　　　半分は子供である」
　　　　　　　　　　（大岡昇平）

充分大人であるわたくし達
　今こそ
平和憲法草案の原点に返って
　声を大にして
ダメなものはダメと
　言おうではありませんか
戦争法制、テロ等準備罪はＮＯと
　言おうではありませんか
憲法改悪は絶対ＮＯと
　言おうではありませんか

人はどうして争うのか
国はどうして争うのか
人はどうしてそれを止められないのか
国はどうしてそれを止められないのか
　人間ってなんだ
　　国ってなんだ

　だけどそれを
「みんな、戦さになってしまって、とか
　戦さが起こってしまって、とか」
　　　（井上ひさし「花よりタンゴ」より）
他人のせいばかりにしてはいないか

あの戦争が終った時
わたし達は何を誓った
　戦争はもうまっぴらだ
　　そうではなかったのか

地べたから物申す

新井　豊吉（あらい　とよきち）
1955年、青森県生まれ。詩集『大邱へ』『横丁のマリア』。
詩誌「潮流詩派」。福井県福井市在住。

すべて国民は
われらは

ここに日本で生まれ日本語しか話すことができない
朴は入っていない
国民ではないから　われらでもない
貧乏ゆえに奨学金を申請したら
担任から無理だと告げられた
日本の大学に進学しバリバリ働こうと思ったのに
国民ではなかったから

大学では無頼派にふれ　文字を埋める日々
行きたいわけではないが成人式の案内は届かなかった
痩せガエル　ふんぞり返って一人写真を撮った

教員免許を得たが採用試験は受けられなかった
秘密を握るから
小さいころから口は堅かったのに

納税の義務を負い
生まれ育った故郷を住みやすくしたいと思うが
投票することもされることもない

あなたは好きだが韓国人なら嫌いになると語った友よ
よかった　あなたは友ではなかったのだ

ああ、日本人でよかったと微笑む味噌汁のコマーシャル
わたしも味噌汁は大好きだ

ならば帰化しろとつぶやく君よ
有名人ならすぐ帰化できるという噂を知っているか
君が日本人であるのは偶然で何の努力も要しない
権利は国を愛する者に平等に与えたい

ふたつでひとつ

末松　努（すえまつ　つとむ）
1973年、福岡県生まれ。詩集『淡く青い、水のほとり』。文芸誌「コールサック（石炭袋）」、日本詩人クラブ会員。福岡県中間市在住。

いま　ひとは　生まれながらにして
あたりまえに　ひととして生きる権利を持っている
むかし　それがなかった時代
ひとは　のぼりつめると　間違ってしまうことがあった
ひとが　ひとで　いられなくなることのならないよう
くにが　権力で　ひとを　好き勝手にできないよう
ぼくらの祖先が　幾多の試練に耐えた結果
いまの　憲法はある
押しつけられたからダメ　というひとたちもいるけれど
くにが　こくみんの権利を守るための憲法がなければ
ぼくらは　安心して　くにを信じ　政治を任せられない
だから　憲法は　厳しい
これが　甘ければ　権力は好き勝手ができて　ひとが
　ひとたるに値しなくなるのだから
くには　ひとが　つくるもの
ひとが　ひとで　いられなくなれば
くにも　くにで　なくなる
くにだけが　偉くなるのではなく
だれもが　しあわせになるために　守るべきことを
ひとびとが闘って　作り上げたもの　それが　憲法

きれいごとだけでは　現実を見なければ　改正せねば
その言葉に　つい　頷《うなず》きたくなることもあるだろう
しかし　厳しく　きれいな　憲法でなければ
汚れることに慣れた　ひとは　すぐ　真っ黒になる
あたりまえという　困難の積み重ねが　忘れられたとき
ひとは　あっというまに　ひとで　なくなる
ひとを守るために　憲法を変えなければ
そういうのなら　戦えるようにすることで　ほんとうに
　こくみんはしあわせになれるのか
その答えを　くにから　もらわなければならない
そのとき　失われるのが命だとすれば　すでに失われた
　数多の命　その歴史の上に成り立つ憲法を
それでもなお　変えるべきか
その答えを　あなたは　もっていなければならない

マンション美化運動

畑中　暁来雄（はたなか　あきお）
1966年、三重県生まれ。詩集『資本主義万歳』『青島黄昏慕情』。
詩人会議、関西詩人協会会員。兵庫県西宮市在住。

マンションの集合ポストにビラを入れている
政治活動の一つだ
ある日マンションの掲示板に
「ピンクチラシお断り　マンション自治会」とあった
これは民法九〇条「公序良俗」違反の関係で
「理解できるかな」とも思った

次に選挙期間中
マンションの集合ポストにビラを入れていた
すると管理人が出てきて
掲示板を指さして言った
「このポスターが目に入りませんか」と
ポスターには
「許可なくビラを入れないで下さい」とあった
私は「マイク演説の聞こえる範囲でのビラ配りは公職選
　挙法で合法なんですよ」と言うと
管理人はボソボソ何かを言いつつ帰っていった
また次にマンションの集合ポストにビラを入れていた
すると管理人が出てきて
掲示板を指さして言った
「このポスターが目に入りませんか」と
ポスターには
「マンション美化運動のためすべてのビラお断り」と
私は「憲法一九条の『思想及び良心の自由』と、二一条
　の『表現の自由』で意見表明は自由なのです」と訴え
　ると
管理人はボソボソ何かを言いつつ帰っていった

マンション「美化」運動か
現代中国語でアメリカ合衆国を「美国《メイグオ》」という
「美国化《メイグオファ》」はアメリカナイズのことなのだ

また次にマンションの集合ポストにビラを入れに行った
すると管理人と警備員が出てきて
私の腕をつかむや
「このポスターが目に入らぬかぁ」と叫んだ
ポスターには
「日米同盟第一!! 君も国防軍に入ろう!」とあった
私の反戦ビラは押収された

原　詩夏至（はら　しげし）

１９６４年、東京都生まれ。詩集『波平』、歌集『ワルキューレ』。
日本詩人クラブ、風狂の会会員。東京都中野区在住。

司馬遷

「俺が正義」の
武帝に　逆らって
たった一つの
男の誇りの
あそこを切り取られた
あの男。

或いは
あそこを
ばっさり
切り取られて
もう　厳密には
男とも呼べない
あの誰か。

「結局　あれは
『俺が正義』の
あの国の　謀略だったのさ！」
――そう　君が言う時

「ああ　そうかも知れないね」
俺も　そう言う。
だが　言いながらも
心が　追っているのは
武帝の方ではなく
あの男だ。

「畜生！
おめおめ　あれを切り取られて
何が『男』だ！　何が『国家』だ！
畜生！　何が何でも取り返すぞ！
俺は　俺たちは
あの　失われたあそこを！」
――そう　涙ながらに君が叫ぶ時

「ああ　とても分かるよ！」
俺も　涙ぐむ。
だが　涙ぐみながらも
なお　想っているのは
あそこではなく

あそこに　取り残され
ぽつんと　座っている
もう　厳密には
男とも呼べない
あの誰かだ。

「俺が正義だ！」
今日も　世界では
全ての　国々が
あそこの　サイズや
おしっこの　飛距離を
競って　見せつけ合って
そう叫ぶ。

「俺も！　俺もだ！」
君は　走り出す。
だが　夕闇の迫る
この　がらんとした世界で
皆が　真に求めているのは
この　馬鹿げた遊びを
遂に　終わらせる
誰かの「一抜けた！」では
なかったのか？

「俺が正義」の
あそこの　切り取り合い。
その　終わりのない
無惨な　繰り返しを
それでも
終わらせる
方途を思った時
思い出すのは
あの　恥まみれの
だが　絶望を
遂に　己に拒んだ
あそこのない
孤独な　あの男だ。

「何という事だ！
世界最強の　皇帝が
武器を持たない　歴史家の筆を
畏れて　恭しく　身を慎むとは！」
後世　遥かな西国の賢者が
羨望をこめて　そう呻いた時
その第一歩を
身悶えつつ刻んだ
もう　男ですらなかった
あの誰かだ。

13章　詩——明日のために

明日のために

堀田　京子（ほった　きょうこ）
1944年、群馬県生まれ。詩集『畦道の詩』、エッセイ集『旅は心のかけ橋』。
東京都清瀬市在住。

黒い肌　黄色い肌　白い肌　みんな人間
赤い血が流れている　切れば痛い
悲しい時に流す涙も皆おんなじだ
人は何のために生まれてきたのか
人を殺すためではない
人に殺されるためでもない
相互理解で成り立つ世界があるはずだ

自分だけが正しいと思い込んでいる者達よ
正しいという文字を見るがいい
一《はじめ》に　止まり　時間の流れを止めて考える
そこに正義が　あるはずだから
沢山の人を殺せば勲章《くんしょう》だなんて
そんな法はあるはずもない
戦争への道は　絶対に許されない

過去の歴史に学ぶこと
72年の平和の歴史を継続する勇気
始まってからでは遅いのです
私とあなた　あなたと誰か　誰かと誰か
小さいところから繋がってゆく
つながれば和ができる
平和を守る鎖ができる

人民こそ主人公　思いのたけを声にして
真実を隠そうとする権力者の意図を暴く
安全保障関係法案とは何ぞや
輸送から警護・救出　きな臭い演習
戦争への足音に警鐘をならそう
何よりも　愛する者のために
人間の尊厳　そして何よりも自由を守るために
人として　命を懸けても守るべきこと
今こそ手をつなぎ　平和憲法を貫く勇気を

平和とは

平和とは
明日の仕事に
心を傾けられるということ
私は毎夜カバンの中身を入れ替えています

平和とは
愛する人と
時を積み重ねられるということ
夫は肉や魚の、私は野菜の料理をつくります

平和とは
自然や芸術を愛し
人生を豊かにすることができるということ
私はもう何年も下手な詩をかいています

平和を守るとは
自分の目で見、考えること
心に思う疑問を発信できること
人の不幸を黙っていないこと
時には矢面に立つ勇気を持つということ

そのために時間もさき
行動もするということ
若いときから
私はそうして生きてきました

なぜなら私自身が
あまりに頼りない存在で
助けを必要としていたからです
ひとの困難は私の困難

そして
この国の危機は
私の危機なのです

三浦　千賀子（みうら　ちかこ）
1945年、大阪府生まれ。詩集『今日の奇跡』『一つの始まり』。
大阪詩人会議「軸」、詩を朗読する詩人の会「風」。大阪府堺市在住。

ドイツを旅して

名古　きよえ（なこ　きよえ）
1935年、京都府生まれ。詩集『消しゴムのような夕日』、エッセイ集『京都・お婆さんのいる風景』。日本現代詩人会、日本詩人クラブ会員。京都市北区在住。

教会や城に
七十一年前の戦争の傷が残っていた
崩れた石を使って再建した教会の壁は
黒ずんだ石と新しい石の斑模様だった

九十八パーセントやられた町を歩くと
足裏に死者の声が聞こえ
戦争の意味を尋ねられた
犠牲者になんとこたえていいのか――

涼しい夏で　行き交う人の表情は穏やか
特に子どもを連れた両親がゆっくり歩く
このまま平和が続きますように　と
ドイツの風にささやく

長い旅で　西から南へと
続く麦畑と森の自然を　車窓から満喫《まんきつ》した
新ナチ派が増えているなどと
ガイドさんに聞かされると寒気がするが

異国で結婚し　子ども三人を育て
何よりも政治の成り行きを心配している
日本人の女性は
ありのままを私たちに伝えるのだろう

戦後七十一年経って
私たちの知らないところで何が起きているのか
言葉のからくり
権力闘争　偏った思想があるとしても

私たち　子どもを育て
次の世代へ送り出す
命の担い手を
戦争や暴力で破滅させないでほしい

農村の少年少女のにぎわい
ビールを飲みながら　討論を楽しむ大人
哲学者が多い理由を　尋ねながら行った

夜の高速道路（自由と平和の方程式）

福田　淑子（ふくだ　よしこ）
1950年、東京都生まれ。歌集『ショパンの孤独』短歌誌「まろにゑ」、俳句誌「花林花」。東京都中野区在住。

急なカーブを下るポンコツの愛車を
過激な速度でポルシェとスープラが追い越してゆく
次々と脇を抜けていく車の後塵を被りつつ
走り続ける3時間
我慢、我慢するな
負けん気の虫がはらわたを攻撃しはじめる
どんな車に乗るかは自由だ　きっと
そもそもゆったりした速度で走る道ではないのだから
性能一杯アクセルを踏んで
夜の東名高速道路を吹っ飛ばす

いや待てよ
みんなの公道　安全第一
思い返して速度を保ちゆっくり走る
いのちは大事　一度のいのち
いのちは私の所有物
もちろん誰にも手渡さない
突き進むことに気を取られたら
さらにさらに鋭く速く
爆走する刺激はたまらない

だから
破滅がすっかり身近な事となるまえに
正気を覚まし　腸を落ちつけて
人間の歩む速度を思い出す

車体から降りて五月の風を生身で受ける
大泣きを始めた赤子を泣きやませるブレーキがない
赤子に笑顔を取り戻させるには
人肌のぬくもりと思いを分かち合う場が必要だ
ハイテクの氾濫は温もりの欠乏した「私」を駆り立てる

宗教は「私」の自由
思想信条は「私」の自由
赤子の泣き叫ぶごとくの絶叫は
他者の声を遮断する
赤子に肌のぬくもりが伝わるところで
新緑のはずれの音が聞こえる静けさの中で
ささやくように今後の世界を
語ろうよ
自由と平和の方程式を

西武拝島線沿線

佐相　憲一（さそう　けんいち）
1968年、神奈川県生まれ。詩集『森の波音』『愛、ゴマフアザラ詩』。
日本詩人クラブ、小熊秀雄協会会員。東京都立川市在住。

森の夕焼けを米軍戦闘機が裂く。電車の上を基地へ降りていく。日米国歌が順番にかかる。買い物帰りも仕事帰りも散歩も自転車もやり過ごす顔は無表情。横田基地周辺の日常。玉川上水を立川市から昭島市へ。昭和と平成、戦後と現在が混じる住宅街では緑地が救いだ。古びた団地、つぶれそうな商店、モダンな自己流新型建築、家族経営食堂。東京の西はずれ、青梅・奥多摩の山が近く種々の鳥、小動物を見かける。砂川闘争で拡大を阻止し、世論で返還させた広大な森と畑が立川にあるのだからこの辺りもいずれ平和地域になって行くはずだ。そのいずれがいつなのかが不明。また一機、米軍機が基地へ降りていく。

十代の頃、横浜で米軍基地から放送されるFENラジオ、ファーイーストネットワークの音楽番組を聴いていた。いまはAFN、アメリカンフォーシズネットワークと名乗るその英語放送は、在日米軍即刻撤退を願う少年にとって別の魅力をもっていた。アメリカ政府、アメリカ軍、日米安保条約といったものに嫌悪感をもつ者が、アフリカ系アメリカ人たちの流行歌やアメリカ庶民層が聴く音楽に親しむのは自然だった。村上龍『限りなく透明に近いブルー』、山田詠美『ベッドタイムアイズ』といった基地関連の小説もまた、そこに出てくる兵士や青年や恋人を通じて人間そのものの根源的な何かを届けた。世界の矛盾が底なしのねじれ現象を起こし、かつてベトナム反戦ロックコンサートが当事国アメリカで始まったように、FENラジオの天気予報の女性の声は基地からまた人殺しに出かける機会が来ないことを願っているように響くのだった。

横浜の丘は電波の受信が良く、ピョンヤンからの日本語放送も耳にした。AMラジオのつまみを回していると偶然聴こえた謎の世界。「こちらはピョンヤン、朝鮮中央放送です」だっただろうか。繰り返される政治プロパガンダを差し引いて音楽などに集中する聴き方は米軍放送で慣れていたが、韓国と同じ民族が暮らしている日本と国交のないその地から届く合唱は、歌詞がわからないのも幸いして意外にも美しかった。

こうして横浜の少年は世界で最も仲が悪く敵対しているらしい米朝のラジオ放送を交互に聴いた。極東には日本、韓国、北朝鮮、中国、ソ連があり、米軍もいた。どうしていがみ合っているのだろう。どうして軍隊で働かなければいけないのだろう。どうして政治は何も解決しないのだろう。少年は青年になり、ある日FEN深夜放送でゴルバチョフのクラスノヤルスク演説英語通訳版を耳にした。横田基地の兵士も聴いているだろう。聴き取る英語力はないが米ソに続いて韓ソ関係改善、アジア太平洋の核凍結など緊張緩和に、世界が祈りの瞬間を迎えていることを感じた。奥多摩の雪解けのように世界にも花の季節が来るだろうか……。

約三十年後の今日の夕焼けは、世界のいっそうの亀裂を慰めるようだ。湾岸戦争、アフガニスタン空爆、イラク戦争、シリア空爆、南スーダン介入。また一機、米軍機が基地へ降りていく。対抗するように北朝鮮のミサイルも日本海に落ちていく。日本の首相も外務大臣も防衛大臣も火に油を注ぐのが仕事のようだ。沖縄の人びとも震えているだろう。自衛隊は自衛の言葉を超える。戦争という商売。愛国というビジネス拡大。同盟という喧嘩売り。防衛という出撃。戦争放棄が泣いている。

遠くの山を見つめ、妻と休日の散歩から家路に向かう。横田基地よりも長い伝統をもつ多摩の森。いずれすべてはこの自然に返る。森は命の側にあり続けるだろう。

ケンさん

勝嶋　啓太（かつしま　けいた）
1971年、東京都生まれ。詩集『今夜はいつもより星が多いみたいだ』、共同詩集『異界だったり現実だったり』。詩誌「潮流詩派」、文芸誌「コールサック（石炭袋）」。東京都杉並区在住。

ひなたぼっこしながら　おやつの大福を喰っていたら
いつの間にか　隣に見覚えのない奴が座っている
一升瓶片手にヤケ酒風なので　酔っ払いか？
あんた誰？　と言うと
ケンポーだ　と言う
ケンポー？　ブルース・リー？　アチョーッ？
少林寺拳法じゃねえよ！
つうか　ブルース・リーって少林寺拳法だっけ？
……まあ　どうでもいいか……
そうじゃなくて　憲法　日本国憲法だよ
ああ　そっちのケンポーですか……
憲法だけに　ケンさん　って呼んでね
はあ……で　一体何の用ですか？　と聞くと
いや　別に用事があるわけじゃないんだけどさ
たまに顔見せとかないと　あんたら日本人は
すぐ俺がいることを忘れるからさ　と言う
そんなことはないんじゃないですか？　と言うと
でも　あんた　実際のところ
俺のこと　よく知らないだろう？　と言われた
まあ……正直あんましよくわかんないス……
しかも全然　興味もないだろう？
まあ……そうっスね……スミマセン……
まったく薄情だよな　日本人ってのは
俺は　あんたたちをずっと守ってきたのにさ
と　ケンさん　意外と愚痴っぽい
あのー　失礼ですけど
僕　いつ守ってもらいましたっけ？　と聞くと
あんたが生まれた時からずっと　今この瞬間もだよ
と　ケンさん　ちょっとマジギレ気味に言った
例えば　あんたが　好き勝手なこと詩に書いたり
総理大臣や政治家たちをバカ呼ばわりしたり
今のニッポンはケシカラン！とか言っても
逮捕もされず　安穏と大福喰ってられるのも
俺が
あんたらの思っていることを
自由に書いたり言ったりしていいよ
って保障してるからじゃないか
世の中には　自分が思ってることを自由に言えない国や
将軍サマの悪口言ったら殺されちまう国もあるんだぞ
それに比べたら　ありがたいと思わないか？

ああ……そう言われりゃ　そうっスねぇ……
守っていただいて　どうも　ありがとうございます
というわけで　これどうぞ　と大福をあげると
チェッ　守ってやった御礼が大福1個かよ
と不満げに言いつつも　ケンさんは
うまそうに大福を喰ったのだった　そして
そりゃ　俺にも
いろいろ至らねえところはあったかもしれねえよ
アメリカから押し付けられた憲法だとか
理想主義で現実に合わないとか
あることないこと言われたりもするけれど
曲がりなりにも七十年　日本国民を守って
平和で自由な国　目指して　懸命にやって来たんだよ
それなのにさ……

俺　もうすぐ　変えられちまうかもしれない

ああ　なんかそんな話出てますよね
七十年間もうまくやって来られたんだから
なにも無理に変える事ないと思いますけどね
あれ結局　上の者ンが　アメリカのポチとして
アメリカが戦争やる時には　軍隊出して
大統領に頭撫でてもらいたいだけなんでしょ？
ケンさんは　それには応えず

俺は　結局
あんたたちに
また　殺し合いをさせてしまうんだろうか……

と　ぼそり　とつぶやいた

僕は
気にすることないスよ
それはケンさんが悪いんじゃなくて
僕ら日本国民がバカなだけなんですから
と言ったんだけど　言いながら　僕は
これ　何の慰めにもなってないな
と思った

欠片

山口　修（やまぐち　おさむ）
1965年、東京都生まれ。詩集『地平線の星を見た少年』（共著）。『他愛のない孤独に』。東京都国立市在住。

顔も心もない〝国〟という塊に
再び呑み込まれかけていないか

誰もが変わらず
今日一日を過ごしているが

それは　翌日にはやってくる
人の声が　より多くの人の声に
かき消されるように
何かが　より大きな何かに押し潰される

翌々日には　あなたの
小さな小さな欠片が奪われ
あなたはもう
元のあなたで居られなくなるだろう

日常を　誰かれ構わず
出来る限りかき集めたら　それが平和だ
（平和ってそういうもんじゃないか？）
だからこそ奪われてはならない

誰かの休息がわりのコーヒー一杯も
ぼくの怠惰な一日さえも

戦争や爆撃の一切を否み　手にしたもの
当たり前の空の広がりと
その下にある当たり前の日常と
あとは何も要らない

ぼくたちの日々の欠片が
理屈抜きで　破壊と殺戮を否定し打ち砕く
埋め尽くすのだ　こつこつと
日々を　何でもない日常の欠片で
そう、その欠片が　命ひとつのきらめきと
まるで等しいものであるかのように
本当だ、それはあるか全くないか
どちらか一方でしかないのだから

スモールワールド

井上　摩耶（いのうえ　まや）
１９７６年、神奈川県生まれ。詩集『闇の炎』、詩画集『Particulier～国境の先へ』（神月ROIとの共著）。文芸誌「コールサック（石炭袋）」。神奈川県横浜市在住。

ねぇ、世界は小さいって言うけれど本当かもね
願えば叶うって言うけれど本当かもね
世界は繋がっていて
みんなの願いが叶っていくのかもね

誰かが誰かの願いを叶えていて
祈りを 悲しみを 喜びを共にしていて
グローバリゼーションっていうけれど
その言葉の意味より 奥深く心で
シンクロしているのかもね

だから悲しみが大きいとどんどん広がってしまうよ
涙の海が出来てしまう前に
止めないとね
絶対にダメだよって
これ以上の犠牲は哀しいよって
祈ることをしないとね　心からさ

うめだ　けんさく

１９３５年、東京都生まれ。詩集『毀れた椅子』『言葉の海』。
詩誌「伏流水」、横浜詩人会会員。神奈川県横浜市在住。

暗い海で

重い荷を積んだ
疲れきった船が
暗い夜の海に停泊している
コンビナートの明滅する小さな光
あの灯りは何なのであろうか
何かのメッセージなのかもしれない
ぼくにはそう見えた
しかし発信者の姿もなく
沈んだ重い空気を泡立たせ
暗い波間に揺らいでいるだけであった

しかしぼくは
明滅する小さな光から目を離せなかった
視線の先遠く
瞼《まぶた》の内に火花が起こる
海を隔てた砂漠の国
戦火を巻き上げて
酷《むご》く荒れた文明の爪跡を消し去ろうとするのか
矢羽のような勢いでぼくの胸を突き刺す
眼前の暗い海の波頭

ぶつかり合う呻吟《しんぎん》が聞こえてくる
荒ぶる戦場から
弱者の声として
女や子どもの声として
鎮める聖霊の声としてとどいたのかもしれない

星たちの願い

宇宙には
二兆もの銀河系等の
星があるという

我々の棲む地球もその星の一つで
上空できらびやかに輝いて
夢を見させてくれているが

その中の一週で
地球人は美しい星たちを称えて
見上げ星を見ていた

しかし地球人同士が殺し合い
他の星でも争い殺し合いをしている
未来はいかがなるのか

宇宙の平和は何時のことか
夢のような物語りを実現したい
今日でもある

佐藤　勝太（さとう　かつた）
1932年、岡山県生まれ。詩集『名残の夢』『生命の絆』。
日本文藝家協会、日本詩人クラブ会員。大阪府箕面市在住。

悲田院

一千年もの遠い昔
貧窮　病者　孤児を救う
奈良興福寺に悲田院
百年の蓄えの後　武蔵の国の庶衆
悲田所を建てた

そんなに遠くない昔　小学読本に教え
養老の年にお后様の悲田院と施薬院の話し
いま霞関址に非正規の名札が集まる飢饉《けがつ》村
日比谷の渡来公園に叩きだされ
今日の　今夜の施しを受ける身の集まり

田の草はとった　毟ったが粟稗を食った
生まれ育った村を出たのが悪いのか
見限られた　村が悪いのか
そん時　作った米は深川の米倉に
積まれた　まんま

よれよれの金の卵に五分の魂
逢魔が時の非政府《あなーきー》の群れ

飾る錦は胸にしまうか
味噌の香りに風
わが身

非政府《あなーきー》の群れにまじる
孵りそこなった金色たまごに矜持
飾る錦　胸にしまおうか
捨てようか
聳え立つ霊廟*は崩れるだろうか

＊高村光太郎『典型』「協力会議」。「霊廟《もおぞれえ》のやうな議事堂…」
国会議事堂を指す。

和田　文雄（わだ　ふみお）
1928年、東京都生まれ。『和田文雄 新撰詩集』、詩論集『宮沢賢治のヒドリ本当の百姓になる』。詩誌「ケヤキ自由詩の会」。東京都府中市在住。

時代おくれ

池下　和彦（いけした　かずひこ）
１９４７年、北海道生まれ。詩集『母の詩集』『父の詩集』。「はがき詩信」。千葉県柏市在住。

固定電話の受話器を取ると
録音の女の声が
一方的に投資勧誘の話をはじめた
だれが耳を傾けるのだろう
ユーチューブで
いやしの音楽をながら聴きしていたら
急に激しいロックのリズムで
コマーシャルになった
だれが選曲したのだろう
インタフォンが鳴ったので
玄関を開けると
ふたり連れの男女が笑顔をつくって
死後しあわせになるために
と題する冊子を差しだした
だれが目を通すのだろう
町内会の付き合いで
団体旅行に参加したら
焼肉や煮魚や天ぷらや刺身や
椀子《わんこ》そばや野菜サラダや
けんちん汁や炊きこみごはんや
漬物や茶碗蒸しやデザートや何やかや
十数品の料理が次から次へと運ばれてきた
だれが完食するのだろう
ついでに初めて町内会主催の敬老の集いに
人数合わせで出席すると
婦人会の民謡踊りや
のど自慢のご夫婦のデュエットや
騙《だま》されたふりをして見る手品などの舞台に
一所懸命拍手した
だれが愉しんだのだろう
今朝
なんとなく新聞をながめていたら
自衛隊の海外派遣の報道がなされていて
論点は
自衛隊員の安全確保にすりかわっている
だれが
いつ認めたのだろう

鍵を作ろう

秋野　かよ子（あきの　かよこ）
1946年、和歌山県生まれ。詩集『梟が鳴く—紀伊の八楽章』『細胞のつぶやき』。詩人会議、日本現代詩人会会員。和歌山県和歌山市在住。

なにもかも強引に吸い取られていく　言い訳もせずに
奪い取るとき　恐れがないのか　慣れていくのか

人間の基本的人権も　自由も　弱った三権分立も
平和の力も
「人権は金になる」と売り渡し
数の力で　弱いものを痛めつける
まるで当然のことのように　何かにとり憑かれたように
目に見えぬ労力の数字に変えた金は　増えすぎて
遠方の島へ隠した

平和を謳った　この憲法のもとで
瞬時にむしり取っていくとき　世界史が走り寄る

いつもそうだった
平和を守ると言って　武器を作った
これこそが国益のため
国民のため　と使い古した言葉を聞かされる
6千万人とも8千万人とも言われる　あの戦争の死傷者
の前で

「平和は軍事だ」と再び違法の武器をもつ
約束した「平和」は
目の前で紙切れのように剝がされていた

それは聞いたことがなかった
「作られた憲法だ、押し付けられた憲法だ」
と言い始めたのは
学校へ「君が代や日の丸」を困った顔して
押し付けてきたころだった

私は　なにが・・怠っていたのだろう
探しモノをするように見わたしている
平和には形が無かった　平和を手で掴んでいなかった
それほど　平和はしなやかで　おまけに自由に作られて
いく

形の良い平和を作るのは　一人でできはしない
心地よい平和の道を歩くのは　あなたの手がいる
平和を壊されないように　戸締まりの鍵が要る

その鍵を
盗まれたのだ
盗人たちは　慣例のように嘘で美しく形作り　数を増や
　した
「皆さまから選ばれた」者たちである
生活の苦しさを口にすると
高齢者社会を　まず話し
海外の内戦で　飢餓状態の子どもたちをどうするのだ
　と言う
国民は贅沢だと言わぬばかりに
大幅に年金や障害者年金も盗み取り「合法的に自由」を
　掲げて
子どもの　お菓子まで目減りしながら値を上げとなる
「共に分かち合おう」と　原発処理に電気代を上げた

強行採決　何でも通過「黙れ　隠せ　自由だ」
まいにち　憲法を消していく

選ばれし　盗人たちは
選んだ者たちがいるから　こうなるのだと
憲法にある自由を　一人占めして羽ばたいている
「基本的人権はおもしろくない」と言葉を
「公共性」に変えようと

ことばを盗むものたちよ　いつまでも続きはしない
やがて　盗人たちは囚えられる
その時を　じっと見ている
それは優しく　とらえられていくからだ

波の響きと風の音と

米村　晋（よねむら　すすむ）

1937年、韓国ソウル市生まれ。小説『無窮花《むくげ》と海峡』。
石川県詩人会、笛の会会員。石川県金沢市在住。

内灘《うちなだ》町の海岸線に沿って
新住宅地・白帆台の道路
林の方へ小路を曲がれば
海に向かう小高い丘に続く
両側にニセアカシア　黒松
ネムノキの木立が立ち並び
足元にはハマダイコンの白い花
浜昼顔の紫の花が咲く
丘の頂に行き着けば
花咲き乱れる林の中に
忽然として現れる黒々とした
分厚いコンクリートのブロック
台形に組み合わされた建物に行きつく
軍艦の艦橋《かんきょう》か　トーチカの砲台か
過去の亡霊が顕ち上がるような
今に残る「着弾地観測所」跡

一九五三年　朝鮮戦争の勃発
米国は戦場で使う砲弾の製造を
石川県のK製作所など各メーカーに発注
日本の重化学工業はこれで息を吹き返した
朝鮮戦争の戦場では30％が不発
砲弾は製造後試射を経て納入するよう
米国は日本政府に厳重に抗議
首相・吉田茂は米軍に陳謝
急遽　内灘での試射を閣議決定
内灘はもともと寒村の小集落
補償金が少なくてすむため
首相は石川県出身のH代議士に
地元の住民との折衝を指示
「最後の決め手になるのは補償金」
との認識でH代議士は地元と折衝
内灘村民の男達は北海道　三陸に出稼ぎ漁
留守を守る「おかか」たちは
底引き網で獲れた僅かな魚を行商
浜を奪われると生活できない
彼女たちは反対の声を上げる
石川県あげての反対運動になり
外部からの支援団が応援に入る
反対運動の最中に

距離9キロの試射場が内灘海岸に設置される
「着弾地観測所」に観測員が入り
砲弾の命中・爆発を監視
政府との折衝はH代議士の仲介により
七千五百万円の補償金と
河北潟干拓　幹線道路の建設の約束
によって地元民の反対派を抑えた

外部の支援者は日本最初の反基地闘争と見る
地元民にとっては生活擁護闘争
反基地闘争は生活擁護闘争に押し切られ
朝鮮戦争は休戦になり試射場は返還される
朝鮮戦争での北朝鮮の死傷者数四七〇万
日本が戦争特需で経済復興出来たのは
何百万という朝鮮民族の生命と引替えだ
国と住民との基地闘争は　その後
北富士　砂川　三里塚へと引き継がれる

いま観測窓から日本海を望めば
六十余年の時空を超えて
寄せ来る波と吹きすさぶ風の響きに
いつしか砲弾の飛び交う音が重なり
観測所の中に遠く谺《こだま》する
今　施政者は国民の反対を押し切り
戦争関連法案を定め　この国を
積極的な戦争参加に引き込む
「後方支援」の名のもとに
再び戦争特需の利益を得るべく
日本の大企業は施政者の後押しをする
かつては武器を製造するだけだったが
今後は自衛隊がその武器を持って
自ら戦場に乗り込まねばならない
国同士の利害得失の争いは尽きず
戦争へと傾斜していくこの国で
それを阻止できるのは誰だろうか

放つとき
――銃のまわりで――

鳥巣　郁美（とす　いくみ）
1930年、広島県生まれ。詩集『浅春の途』、詩論・エッセイ集『思索の小径』。
文芸誌「コールサック（石炭袋）」「西宮文芸」。兵庫県西宮市在住。

　放った銃弾が行きつく場所《ところ》　端《はな》から時間は帯をなしてやってくる　澄み渡る空との間の　霧に包まれた諸相が浮き出してくる時刻　断ち切られた一人々々が　血の色と共に語り継ぐ生の姿の　執した諸々が一時《いちどき》に浮き　散乱を見る路上を　涙と共に掃き清めてゆく日　時ずれて放った銃の位置を振返る誰彼　一瞬の　発射の匂いも激振も　最早見当らぬ空間が残る　霧の中で取引のように消滅してゆく生の歩み

　壊滅の底をたゆたってゆくのは　霧の中に拡がる無念の滴　生の間際で垣間見ていた　死にゆく者の　惜別《せきべつ》に程遠い終末　独りの我を透かし視るように　末期が迫る既に失われていた言葉を探る　人と人の支えを遠く想い視ながら　強いられてゆく亡びの何故を問いつめている　総ての戦いの姿に潜む末期　突然の襲う　その危うさを連ねた争いの姿　何故に相共々　滅びの道に組み込まれていたか

　呼びとめる偶然に巻きとられて　単《ひと》つの駒となる不可知の成り行き　立ち停まる術もなく組み込まれて　何故を問う暇もなく銃は放たれてくる　霧の中に漂っていたのは　相容れぬ人の心の増幅　養い膨らむ憎しみ　人故の誇りも綯《な》いまぜた力を結んで　堰を切る独りと独りの確執　はたまた無数の絡まる対峙　次第に亡失していった生の所在　銃持つ手前で立ち止まる日の　心の炎は理の内にある　理を超えた灰燼《かいじん》の始末　潮のような戦いの貌《かお》　銃を持つ個の内にそれは潜む

　夥《おびただ》しい人の瞬時の希いが霧を抜ける　ずいと進む空域の途上で巻きとるブラックホールもまた　在る事の証のように　虚を含む天空の表裏　不可思議の縄を摑《つか》んで亡骸を手探る日　茫々の彼方の　ひたすらな火球は　銃持つ意志さえも呑みとってゆく

二つの墓の対話

春彼岸の日射しの中　並んでたっている二つの墓石――
両方の墓石の縁には　うっすらと有るかなしかの苔の緑
「北朝鮮が　またミサイルを日本海に向け発射したの
だってね」と右の墓の住人が言う
「周りの国がどうあっても、日本は絶対に戦争をしない
と宣言したのだから、それを守っている限り、そういう
国へは、他国も攻めてこないのではないか」
と左の墓の住人は言う
「それはあまりにも楽観的過ぎないか？　スイスが永世
中立国を称えられるのは、強力な軍事力を背景にしてい
えることであって、丸腰では他国に占領されても従うほ
か、なにもできないのではないか」
と右の墓の住人
「最近の世論調査では『どちらともいえない』という回
答が種々の問いに対して増えているそうだ」
「ユーラシア大陸の果てに位置して、資源も乏しい日本
が、今度の大戦で敗《ま》けるまで二千年、他国の支配や他民
族に蹂躙《じゅうりん》されることなく過ごせたのは、むしろ僥倖《ぎょうこう》だっ
たということなのだろうね」
「元寇の時も黒船から維新にかけての時代にも、我々の
祖先は戦い懸命に国を守ってくれたのだよ」
「そう、日本はもう『絶域』でも『極東』でもないのだ
よ。長く放っておかれた時代は終わって、これからは両
大国の狭間に生きる小国としての、したたかな外交的舵
取りの要求される時代なんじゃないかね」
「うーん　我々はむしろ戦後の平和憲法のもとにつづい
た小春日和のような時代を享受できたというわけか」
「改憲しようという側も、憲法を擁護しようという側も
それぞれの立場から願っていることは、平和で安全な生
活――同じなのだよ」
「そう　同じところへゆきつこうとしても、どちらの道
をとるかによって、もとの所にはもどれないで、後に大
きな違いがでてくる――今はそういう岐路にいるのかも
しれないね」
「ロバート・フロストの詩ではないが、
“The Road Not Taken（選ばなかった道）”
というのが思いだされるね」
二つの墓の対話はまだまだ続きそう――
墓石がびっしり緑の苔に覆《おお》われるまで

結城　文（ゆうき　あや）
1934年、東京都生まれ。詩集『花鎮め歌』『夢の鎌』。
詩誌「竜骨」「漪」。東京都港区在住。

馬脚を露わす

職場でビルの地下にある汚水槽と湧水槽の劣化、故障を男が報告したら各二台ずつの四台すべてを交換すると言う
オーナー了解で、工事屋が手配され、順調に一日で了った
ところが、試運転してみると電流値も圧力も交換前と正反対になった（同じように見えても、容量が倍異なっている）
現場の男が文句を謂い、工事責任者を呼ぶと「反対に付けたかも知らない」と呟いたのだった
かように、物事の現場と営業や更に上の者とで話が行き違ったり、勝手にやられる事も多いのだ（本題に移そう）
そこで、日本国憲法も、国民の要望や世論に基いて改めようとする時に齟齬が起こる
改正のつもりが、改悪へ（こんなはずでは無かった？）
反映されるはずのものが、無視へ（と、謂ってももう手遅れ？）
初めて国政を自民党から民主党が奪った時、それを祝ったら何故か嘲われた？（惨憺たる三年間で理解させられた）
今、豊洲市場やオリンピックの問題で、小池新都知事が、あの石原氏、猪瀬氏、枡添氏も出来なかった都庁や他の情報公開を断行中だ
良い意見や計画から始まっても、中途で時の為政者や巨大な官僚機構の中で、巧妙に変えられ、当初とは似ても似つかぬ代物に化かされる？
正直言って、新聞でチラッとたまたま自民党の憲法草案なるものを覗いてみた。唖然とした（読むに耐えない代物？）
〝緊急事態条項〟に名を借りた国民拘束？致るところに何うしたら、そんな発想になるのか？と思うような〝人権〟無視への逆行？
確かに、現憲法の掲げる前文は、「平和を愛する」が戦争だらけの現実と合わないし？
武力無しに国が守れるとも思えない？
国民一人一人の今の基本的人権を貶《おとし》めてまで守る〝国家〟って何か？（戦争は厭だろう）
時代に応じて九条を変えないで良いユートピア社会が来るとも思われない？

山岸　哲夫（やまぎし　てつお）
1947年、石川県生まれ。詩集『景福宮の空』『純子の靴』。
詩誌「ガニメデ」「ゆりかもめ」。埼玉県坂戸市在住。

ぼくの先を

吉川　伸幸（よしかわ　のぶゆき）
1967年、三重県生まれ。詩集『今届いた風は』『こどものいない夏』。
三重詩話会会員。三重県多気郡在住。

今ぼくが歩いているところを
さっき歩いていた人が
ぼくの先を歩いている
この先
今あの人が歩いているところを
ぼくは歩いているだろう

先々でふしぎと
花の香りがしたり
汗の匂いがしたりしたのは
先を歩く人がおいていったものだったのだろう

あの人にはこの景色がどんなふうに映っていたのか
あそこはどんな景色が見えるのか

あの人はふりむかない
まっすぐなうしろ姿を
雨が横なぐりにしたり
月がぼんやり照らしたりしている

あの人もまた
先を歩く人の跡を歩いているのであろう
先を歩く人もまた
その先を行く人の跡を歩いているのであろう

さらに先の　遠い先の人たちの前には
景色が力強く開けてくるのであろうか

われらとわれらの子孫のために
と刻まれた願いの道は
核のふるなか　基地のふるなか　秘密のふるなか
今や雑草が高く生い茂っている
あの人たちは　かきわけかきわけ
道を歩いていった人たちの跡をたどっているのにちがい
ない

今霧がたちこめ
あの人の影がかすむ
あとから歩いてくる人に
ぼくは何をおいていくのだろう

日本列島の形をした雲

中山　直子（なかやま　なおこ）
1943年、東京都生まれ。詩集『ロシア詩集銀の木』『春の星』。
詩誌「真白い花」「アリゼ」。神奈川県横浜市在住。

春の嵐の明くる朝
早く起きて　庭を歩いていた
ふと　空を見上げると
少し桃いろがかった
さまざまなパーツがよりあったような
雲が浮かんでいた
めずらしい形の雲だ
何だか日本列島に似ている
と思っていると　雲が言った
「うふふ　わたし　日本列島です」
やはり　そのつもりだったのか
それにしては　随分形が自由すぎる
でも　せっかく　雲が
そのつもりになっているのだから
あまり　くさしては気の毒だ……
「そうね　日本列島だって　すぐわかったよ
ちょっと　形が自由すぎる気もするけど」
「ええ　そこなんですよ！」雲は少し下におりて来た
（せっかく晴れたのに　また雨を降らせないでよ）
と思ったが　雲は身を乗り出して　熱心に言う

「今の日本て　こちこちでしょう
もっと　自由に　自由に
スヴァボードゥナ　スヴァボードゥナ！」
雲は　昔子供たちに　バイオリンを教えていた
チャイコフスキー音楽院生の口ぐせそっくりに
ロシア語で言った
腕の動きがかたいと　彼女はよく
「スヴァボードゥナ　スヴァボードゥナ」
と言いながら　手を添えて動かしてやっていた
「そうか　今の日本には
自由が無いって　言いたいのね」
「そう　こちこちはだめ
みんな自由に生きられれば
戦争もなくなるの！」
雲はきっぱりと言いおくと　頭をあげて
北北東の方角に　ゆっくりと進みはじめた
まもなく　たくさんの雲たちが来て
空全体に広がり　南南西の風に乗って動いていった

解説・編註

解説

詩歌の心で黄金の共生の願いを明日につなぐ

佐相憲一

日本国憲法は第二次世界大戦後の一九四六年十一月三日に公布され、一九四七年五月三日に施行された。よって、五月三日は憲法記念日として国の祝日である。五月四日はみどりの日、五月五日はこどもの日として祝日であるから、黄金週間を彩る三連休が形成されている。新緑の空に鯉のぼりが揺れる光景は一年の中でも最も人気のあるシーズンの一つだ。四季のある風土のもとで、憲法記念日のイメージは明るくさわやかな肯定的ニュアンスをもっていることが多いだろう。休みなら何でもいいと言う向きも少なくないだろうが、戦後から現在に至る日本社会において、憲法記念日は突き抜けた青空のような崇高な記念日であるように思われる。

この憲法ができて以来、いろいろあっても第三次世界大戦は起きておらず、日本が正面きって当事国となった戦争も起きていない（まやかしの加担はあったが）。また、人びとは戦後社会の中で何か人権じゅうりん的なことがあると「憲法違反」と口にするようになった。戦前の大日本帝国憲法では家来のような臣民扱いだったわけだから、平和主義と共に憲法の三大原則とされる国民主権と基本的人権の意識も飛躍的に浸透していったと言えよう。

その日本国憲法は現代日本の最高法規であり、あらゆる法律の上に位置する筈である。「筈である」と書いたとたんに、さまざまな政治的言い逃れや国民・市民側の敗訴などの現象が、戦後の事実として押し寄せてくる。

しかし、いまは踏みとどまって、この憲法の理念が戦後無数の人びとの暮らしや権利、生命を守ってきたことにこそ目を開きたい。施行から二〇一七年五月三日でちょうど七十年となる。世論調査では、改憲派は多数を占めておらず、特に戦争放棄の第九条などは変えたい人の割合が高くない。

にもかかわらず政治の場では改憲を煽る動きがいよいよ盛んだ。この『日本国憲法の理念を語り継ぐ詩歌集』を編集して刊行するのは、そうした危険な動きに待ったをかける力になりたいからである。詩歌という分野の根源的なところからそれを発したい。

＊　＊　＊　＊　＊　＊

人の心の眼が独自に見つめる深さと広さにおいて世界や自己の本質を表現するのが詩歌であろう。本来、地球人類の心臓の数だけ多様な眼があり、それを文芸技術を駆使して表現できた者が世に発表し、命が命の行間を読むことで書き手と読み手のダイナミックな心の交信が生まれる。古今東西、一篇の詩歌作品との出合いが一人の人生を大きく変えることだって無数に繰り返されてきただろう。その文学行為は、それ自体が相互の存在の尊重を基礎にして成り立つものである。人類の文化遺産によって、遠い昔に死んでしまった異国の詩人の作品でも親しく読むことが可能だ。地球上にはこれまで無数の個性が生きて死に、その中に光り輝く深部のつながりがあり、思いもよらぬ新鮮な刺激があり、きっかけがあり、共感があるということを文学作品によって知り、実感することができる。そのような時空を超えた文学体験を活かす道では、国家分断や戦争や検閲や圧政などは大きな障害となる。自由な精神と相互尊重の心こそが世界文学・日本文学にとって大切であろう。どんなテーマのどんな手法の作品であれ、一つ一つの命が発するものを聴き取る環境と風土が歓迎されるだろう。その根幹において、詩歌を始めとする文学の心は命の側に立っているのだ。そしてその基本方向は、まさに日本国憲法の理念の方向と重なる。

＊　＊　＊　＊　＊　＊

わたしは基本的に文学作品のテーマや内容や手法は無数にある方がいいと考える者である。文学スタンスはまちまちだろう。わたしはそれらのすべての立場を肯定した上で、それを他人にまで強制する動きには警戒したい。創作者は数の力で書くのではなく、あくまで約七十億人の中の一存在であることを自覚して、自らの課題として深めるからこそ、見知らぬ他者の心に響くのだろう。

その意味で、この本に参加していない詩人・歌人・俳人たちに対して、この本で差別化をはかる意図は一切ないし、さまざまなテーマで日々作品を発表している全国各地の詩歌人たちの仕事への敬意をここに記しておきたい。

また、この本に収録した作品群それぞれは多様なものを背負っており、わたしは編者として、すべての作品の価値を認め、各章のすべての位置の重要性を強調したい。そうした前提に立って、いまこの本を共同刊行することの意義を確認したい。

＊　＊　＊　＊　＊　＊

もっともこれは編集者の問題意識であり、広範な読者の側では、どうぞ自由に読んでいただきたい。共感する作品もあれば嫌いな作品もあるだろう。それぞれの評価自体がまた、民主主義というものだろう。この本の読書体験を通して、それぞれに何か得るところがあるなら幸いだ。

かく言うわたしは、この憲法を自分の名前に背負う者である。一九六八年（昭和四十三年）五月三日から四日に入った真夜中にわたしは生まれた。それで父親が母親に提案して憲一と名づけた。平和憲法の憲、というわけだ。この年は世界中でベトナム反戦運動が盛り上がり、学生運動や労働運動も激しかった。わたしが生まれる一か月前にはアフリカ系アメリカ人の人権運動リーダーであったマーティン・ルーサー・キング牧師が暗殺され、生まれた後には八月にチェコスロバキアの「人間の顔をした社会主義」（プラハの春）がソ連軍などに圧殺された。それでもサイケデリックモードとミニスカートの流行の時代に世界中で人権・平和へのたたかいが実践され、日本でもわたしの故郷・横浜を始め、日本国憲法の平和や人権の理念を強調する自治体が全国にひろがった。わたしの父母は離婚し、その後の複雑な関係からどろどろしたものやひんやりしたものがもたらすものにわたしは苦しんできたから回想は苦痛であるが、彼らに対して二つ感謝していることがある。一つはたとえ想定外のものであったとしても、わたしという命の物語の誕生に機会を与えたこと。もう一つは平和憲法が一番という名前・憲一によって、後に自分自身の意思でさらに地球自然の

＊　＊　＊　＊　＊　＊　＊

生命詩想へと向かうきっかけをつくったことである。

誕生以来の四十九年間、わたしは「命」というものについてずっと考えてきた。幼少の頃奇病にかかり、あと三十分手術が遅れていたら死んでいたという体験をした時に垣間見た「死」は恐ろしかった。奇跡的に生還したが、死ぬということのリアリティはいまもこの身が記憶している。だから他者の命の心細さにも目が向いてしまうのかもしれない。イラクのこども、アフガニスタンのこども、シリアのこども、世界中の戦火の中の人びと。その一つ一つの心臓の音が聴こえてくるようだ。戦争放棄と共存志向はそのような実存感覚に支えられている。

殺人事件で大騒ぎする世間が、国家同士のいさかいになると急に平気で武力行使を肯定し、人数次第では死もやむを得ないなどと観念的に考えるのは怖いことだろう。誰だって寿命まで生きてほしい。ナニ人だから死んでもいいとか、ナニ人の命は何倍の価値があるとか、ナニ教やナニ主義のために他を殺すとか、そういう独善的な思想はきっぱりと断ち切りたい。

わたしは二〇〇四年の結成以来、「九条の会詩人の輪」（賛同者約一一〇〇人）のよびかけ人をしている。現代のさまざまな表現傾向の詩人たちが平和の一点で共同する姿に励まされている。いま、共謀罪という憲法違反の弾圧法案に広範な国民の批判の声が寄せられているが、憲一の憲はこれからも、憲兵や官憲の憲ではなく、

改憲の憲ではなく、基本的人権憲法の憲、平等主義憲法の憲、国際友好憲法の憲、平和憲法の憲、でありたい。わたし自身も常に命の側からのチェックを忘れないようにしたい。

＊　＊　＊　＊　＊　＊

日本国憲法から引用しよう。

〈日本国民は、正当に選挙された国会における代表者を通じて行動し、われらとわれらの子孫のために、諸国民との協和による成果と、わが国全土にわたつて自由のもたらす恵沢を確保し、政府の行為によつて再び戦争の惨禍が起ることのないやうにすることを決意し、ここに主権が国民に存することを宣言し、この憲法を確定する。そもそも国政は、国民の厳粛な信託によるものであつて、その権威は国民に由来し、その権力は国民の代表者がこれを行使し、その福利は国民がこれを享受する。これは人類普遍の原理であり、この憲法は、かかる原理に基くものである。われらは、これに反する一切の憲法、法令及び詔勅を排除する。

日本国民は、恒久の平和を念願し、人間相互の関係を支配する崇高な理想を深く自覚するのであつて、平和を愛する諸国民の公正と信義に信頼して、われらの安全と生存を保持しようと決意した。われらは、平和を維持し、専制と隷従、圧迫と偏狭を地上から永遠に除去しようと努めてゐる国際社会において、名誉ある地位を占めたいと思ふ。われらは、全世界の国民が、ひとしく恐怖と欠乏から免かれ、平和のうちに生存する権利を有することを確認する。

われらは、いづれの国家も、自国のことのみに専念して他国を無視してはならないのであつて、政治道徳の法則は、普遍的なものであり、この法則に従ふことは、自国の主権を維持し、他国と対等関係に立たうとする各国の責務であると信ずる。

日本国民は、国家の名誉にかけ、全力をあげてこの崇高な理想と目的を達成することを誓ふ。〉　（前文）

〈日本国民は、正義と秩序を基調とする国際平和を誠実に希求し、国権の発動たる戦争と、武力による威嚇又は武力の行使は、国際紛争を解決する手段としては、永久にこれを放棄する。

前項の目的を達するため、陸海空軍その他の戦力は、これを保持しない。国の交戦権は、これを認めない。〉
（第九条）

〈国民は、すべての基本的人権の享有を妨げられない。この憲法が国民に保障する基本的人権は、侵すことのできない永久の権利として、現在及び将来の国民に与へられる。〉
（第十二条）

〈すべて国民は、個人として尊重される。生命、自由及び幸福追求に対する国民の権利については、公共の福祉に反しない限り、立法その他の国政の上で、最大の尊重を必要とする。〉（第十三条）

〈すべて国民は、法の下に平等であつて、人種、信条、性別、社会的身分又は門地により、政治的、経済的又は社会的関係において、差別されない。〉（第十四条）

〈何人も、いかなる奴隷的拘束も受けない。又、犯罪に因る処罰の場合を除いては、その意に反する苦役に服させられない。〉（第十八条）

〈思想及び良心の自由は、これを侵してはならない。〉（第十九条）

〈信教の自由は、何人に対してもこれを保障する。いかなる宗教団体も、国から特権を受け、又は政治上の権力を行使してはならない。

何人も、宗教上の行為、祝典、儀式又は行事に参加することを強制されない。

国及びその機関は、宗教教育その他いかなる宗教的活動もしてはならない。〉（第二十条）

〈集会、結社及び言論、出版その他一切の表現の自由は、これを保障する。

検閲は、これをしてはならない。通信の秘密は、これを侵してはならない。〉（第二十一条）

〈婚姻は、両性の合意のみに基いて成立し、夫婦が同等の権利を有することを基本として、相互の協力により、維持されなければならない。〉（第二十四条）

〈すべて国民は、健康で文化的な最低限度の生活を営む権利を有する。〉（第二十五条）

〈すべて国民は、法律の定めるところにより、その能力に応じて、ひとしく教育を受ける権利を有する。

すべて国民は、法律の定めるところにより、その保護する子女に普通教育を受けさせる義務を負ふ。義務教育は、これを無償とする。〉（第二十六条）

〈勤労者の団結する権利及び団体交渉その他の団体行動をする権利は、これを保障する。〉（第二十八条）

〈何人も、現行犯として逮捕される場合を除いては、権限を有する司法官憲が発し、且つ理由となつてゐる犯罪を明示する令状によらなければ、逮捕されない。〉（第三十三条）

〈何人も、理由を直ちに告げられ、且つ、直ちに弁護人に依頼する権利を与へられなければ、抑留又は拘禁されない。又、何人も、正当な理由がなければ、拘禁されず、要求があれば、その理由は、直ちに本人及びその弁護人の出席する公開の法廷で示されなければならない。〉（第三十四条）

〈すべて司法権は、最高裁判所及び法律の定めるところにより設置する下級裁判所に属する。

特別裁判所は、これを設置することができない。行政機関は、終審として裁判を行ふことができない。
すべて裁判官は、その良心に従ひ独立してその職権を行ひ、この憲法及び法律にのみ拘束される。〉
(第七十六条)

〈この憲法が日本国民に保障する基本的人権は、人類の多年にわたる自由獲得の努力の成果であつて、これらの権利は、過去幾多の試錬に堪へ、現在及び将来の国民に対し、侵すことのできない永久の権利として信託されたものである。〉
(第九十七条)

〈この憲法は、国の最高法規であつて、その条規に反する法律、命令、詔勅及び国務に関するその他の行為の全部又は一部は、その効力を有しない。〉(第九十八条)

〈天皇又は摂政及び国務大臣、国会議員、裁判官その他の公務員は、この憲法を尊重し擁護する義務を負ふ。〉
(第九十九条)

こうしてあらためて読んでみると、現代社会の常識とも言えるこれらのルールが、この憲法ができるまでは常識ではなかったということ、ここに力説される方向を日本の市民が獲得してからまだほんの七十年しか経っていないことに驚かされる。そして世界にはここに記された国民の権利が保障されていない国も少なからずあるのだ。同時に、いまの日本の状況や風潮に照らし合わせると、これらの文言が鋭い風刺詩のように皮肉に響いてくる。静かに、だが高らかにその存在感を示し続けるこれらの最高法規の文章が、報道されているさまざまな問題において昨今の怪しい動きを批判しているようで痛烈である。これほど大切なものを率先して破ろうとしている、あるいはすでに破っているのが権力者だとしたら、恥ずかしい国である。

憲法「改正」と豪語してこうしたエッセンスを改悪してしまったら、取り返しのつかない道へすすみかねない。日本の国民・市民を教育勅語のような時代に戻してはいけない。一つ一つの多様な命を国家戦争の道具にしてはいけない。そしてわたしたちの個の文学行為を戦前のような体制翼賛的なものにおとしめられてはならない。

この憲法のいったいどこが古くなったというのだろう。むしろもっとこの方向へと完全実施していくべきではないだろうか。日本国憲法の理念にまだ社会現実が追いついていないのなら、率先してこの方向で人類史を前にすすめたいものだ。それこそが小さな島国・日本が世界に誇れる道であり、本当の国際貢献だろう。

その実践自体が壮大な叙事詩であり、一つ一つの命と心の自由で繊細な抒情詩であろう。詩歌そのものの自由で深い多様な発展・充実の願いは、この憲法理念が記す人類共生の願いの方向と重なっているのだ。

解説

カントの永遠平和論を抱き個人の尊厳を二度と喪失させないために

『日本国憲法の理念を語り継ぐ詩歌集』に寄せて

鈴木比佐雄

1

明治維新後の日本は、富国強兵という国策によって大日本帝国として、沖縄・台湾・朝鮮半島・中国や東南アジアの国々を侵略していったことは歴史的な事実だ。それを支えたのは赤紙一枚で国民皆兵として自国民に兵役の義務を負わせる徴兵制と天皇の統帥権を侵してはならないとする明治憲法だった。その憲法はアジアの民衆に多大な損害を与え、主要な都市を焦土とされて数多くの国民の命を犠牲にして消滅したかに見えた。けれどもこのような大日本帝国の暴走の後遺症は、今もアジアの民衆のトラウマとなって甦ってきている。日清・日露戦争はともかく、十五年戦争（日中戦争・太平洋戦争）でさえ侵略戦争ではないと言い張り、靖国神社に参拝することを信条とする政治家たちの歴史修正主義が、どれほどアジアの民衆やサンフランシスコ平和条約を結んだ連合国の他者たちを不安にさせるだろうか。そのような想像力の欠如は、政治家やその政治家を支持する人びとの深層に偏狭で恐るべきナショナリズムがいまだ根強く存在しているからだろう。

そんな十九世紀末から二十世紀の半ばまでの大日本帝国憲法が生み出した悲劇を経験した日本人の多くは、その明治憲法を悪用されて生きざるを得なかった犠牲者であると同時に戦争に加担した加害者であるというダブルマインドを抱えた存在だろう。そしてそんな父母や祖父母や親族を持つ私のような戦後生まれの者は、その戦争へのダブルマインドに気付きながら戦争の悲劇を身近に感じていたのだった。いま直接的に戦争を経験する世代が数少なくなる中で、平和の尊さや人権や生存権などを個人の内面の奥深いところで、他者とつながる地平を通して詩歌で後世に伝えていく試みがなされてきた。

一九四六年十一月三日に公布されて一九四七年五月三日に施行された日本国憲法は、一九四五年のポツダム宣言を受諾したことから、基本的人権尊重主義や平和主義に基づいた憲法改正の義務を負ったとされる。それを受けた連合国軍最高司令官（ＳＣＡＰ）総司令部（ＧＨＱ）である進駐軍のマッカーサー司令官は、ＧＨＱ民政局長だったコートニー・ホイットニーをリーダーにした二十数名に「マッカーサー草案」を指示し「憲法改正草案要綱」が作られた。ただ弁護士だったホイットニーたちは誰も憲法の専門家ではなかったが、アメリカ憲法や世界の憲法やカントの永遠平和論なども参考にし、また日本の民間の植木枝盛らの自由民権運動が生み出した私擬憲法や大正デモクラシーの歴史、また私擬憲法の歴史研究者であった鈴木安蔵たちが中心になって作った「憲法草案要綱」の国民主権・象徴天皇制などの考え方が、日本にも存在していたことなどを参考にして「マッカーサー草案」は出来上がった。実は当時の内閣総理大臣幣原喜重郎が、戦争放棄を入れるようにマッカーサーに進言した証言録も発見されて、敗戦当時の日本人の平和への思いの強さがそれを促したとも考えられている。その意味では日本国憲法は、ポツダム宣言を受け入れた日本が戦後世界で名誉ある地位を得るために、十五年の戦争の悲劇を乗り越えて日米の知恵を駆使した最高傑作であったと言えるだろう。マッカーサー司令官のポイントは左記の三点だったと言われている。

　1.「天皇は、国家の元首の地位にある」(The Emperor is at the head of the State) 2.「国家の主権的権利としての戦争を放棄する」(War as a sovereign right of the nation is abolished) 3.「日本の封建制度は、廃止される」(The feudal system of Japan will cease)

　君臨するけれど統治せずの国民総意による象徴天皇制、二度と世界の脅威とならない戦争放棄、基本的人権を実現するために封建制度の改革の三点が最も重要な決め手であった。その意味では日本国憲法は、日本を平和国家として生まれ変わらせた装置ともいえる人類の知恵の結晶である理念を幸いにも宿すことが出来たのだ。当時の幣原喜重郎内閣によって日本国憲法は提案されて、人類が多くの犠牲を払って獲得した基本的人権、国民主権、三権分立、平和主義などを根幹としていた。そんな国民の権利や自由に基づく崇高な精神性を根幹とする憲法は、多くの都市を空爆され破壊されて、ついには原爆で灰燼に帰した広島・長崎を経験したからこそ、平和の尊さを骨髄に感じて日本はその後の七十年間も誇りとしてきた。

　そんな日本国憲法の精神性について歌人・俳人・詩人などの短詩系文学者たちは、どのようにして精神の奥深いところで基本的人権という個人に立脚しそれと対話し自問しながら表現してきたか。そのような観点から集められたものが本書の作品群である。

　「序文に代えて」の「戦没者の鎮魂とは」は、歴史学者の色川大吉氏の著書『わだつみの友へ』(岩波文庫同時代ライブラリー)から再録させて頂いた。学徒出陣から五十年の一九九三年に刊行された『わだつみの友へ』で色川大吉氏は、同世代の戦死した若者たちが残した言葉を読み解き、国家から死を強いられる無念な思いや恐怖や痛ましい断念を浮き彫りにさせている。と同時にこのような無惨な死を国民に強制して恥じない国家主義の問題点を「戦没者の鎮魂とは」で次のように指摘している。〈日本の庶民は祖霊の眠るふるさとのことを「くに(故国)」といった。そこは父、母の住みたもう場、産土《うぶすな》の神の宿る所、おのれを育て包んでくれた世界(自然と共同体)であって、権力者たちのいる統治機構としての国家とは異質のものであった。〉「序文に代えて」を寄せてくれた色川大吉氏は「くに」を強引に「国家」に集約させる国家主義を「邪悪な意図」と指摘する。そんな個人の尊厳や自由や生命を二度と喪失させないために、歌人・俳人・詩人たちはどんな作品を書いているか。平和憲法の理念を語り継ぐ二二三名の作品を読んで頂きたい。

2

『日本国憲法の理念を語り継ぐ詩歌集』は13章に分かれている。1章「短歌――万世の平和」は十人の短歌から始まっている。小野十三郎は戦中・戦後に『詩論』『続詩論』228を書き継ぎ、その219で「万葉であれ芭蕉であれ、抑々その三十一音字型や十七音字型の、それによって一つの定型を成立せしめている韻律や声調そのものに対して、まっさきに抵抗を感じないような精神は、やはりリズムを批評（思想）として感知し得ない古い奴隷の感情の上にあるものであって、写実や写生を方法としながらリアリズムの反対である。」と語っている。そして「短歌的抒情」の問題点を「抒情の本質にある批評の要素を射あてていない」からだと指摘する。さらにこの「短歌的抒情」は短歌にあるよりも他のジャンルに入るときに猛威を発揮すると言う。そして国家や天皇制を定型のリズムに乗って肯定してしまい、批評（思想）を排除しようとする「短歌的リズム」や「短歌的抒情」の問題点を提起したのだった。小野十三郎の真意は、短歌だけでなく詩も俳句も抒情の概念をもっと広げて胸に突き刺さるような本質を抱え込んだ新しい抒情を産み出すべきだという詩論だった。戦後の心ある歌人や俳人や詩人などは、この小野十三郎の「短歌的抒情」の否定を自らの問題として考えたに違いない。

石川啄木の「意地悪の大工《だいく》の子などもかなしかり／戦《いくさ》に出でしが／生きてかへらず」では、日露戦争で幼馴染の大工《い》が「生きてかへらず」だったことを怒りのように悲しんでいる。与謝野晶子の「ひんがしの国のならひに死ぬこと誉むるは悲し誉めざれば悪し」では、戦死者を誉れとする当時の日本社会の風潮を批判している。短歌にはこのような社会詠の伝統が百年以上前からあり、それは批評を抱え込んだ良質な抒情こそが古びることなく歴史の中で語り継がれていくのだと思われる。宮柊二は「ひきよせて寄り添ふごとく刺《さ》ししかば声も立てなくくづをれて伏す」と中国人を殺傷した感触を通して戦争の惨さを身を持って伝える。馬場あき子は「素足の子素足かがやくホームルームに斬新なりき基本的人権は」と、靴を買えない「素足の子」の足が「基本的人権」のように輝いていたことを記す。戦後に「憲法草案要綱」を執筆した鈴木安蔵は治安維持法で逮捕された獄中で短歌を詠み、敗戦の年に「東條を呪ひ木戸を罵る声満つるあゝ、されどその背後にあるものを思へ」と民衆を支える憲法を構想していたのだろう。吉川宏志は「エネルギー喪いて国の死にゆくを個人の死より怖れ来たりつ」と、国家のエネルギー政策を「個人の死より」も優先していいのかと訴える。奥山恵は〈式場の「立たない」教師を生徒らはふりかえり見るわれはわれを見る〉と、「君が代斉唱」で「立たない」教師の「内心の自由」を見ている。望月孝一は「五月三日の集い賑わす半数女性不断の努力は手抜きが効かず」と、平和憲法を守り続けていくことは「不断の努力」で「手抜き効かず」だという。郡山直は「のこのこと芽を出してくる国家主義逆行目指す輩《やから》たちが」と、いつのまにか「国家主義」の芽が至るところからはびこる危険性を感じている。加部洋祐は「核ミサイルを核ミサイルで迎撃す物狂ほしき逢瀬はありや」と、核の抑止力の行き着く果てに遭遇する恐怖の世界を垣間見せる。

3

２章「俳句――九条の緑陰」は十七名の俳人の俳句からなっている。金子兜太は「九条の緑陰の国台風来」、「朝蟬よ若者逝きて何んの国ぞ」と、九条という緑の四阿《あずまや》が暴風雨で飛びそうであり、若者を戦地に向かわせようとする国家にはそのような資格がないと警告する。鈴木六林男は「體内の鐵片うごく幾月夜」、「憲法を変えるたくらみ歌留多でない」と、鐵片が動き疼くたびに戦争を想起し、憲法を変えることは条文の言葉いじりではなく、平和を損ねる危機感を突き付ける。佐藤鬼房は「戦こばみ続けて眼窩だけ残る」と、戦争放棄の意志を持って生涯を送った。高野ムツオは「仮設百燈一燈一燈寒の華」と、大震災・原発事故による仮設に暮らす「一燈一燈」の個人宅が華やぐ花のような輝く場所であってほしいと願っている。能村登四郎は「若者に死を強ひし世や木下闇」と、国家が若者を犠牲にする世を認めない。能村研三は「吼え極め今鎮魂の春の海」と、東日本大震災の死者たちへの鎮魂の思いを「春の海」へ広げている。宗左近は「二十世紀　戦死者一億七千万　牡丹雪」と、東京大空襲で焼死した母を含めて世界中の戦死者を鎮魂し続けた。齋藤愼爾は「白梅をセシウムの魔が擦過せり」と、原発事故が日本人の詠ってきた白梅や四季への思いも根底から破壊したことを告げている。永瀬十悟は「あおぞらや憲法みどりこどもの日」と、青空の下で平和・自然・子供の三位一体を祝福する。平敷武蕉は「鎮まれとは言えず摩文仁の冬木霊」と、沖縄戦で亡くなった二十万人を超える人びとの霊魂を摩文仁の丘で感じてしまうのだ。松浦敬親は「開戦日アリゾナの死者千百余」と、真珠湾攻撃で米国に戦争を仕掛け兵士たちの命を奪った責任を見詰める。吉平たもつは「若者が春泥を越え兵になる」と、安保関連法案が成立し、憲法が変えられたら若者たちが兵になって命を落とすことを透視している。武良竜彦は「戦後また戦前と化し遠花火」と、今は新たな戦争に向けた「戦前」でないかと花火の音が砲撃の音に聞こえているようだ。春日石疼は「わだつみのこゑを恐れて父の夏」と、戦争の最大の被害者であった父の世代の遺言を恐れるべきだと言う。大河原政夫は「東洋鬼《トンヤンキ》と呼ばれし祖国いとど跳ぶ」と、中国で恐れられた日本兵の侵略的行為を忘れるべきではないと語る。宮崎千呂は「国栄え個は亡ぶべし美し五月」と、個人よりも国家を優先し憲法の基本的人権を顧みない総理大臣の美意識の底の浅さを皮肉っている。井口時男は「敗戦忌夭《わか》き死はみな汗臭く」と、若者たちを死に追いやった戦争の記憶を夏の汗と共に身体から甦らせるのだ。

4

3章の「詩――くずれぬへいわをかえせ」は、故人となった詩人たちの詩篇であり、戦争や世界の苦悩の中から基本的人権の理念の形を探し出し、個人の存在の価値を浮き彫りにして目の前に提示してくれている。

宮沢賢治の「雨ニモマケズ」では、「東ニ病気ノコドモアレバ／行ッテ看病シテヤリ」と個人の幸せや救済を願う。村上昭夫の「一本足の廃兵」では、「街角に一本足の廃兵が立つと／街は虹のように美しくなる」のだ。峠三吉の「『原爆詩集』の序」では、「にんげんのよのあるかぎり／くずれぬへいわを／へいわをかえせ」と平和を根幹に据える。福田須磨子の「忌《い》まわしき思い出の日に」では、長崎原爆の「うめき続ける人達の放つ異臭／水……水……　とうごめく姿」が記されている。大平数子の「慟哭」では、広島原爆で子を亡くした母が憎しみを越えて「正義とは／つるぎをぬくことではないことを／／正義とは〝あい〟だということを」語りかける。浜田知章の「太陽を射たもの」では、「彼らがヒロシマ、ナガサキで冒した／原子爆弾による人間殺戮のことだ」と実行者たち個人の良心に問い続ける。鳴海英吉の「被爆」では、中国残留孤児だった「首から一元・二元と　書かれた木札をさげ／難民収容所の前に　並んでいた子供達」が買われていった姿を焼き付けられる。嵯峨信之の「ヒロシマ神話」では、「一瞬に透明な気体になつて消えた数百人の人間が空中を歩いている」と肉体を探している被爆者たちを幻視している。小熊秀雄の「丸の内」では、「『戦争に非ず事変と称す』と／ラヂオは放送する」と国家が戦争の現実を隠して報道の自由を侵していくことを伝えている。壺井繁治の「声」では、亡くなった我が子を思い「なんと叫んで死んだのだろうか」と問い続ける。菅原克己の「眼」では、小娘だった頃に取調べで拷問されて「君の大きな眼には／しょっ中涙が出ている」という女性の悲しみを共有する。黒田三郎の「引き裂かれたもの」では、〈二千の結核患者、炎熱の都議会に坐り込み／一人死亡」と新聞は告げる〉ことに死者の声がないと批判する。河邨文一郎の「激戦の後に」では、「生きている瞳も、死者のひとみも。／敵も、味方も。」包み込む「明星の光」を得ている。石垣りんの「弔詞」では、「戦争の記憶が遠ざかるとき、／戦争がまた／私たちに近づく」と身近な戦死者の名前を記す。大島博光の「墓碑銘Ⅰ」では、「ひとりの女とひとりの男　ここに眠る／果てしない愛にいまもなお抱きあって」と個人と個人の出会いの究極の願いを物語っている。木島始の「大学―一九四七・八―」では、「あるものは野戦の地から／わたしたちは帰還した」と戦後の出発点を清々しく伝えている。茨木のり子の「わたしが一番きれいだったとき」では、「男たちは挙手の礼しか知らなくて／きれいな眼差だけを残し皆発っていった」と言い、「だから決めた　できれば長生きすることに」と死者と共に生きるのだ。

5

4章「詩――戦中・わすれえぬこと」には、三十人の詩人の戦前・戦中・戦争末期の記憶を刻んだ詩が寄せられて、平和主義の原点を見詰め後世にその思いを語りかけてくれる。

北村愛子の「わすれえぬこと―おとうさん―」では、「じょうかんのビンタもこわかったでしょう」と病死した父の無念な思いを掬い取っている。岡隆夫の「馬ぁ出せぃ」では、朝鮮半島で馬だけでなく「ほんなら　じゃがいも　南京　南京豆　出せぃ」と食料を調達する当時の日本の軍人の横暴さを感じさせてくれる。北畑光男の「葬送の貨物列車」では、〈「アイゴー　アイゴー」／のどを／胸を／背を竹槍がつらぬきます〉と関東大震災後に埼玉県上里町で流言から起こった四十二人の朝鮮人虐殺事件を記し朝鮮人の人権を問いかける。また青山晴江の「花岡鉱山慰霊―鉱泥蒼き水底に」では、秋田県の花岡鉱山で中国人八百人が脱走して憲兵などの日本人によって虐殺された事件を記し中国人の人権を問うている。上野都の「たやすく書かれた詩―時を結ぶ返し歌の」では、尹東柱の詩集を二十年かけて翻訳した上野さんが「わたしの言葉で／わたしの国で／しっかりとあなたに届けねばならない」と尹東柱に語りかけるのだ。高良留美子の「北田中の山本さん」は親しくしていた農家の山本さんの祖母と孫娘が日本軍の特攻機が捨てた爆弾によって防空壕で圧死した事実を伝える。菊田守の「千鳥ヶ淵の鯉―二〇〇九年三月」では、「戦没者無名戦士の墓」に撃沈されて死亡した伯父の霊を悼み静かに合掌すると、石碑に記されていた「海中の中の／二百七十万人という人々の遺骨を想う」のだ。福司満の「七十年経って」では、「この村の若者等《わぎゃものど》ぁ／シベリヤの凍土《つち》で／ニューギニアの壕《あなご》で／レイテの海で／二百三十一人も死んでしゃぁ」と町の若者の記録を残すのだ。大村孝子の「さんさんと心残りせよ」では、「私らはみんな稚《おさな》い軍国女学生だった」と満州の特務機関で働き亡くなったA子を悼むのだ。山口賢の「早春」では、〈「殺し殺される」世に／二度とさせてはならない〉と言う。田中裕子の「印される日」では「すべてのあかんぼうの未来に」十二月八日を戒めとする。皆木信昭の「松根掘り」では召集令状が人だけでなく最後には「松の根にまできた」と言う。稲木信夫の「深夜消そうとする」では、今でも空襲の火炎を「眠れぬ寝床で消そうとする」。田中作子の「鹿島防空監視隊本部の経験㈡」では、「国の為、家族の為にと国に殉じた若者達の死」に黙祷をする。細野豊の「はるか奥底から聞こえる」では、サイレンを聞くと「敵機襲来を告げるサイレン」が深層から甦る。椎葉キミ子の「むかしこうそう」では、「戦争は憎悪すべき行為／人間の愚かさの発露」だと断罪する。方喰あい子の「《Y市の橋》へのオマージュ」では、「横浜大空襲の焼け跡を描き／《Y市の橋》を世に残した」松本俊介の命を感じさせてくれる。山本衞の「待つ」では、故郷の特攻隊員の「若者だけは／ついぞ戻らなかった」けれど「いつまでも／待っている」と言う。玉川侑香の「海を越えてきた手紙」では、戦争中に外地にいる夫が妻から手紙を受け取り「おれは生きとうで！」と叫ぶのだ。橋爪さち子の「つなぐ」では、母の女学校時の修学旅行記の中で戦死した兄との自由行動の一日の思い出が輝きはじめる。築山多門の「声が聞こえる」では、村での結婚式が爆撃され「それは瞬殺だった／散乱する遺体」が出現した場所から「灯りを…希望を…」という声が聞こえる。矢野俊彦の「鬼にもならず神にもならず」では、かつて「東洋鬼とも呼ばれていた」のに「ふたたび鬼になれというのか」と行く末を憂うる。宮沢一の「戦前」では、「明日、戦争をはじめるのは、どこの国だ。」と「戦前」にしてはならないと語る。星清彦の「空を眺めて」では、兄を戦争で亡くした母が「もう戦争はたくさん。戦争だけは嫌だわ。」という言葉を噛み締めている。佐々木萌子「方角」では、「級友の生きられなかった歳月を私は生き」、級友の死んだ内モンゴルの地を訪ねる。星野博の「ハーモニカ」では、かつて立川駅前にいたハーモニカを吹き「片方の足の膝から下が無かった」おじさんの行く末を思いやる。萩尾滋の「立ちつくす戦後」では、「危険なる思想に黒く塗りつぶす法の手」によって獄死した哲学者の戸坂潤や三木清などを書き記す。酒井一吉の「改札口」では、「赤い紙片の通告文は片道切符だった」と国家権力がかつての赤紙のような片道切符を作るべきではないと言う。たにともこの「たった一つの願い」では「命と引き換えに残してくれた／たった一つの願い」を「私は守りたい」と願う。佐々木久春の「二人の女学生が語る」では、八月十四日夜の土崎空襲を体験した女学生の証言で「頭から脳ミソ出てて　あの―水、水って言うの」などの壮絶な場面を聞き書きしている。

6

5章「詩―広島・長崎の茶毘」には、日本人の徹底した平和思想の源泉になった広島・長崎原爆や大量破壊兵器に関する十名の詩篇が収められている。

爆心地一・六kmで被爆した橋爪文の「茶毘」では、「焼け爛《ただ》れ／赤黒く膨張し／皮膚がめくれ／眼球や腸が飛び出し／一瞬にして／人間の姿を失った遺体を／山積みにして石油をかけて焼く」という、その場にいた者でなければ書けない臨場感で描写されている。豊田和司の「あんぱん」では、「げんばくがおちたつぎのひ」についてきた女の子にあんぱんを分け合わないで死んでしまったことが、疼きとなって「いつも／泣きながら／めがさめる」のだ。林嗣夫の「夏の日に」では、「暑い夏の日」に「痛いような　悲しいような　一つの記憶がよみがえった」そうだ。それは原爆投下後に「ただ水を飲んでいた」記憶だった。

越路美代子の「ジュピター」では、一羽のツルに呼びかけると「千羽鶴よ／万羽鶴よ／ヒロシマに　あつまってくる／何千何万もの　鶴たちよ」と広島の平和の精神が広がっていく。草薙定の「ヒロシマから」では〈その人は言わなかった／「私たち」としか／語らなかった／

ヒロシマで　ヒロシマだけのことを〉と、オバマ大統領の言葉が被爆者の真の願いである核兵器廃絶の現実化に向かわないことへもどかしさを感じている。山野なつみの「灼熱の選挙」では、「１７０００発の核兵器／灼熱の黄金の爆発は／生物のブラックホール」と地球の生物の破滅を予言するが、絶望することなく「核兵器のない日本」を目指すのだ。近野十志夫の「記憶の旅」では、堀川惠子の「広島で起きた事々を伝えたのは証言記録であり、文学作品にほかならない」を引用し、残された貴重な証言を得るために記憶の旅を勧めている。鈴木文子の「海底の捨石」では、「十五年戦争末期／広島県宇品港では／秘密攻撃船の開発を命じられ」、その二五〇キロ爆雷を装備した連絡船㋹に乗った一六三六人の若者は沖縄などで闘い捨石になった。崔龍源の「ポキン」では、「ナガサキに原爆が落ちた日」に「折り鶴の羽」が「ポキンと音を立てて折れたとよ」と母は感じたというが、辛くて多くを語れない。谷崎眞澄の「夜明け」では、「地鳴りと咆哮《ほうこう》の演習地／列島をめぐって／またしても絶対的国防圏の創設か」といった軍拡競争に向かっていることは話が違うと言っている。

7

6章の「詩―戦死せる教え児よ」には、教え子を戦地に送った教師や子を戦場に送った経験や、送る可能性のある親たちの思いなどから、平和を考えている十三名の作品が集まっている。

竹本源治の「戦死せる教え児よ」は高知県で詩碑にもなっており、全国的にも知られていて「逝《ゆ》いて還らぬ教え子よ／私の手は血まみれだ！」と教え子に懺悔し「繰り返さぬぞ絶対に！」で締めくくられている。瀬野としの「母たち」では、〈だれの子どももころさせない」／軍国の母にはならない、と／国を超え／いのちの母として／立っている〉。石川逸子の「竹本源治先生へ」では、「先生の詩を／空の端から端まで　ひろげ／列島の隅々に　飛ばす夢を　見ました」と竹本先生の「教え子を戦場へ送るな」に立ち還るべきだと言う。高田真の「のさる」では、母の口癖の「のさるよ」（天からの授かりもの）だという意識を欠いたところから人間たちは傲慢になり、戦争を引き起こすのでないかと語っている。中桐美和子の「一枚の」では、十歳の時に「学校の宿題で出した慰問文」から中国にいる兵隊さんと頻繁に文通が続いた思い出を語り、今でも兵隊さんの命を祈り続けている。矢口以文の「壊れる瞬間がある」では、〈「隣の国が攻めてくる！」と叫ぶ時〉が危ないと言う。大塚史朗の「平和教育」では、「平和のためなら命なんか惜しくない」という勇ましい言葉が危険だと言う。柳生じゅん子の「三歳」では三歳の孫をみて同じ年に南満州で敗戦に遭遇した運命を顧みている。森三紗の「渡り廊下で桜田先生は」では、「私たち　教え子たちは／平和憲法の申し子」だと誇る。川奈静の「大きなあやまち」では、「日本中の若者が、太平洋一円で戦死している」ことを指摘する。原かずみの「ひらがなの陽」では、「ひらがな交じりの憲法のもとで生れたわたしは」憲法に陽の慈しみを感じている。本堂裕美子の「八歳の質問」では、「八歳のきみに／自由と平和を手渡す事ができるようにと／深く／祈る」のだ。三井庄二の「卒業式」では、「君が代」を歌うことを強制しないで「生徒、保護者、教員の自由と知性に」任せるべきだと言う。

8

7章「詩―未来の約束」には憲法の理念を生き生きと感じさせてくれる二十名の詩が集まっている
淺山泰美の「未来の約束」は〈「戦争を知らない子供たち」のまま／おとなになってゆくことができますように〉との願いだ。ひおきとしこの「憲法に憧《あこが》る」は「憲法は一人ひとりが守るという意志／共感する意志を　持ち続けたい」と決意する。桜井道子の「墓碑銘」は「戦争から七十二年目／父が何処で朽ち果てたか、今も私は知りません／日本国憲法が墓標です」と確信する。速水晃の「大切に」では、父や義兄が大切にした施行時の冊子『新しい憲法　明るい生活』に「人類の高い理想をいいあらわしたもの」と記されてあった。植松晃一の「奪命者にはならない」では、「人間的であり／無防備であることを／あえて選んだ」憲法を自らも選び直す。原子修の「木霊―日本国憲法に―」では、「一人のいのちのはかりがたい尊さを／祈っていらっしゃる」のだと言う。高橋郁男の〈「風信　六」より〉では、「戦争を知らない世代の　戦争への想像力が問われる」と言う。志田静枝の「夏空」では、「戦後の貧しさはあったけれど／思えば温かい光の中にあった」のだ。森田和美の「暦」では、「死者たちの夢見た　未来の光景」こそが憲法なのだと記す。紫あかねの「アンファン　アンスゥミ」は「戦争にしないための憲法なのだから」と言う。石川啓の「覚醒〈憲法を見張る〉」では「コワレテイクニンゲン　コワレテイクチキュウ」にならないために声を上げる。神原良の「悲し日・1／2／3／4」では「求め／二度と還（かえ）らない／海の果てで／／あかるく／死んでいった／者たち」に思いを馳せている。金野清人の「日本国憲法への思い」では、「人類の最高傑作」であり「私は断じて改憲の企てを許しはしない」と誓う。石村柳三の「国民主権と言論表現の自由の大事」では、「自由批評の精神亡び、阿諛《あゆ》の気風瀰漫《びまん》すれば、その国は倒れ、その社会は腐敗する」という石橋湛山の言説を根幹に据える。池田洋一の「今日のかがやき」は「七十年たった今もそれはある」おかげで「戦争で死なない大人たちである」と言う。青柳晶子の「晴着」では「憲法がようやく日本の風土に馴染み、これからもたくさんの成果を発揮するだろう」と価値を認識する。山本涼子の「日本の宝」では、「9条をふみつけにして／戦争法を　作り／25条をつぶし／年金を下げてつぶす」中で「もう一度　憲法　よもうや」と語りかける。植田文隆の「忘れてもずっと」では、「いまの憲法の理念を／守らない人々が／変える憲法なんて／なんかおかしい」と批判する。小田切敬子の「けんぽーつえつきあるいてゆこう」では、「朝鮮・ベトナム・湾岸・アフガン・イラク／行くな！と立ちはだかって　まもってくれたけんぽー」とその貢献を語る。秋山泰則の「戦争がおわって」では「平和のつくり方　戦争をしない国のつくり方を」学び「憲法が語る言葉で確かめよう」と提言する。

9

8章「詩―沖縄・希望の海」には沖縄の歴史と現実を踏まえて平和や基本的人権の尊さを感じさせてくれる十五名の詩が収録されている。日本国憲法の理念は沖縄によって試されて続けているように思われる。徳川時代の初めから侵略され続けている沖縄が、未だ日本に存在しているのは、日本国憲法があればこそだったことが理解される。それを裏切るような光景に対峙している沖縄の詩人や沖縄に共感を持つ詩人たちから寄せられた。

うえじょう晶の「希望の海」は「二十トンブロックが／幾つも幾つも投げ込まれ／珊瑚達の悲鳴が海鳴りとなって響く」のだ。八重洋一郎の「写真」では「沖縄問題はすべて日本国の沖縄への政治的差別に起因するのです…」という言葉を突き付ける。神谷毅の「出原《やんばる》の幻影」では、「偏狂の軍団が軍靴を鳴らす時／島の人々は虚伝を払いながら座り込む」のだ。呉屋比呂志の「うるま島」では、「沖縄を取り戻す日を指折り数えて」、「わたしは父祖の地うるま島　沖縄に寄り添う」のだ。久貝清次の「きみがうまれたほし」では、「ひとはみな／むげんの／そらと　つながり／あいに　いかされる」と沖縄の自然観を語り出す。かわかみまさとの「ケンポウの花～極楽と地獄の季節～」は憲法の願いが「けなげなタンポポの花」であり「目覚めよ宇宙意思」と日本人に呼び掛ける。芝憲子の「高江の山桃《やまむむ》」は「無法に伐採《ばっさい》された二万五千本の中の／〈わたしの木〉」の赤い実を失った悲しみを伝える。館林明子の「移り変われば」では、「沖縄では米軍ヘリが民家の真上で給油訓練をするのか！」という現実を突き付ける。杉本一男の「ごぼう抜き」では、「くじけちゃいかん」と言い「海を隔てていても／島は　そんなに遠くはない」と沖縄に連帯するのだ。志田昌教の「ひめゆりの塔に寄せて」では、「泣き止まぬ子を抱いて　洞窟を出て行く」女に銃声が響いていった良心の呵責を記す。麦朝夫の「歯の穴から」では、〈同じ大阪から来た応援の機動隊員が／「ぼけ　土人が」「コラ　シナ人」と〉言う差別語を吐かせた日本人の深層を抉っている。村尾イミ子「海が笑う」では、「海が笑っている　とその人がいう／療養所の部屋の窓から一緒に海を見ると」のように傷ついた沖縄とハンセン病患者に寄り添うのだ。二階堂晃子の「今、声を」では、「安保に目を開くため／基地を本土が引き取る」という高橋哲哉氏の提案に耳を傾ける。佐々木淑子の「屍の上に輝く星―私が憲法に出合った時―」では、「それはまぶしかった／美しい言葉のひとつひとつが　心に染みた」と沖縄人の思いを伝える。猪野睦の「知らないところで」は「土佐湾　土佐清水沖七十キロに／米軍実弾射撃演習場リマ海域があるが」、政府は三十年間も隠してきて、日本の空は引き裂かれ続けている現実を突き付けている。

10

9章の「詩―九条は水のように」には九条に寄せた二十九名の詩人の詩篇が収録されている。どの詩も九条は目に見えないが戦争の惨禍から日本が立ち上がり現在も未来も私たちを支え続けることを様々な観点から語っている。佐藤文夫の「九条は水のように　空気のように」では、「九条は　戦争をとめる　やめさせる　それゆえにヒトは　九条がなくては生きられない」と九条の究極の価値を説く。門田照子の「未来への伝言」では、福岡大空襲の体験者で「戦争の怖さ　平和の喜び／伝えてゆきたいわたしたちの宝／九条いのち」と最大限の賛辞を贈る。若松丈太郎の「積極的非暴力平和主義の理念を貫きたい」は「憲法は現実に合わせるものではない」のであり、「平和を希求する人類が主体的に生きる理念であるべきだ」と「積極的非暴力平和主義」を提起する。

誌面が限られているのでその他の作品名を記しておく。南邦和「九条―自伝風に」、根本昌幸「こいびと」、杉谷昭人「総理の夏」、小松弘愛「蚕よ」、赤木比佐江「二〇一六年九月十九日の集会」、やまもとれいこ「いつか」、朝倉宏哉「戦争箒」、月谷小夜子「夾竹桃の禍々しい赤に」、植木信子「平和憲法は希望の灯」、中村惠子「君の居る場所」、酒井力「希望の光」、永山絹枝「躓き起ちあがった源泉の証」、志甫正夫「永久のちかい」、伊藤眞司「あるカッパ」、近藤八重子「憲法九条という傘」、和田攻「世界に九条《ジュエリー》をプレゼント」、河野洋子「永久《とわ》の平和を願う」、たけうちようこ「道に訊《き》く」、宮本勝夫「旅路―「九条」と共に」、木村孝夫「数のてっぺんに立つ男」、渡邉眞吾「嬰児」、竹内正企「九条の誓い」、髙嶋英夫「永遠の平和」、山﨑夏代「今は　守るとき」、鈴木比佐雄〈恥辱のあまり崩れ落ちる「憲法九条」〉、酒木裕次郎「永久に耀く憲法九条」。

10章の「詩―人権・あなたは　物もらいではないか」は、生存権や基本的人権を社会的、宇宙的、宗教的など様々な観点から考えた二十一名の詩篇から成り立っている。

徳沢愛子の「あなたは　物もらいではないか―阪神大震災直後　助けの手を―」は、災害時には「さあ　今こそ／小鳥に　花に　なろうではないか」と言い、「物もらいは物もらいらしく」、「両手を差し出そうではないか」と勧めるのだ。望月逸子の「二月十七日の朝に」では、「《アンダー　コントロール》／《積極的平和主義》／／事実を隠し　世を欺《あざむ》くことばが」仮想され流布されてしまうことへの現代の危機を問いかける。

その他の作品名を記しておく。恋坂通夫「酋長の言葉」、曽我貢誠「学校は飯を喰うところ」、こまつかん「豊かな未来は」、青木善保「ちょっとしたこと」、万里小路譲「アリの知恵」、市川つた「重い荷物」、日野笙子「バーバラの遺言」、梅津弘子「憲法29条」、くにさだきみ「『ブリ市』のブリ」、琴天音「24ＨＦＴＭ」、みうらひろこ「多数決議を許してはいけない」、木島章「カルガモ」、洲史「蔓《つる》ったぐり」、日高のぼる「ティーアガルテン通り四番地」、栗和実「吾が遠い農地」、田島廣子「憲法を知れば」、あたるしましょうご中島省吾「いやになってくる／おい、民間保険で格差殺人を図っているのか?」、片桐歩「残酷の月」。

11章の「詩―福島・夕焼け売り」には、原発事故後の福島の詩人や福島に心を寄せる十一名の詩篇が収録されている。齋藤貢の「夕焼け売り」では、震災・原発事故から五年が過ぎても「人が住めなくなって」、「夕焼け売りの声を聞きながら／ひとは、あの日の悲しみを食卓に並べ始める。」と言う。「賑やかな夕餉を、これから迎えるために。」はこれからも「夕焼け売り」の声に耐えねばならないのだろう。

その他の作品名を記しておく。安部一美「避難する日」、高橋静恵「失くしたサンダル」、坂田トヨ子「日本という国に生まれて」、岡田忠昭「浪江駅にて」、堀江雄三郎「きくまいぞ」、伊藤眞理子「閾値《しきいち》」、谷口典子「広野のさくら」、司由衣「野の花」、長津功三良「百姓の小倅」、浅見洋子「日本憲法下の人権」。

12章の「詩―ことばは死なない」には、表現の自由、結社の自由などの社会権を考える十一名の詩篇を収録している。作品名を記しておく。

季村敏夫「神戸詩人事件のこと」、前田新「万金丹《まんきんたん》の話」、いだ・むつつぎ「集まり」、田上悦子「ことばは死なない」、松本高直「エチュード」、山下俊子「駐車場」、舟山雅通「大人の自覚」、新井豊吉「地べたから物申す」、末松努「ふたつでひとつ」、畑中暁来雄「マンション美化運動」、原詩夏至「司馬遷」。

13章の「詩―明日のために」には憲法の精神を現実的にどう現代にそして未来に生かしていったらいいかを考えた二十九名の詩篇がまとめられている。作品名を記しておく。堀田京子「明日のために」、三浦千賀子「平和とは」、名古きよえ「ドイツを旅して」福田淑子「夜の高速道路（自由と平和の方程式）」、佐相憲一「西武拝島線沿線」、勝嶋啓太「ケンさん」、山口修「欠片」、井上摩耶「スモールワールド」、うめだけんさく「暗い海で」、佐藤勝太「星たちの願い」、和田文雄「悲田院」、池下和彦「時代おくれ」、秋野かよ子「鍵を作ろう」、米村晋「波の響きと風の音と」、鳥巣郁美「放つとき」、結城文「二つの墓の対話」、山岸哲夫「馬脚を露わす」、吉川伸幸「ぼくの先を」、中山直子「日本列島の形をした雲」。

以上の二二三篇を読むことは、日本国憲法の理念が短詩系文学である短歌、俳句、詩においても豊かに息づいていてそれらの文学を励まし促していることが理解できる。『日本国憲法の理念を語り継ぐ詩歌集』が、カントの永遠平和論を抱いた日本国憲法を心のよりどころにしている人びとに愛読されて、心のどこかに住みついてくれることを願っている。

編註

1、『日本国憲法の理念を語り継ぐ詩歌集』を公募した趣意書は左記のようだった。

〈日本国憲法は一九四六年十一月三日に公布され一九四七年に五月三日に施行された。この憲法は、ＧＨＱの「マッカーサー草案」がベースになっているが、日中戦争や太平洋戦争などの十五年戦争で死亡した三一〇万人や傷つき残された多くの日本国民の不戦の誓いや平和を希求する精神を背景にして日本国民が産み出し拠り所にしてきたものだ。軍人だった父や親族を戦地で亡くし空襲・原爆で家族を亡くしたことを記した詩人たちの痛切な詩篇を私は数多く知っている。戦後七十年が過ぎてそんな戦禍の悲劇の記憶を忘却したように、国民の多くの反対があっても解釈改憲によって戦争に加担する恐れが迫ってきた。「駆け付け警護」なる武器使用が出来る自衛隊の活動は憲法九条「戦争放棄」の精神とは相いれない。アメリカでは国益を第一とするトランプ大統領が誕生し日米安保条約が揺らいでくるだろう。すると自衛隊を国防軍として明記する憲法にすべきとの改憲が加速化してくる。世界がナショナリズムで戦争に向かう前に、日本国憲法の「戦争放棄」という究極の理念こそが戦争を回避させる普遍的な平和の砦である。この憲法は基本的人権、国民主権、三権分立、生存権、男女同権、表現の自由など人類が多くの犠牲を払って作り上げてきた個人の根源的な自由に基礎を置いているので、国家・政治家たちから民衆の生命を守る最後の切札になってきたはずだ。明治初期の自由民権運動が生み出した五日市憲法草案などの多くの私擬憲法やカントの「永遠平和」などが、日本国憲法の源流となっている。そんな平和憲法の理念をしなやかな言葉と豊かな想像力で、ぜひ詩に書いて頂きたいと願っている。〈鈴木比佐雄〉〉

〈世論調査では国民多数は性急な改憲を支持していない。特に第九条戦争放棄などは、変える必要がない、どちらとも言えない、が変えるべきを上回ってさえいる。だが、権力の座にいる政治家達は一気に改憲議論を加速しようと煽り立て、危険な動きとなっている。

いまの日本国憲法は押しつけでも非現実ユートピア思想でもない。人類の苦難の歴史から生み出された、この日本という列島の民衆の切実な願いを反映した、人類史上先駆的・画期的な憲法であり、その下で無数の人びとがこれまで暮らすことのできた現実的な土台である。戦後社会のこの憲法の肯定的な力は大きく、他方、戦後民主主義の果たせなかったことをこの憲法のせいにするのもお門違いだ。もっと徹底してこれを実践することが、社会前進にもつながるだろう。

国民主権、基本的人権、平和主義。法の下の平等、男女平等、思想信条・学問・職業選択・表現・集会結社などの自由、公共の福祉の重視、健康で文化的な生活の権利、勤労者の権利、拷問の禁止、当事者双方の合意によってのみ可能な婚姻、三権分立、司法の独立、地方自治、恒久平和、世界友好など。これらは今後ますます光るだろう。

わたしたちはひとつひとつの命の声を大切にする詩文学の立場から、改憲勢力の危険な動向に詩精神をもって抵抗したい。いまの社会状況に照らしても新鮮な憲法の中身。憲法記念日に向けて、現行憲法諸条項の理念を大切にした、自由で豊かな詩作品を募集する。（佐相憲一）〉

2、公募当初の書名は『日本国憲法の理念を語り継ぐ詩集』であったが、短歌・俳句作品の増加により『詩歌集』と改めた。公募・編集の結果二一三名の作品を収録した。

3、編者は、鈴木比佐雄、佐相憲一である。

4、詩集は文芸誌「コールサック」八十八・八十九号での公募や趣意書プリント配布に応えて出された作品と、編者から推薦された作品で構成されている。

5、詩集・歌集・句集・雑誌・オリジナル原稿の作品を底本として、現役の作者には本人校正を行なった。さらにコールサック社の鈴木光影・座馬寛彦の最終校正・校閲を経て収録させて頂いた。

6、パソコン入力時に多く見られる略字は、基本的に正字に修正・統一した。

7、旧字体、歴史的仮名遣いなどは、作品によって適宜新字体、現代仮名遣いへ変更した。

8、「序文に代えて」の言葉は色川大吉氏の論考を使用させて頂いた。また収録作品に関しては全国の詩人・歌人・俳人や関係者から貴重な情報提供やご協力を頂いた。なお、短歌・俳句の選出にあたり下記の方々に助言・監修頂いた。森義真氏（石川啄木歌選）、伊藤幸子氏（宮柊二歌選）、若松丈太郎氏（鈴木安蔵歌選）、金子真土氏（金子兜太句選）、岡田耕治氏・高澤晶子氏（鈴木六林男句選）、高野ムツオ氏・永瀬十悟氏（佐藤鬼房句選）、能村研三氏（能村登四郎句選）。この場をお借りして厚く御礼申し上げる。

9、装幀は、猪又かじ子氏の写真「夏開く」を使わせていただき、コールサック社の奥川はるみが担当した。猪又かじ子氏には厚く御礼申し上げる。

10、本詩歌集の作品に共感してくださった方々によって、集会等で朗読されることは大変有り難いことだと考えている。但し、朗読会や演劇のシナリオ等で活用されたい方は、入場料の有料・無料を問わず、二ケ月前にはその作品の著者名とタイトルをご連絡頂きたい。著者や著作権継承者の許諾をコールサック社が出来るだけ速やかに確認させて頂く。また、ひと月前には、著者の氏名や作品名入りの当日のパンフレット案やポスター案と著者分の入場チケットかそれに代わる書類をお送り頂きたい。それらをコールサック社から著者や継承者たちに送らせて頂く。書籍への再録及び朗読会や演劇の規模が大きい場合で、著者への印税が発生するケースやコールサック社の編集権に関わる場合も、遅くとも二ケ月前にコールサック社にご相談頂きたい。

11、本書が日本国憲法の理念に共感する広範な人々への励ましとなり、広く一般に読まれて、日本や世界を考えるきっかけになることを願う。

鈴木比佐雄・佐相憲一

石炭袋

日本国憲法の理念を語り継ぐ詩歌集

2017年5月3日初版発行
編　者　鈴木比佐雄・佐相憲一
発行者　鈴木比佐雄
発行所　株式会社 コールサック社
〒173-0004　東京都板橋区板橋 2-63-4-209
電話 03-5944-3258　FAX 03-5944-3238
suzuki@coal-sack.com　http://www.coal-sack.com
郵便振替　00180-4-741802
印刷管理　（株）コールサック社　製作部

＊カバー写真　猪又かじ子　　＊装幀　奥川はるみ

落丁本・乱丁本はお取り替えいたします。
ISBN978-4-86435-291-8　C1092　￥1800E